Bibliografische Information der Deutschen
Nationalbibliothek: Die Deutsche Nationalbibliothek
verzeichnet diese Publikation in der Deutschen
Nationalbibliografie; detaillierte bibliografische Daten
sind im Internet über dnb.dnb.de abrufbar.

«Verlag:
BoD · Books on Demand GmbH, In de Tarpen 42,
22848 Norderstedt, bod@bod.de»
«Druck:
Libri Plureos GmbH, Friedensallee 273,
22763 Hamburg».


ISBN: 978-3-7693-6844-4

# Patrick Salm

# Das Geheimnis der Kosta Konkordia

Alle Personen in diesem Buch sind frei erfunden. Ähnlichkeiten mit lebenden oder verstorbenen Personen wären rein zufällig.

1. Auflage 2019
2. Auflage 2025

# Personenverzeichnis

| | |
|---|---|
| Abdullah Beblawi | Chef von Al Traga |
| Adrian | älterer Mann im Haus in Giglio |
| Anna Steinmeyr | Model bei Moving Beauty, Freundin von Franziska |
| David Oppenberg | Oberst im Generalstab |
| Ephraim Wildersteyn | Major im Generalstab |
| Franco Trondo, Dottore | Ermittler im italienischen Strafwesen |
| Franziska Löwenthal | Chefin Moving Beauty, Freundin von Anna |
| Günther | Basejumper, Freund von Anna |
| Hakim | Kämpfer von Al Traga |
| Juan und Stefanie | Modedesigner |
| Dr. Markus Keller | Bundesamt für Justiz- und Polizeiwesen, Schweiz |
| Matti | Junge aus Holland |
| Nuri | Kämpfer von Al Traga |
| Roger | Mitarbeiter im Ingenieurbüro in Zug |

| | |
|---|---|
| Silvan Aebischer | Physiker / Ingenieur, Ingenieurbüro in Zug |
| Erich Schildmann | Sicherheitsexperte in Kunst und Kultur |
| Urs | Geschäftsführer Ingenieurbüro in Zug |
| Zarif | Kämpfer von Al Traga |

Kerzen reflektieren den Glanz ihrer Lichter in den Fensterflächen und verzaubern unseren Speisesaal in eine richtige Wohlfühloase. Kontrastreich, das unter dem Sternenhimmel mattschwarz glänzende und sich leicht kräuselnde Mittelmeer. Ohne Erschütterungen, lautlos und beinahe schwebend, nähern wir uns den vor wenigen Minuten noch unsichtbar aus dem Meer aufragenden, dunklen Felsenmassen. Vereinzelte Lichter zeugen von näher rückender Zivilisation, die Insel Giglio liegt vor uns.

Evergreens aus den Sechzigern, aus behänden Fingern des Pianisten am Flügel, geben uns an diesem Abend das Gefühl von Geborgenheit und den Glauben, alles sei machbar. Die erlesene Gesellschaft am runden Tisch und die attraktive Dame, deren Blick mich soeben flüchtig streift, verstärken dieses schöne Gefühl. Als Anna Steinmeyr stellt sie sich vor. Sie ist in Begleitung von Herrn Erich Schildmann, einem im Kunst- und Kulturbereich tätigen, erfolgreichen Sicherheitsexperten, beide sind wohnhaft in Stuttgart. Nicht der Zufall hat uns an diesem Tisch zum Dinner zusammengeführt. Ein weiteres Paar und auch ich sind geladene Gäste der Reederei der Kosta Konkordia, auf Kreuzfahrt von Civitavecchia, dem westlichem Mittelmeer folgend über Savona, Barcelona, Alexandria nach Haifa, Israel, und zurück nach Civitavecchia. Jeder von uns hat in einer Form die Anerkennung der Reederei erworben, und zum Dank wurde uns diese Kreuzfahrt geschenkt.

Der gutaussehende Juan, in Begleitung der hübschen, etwas kindlich wirkenden Stefanie, beide aus Salzburg, gewann den ersten Preis beim Designwettbewerb der Kosta Konkordia für das Dress der Crew. Voller Stolz erklärt er die Vorzüge und die Designidee am dunkelblauen Anzug des im Moment mit Nachschenken des edlen Haut-Brion beschäftigten Kellners. «Es war mir wichtig, Eleganz und Zweckmässigkeit zu vereinen.» Seinen Worten folgend, gleitet die Hand symbolisch über den Zweiknopf-Anzug, mit Verweis auf die betonte Schulterpartie und die leicht taillierte Form des Sakkos. Stolz folgt Stefanie den

Worten ihres begnadeten Modedesigners. Ihr leicht zur Seite geneigter Kopf und die sanft errötenden Wangen lassen fühlen, dass ihr «Giorgio Armani» sie auch in anderen Belangen begeistern kann.

Herrn Schildmanns überheblich vorgetragene Äusserungen zeigen einen selbstbewussten Mann um die fünfzig mit angegrauten Schläfen, fester Statur und einer, für meine Vorstellung von einem Sicherheitsexperten in der Kunstszene, wenig einfühlsamen Wortwahl. Wie man sich doch durch Äusseres täuschen lassen kann. «Im Rumpf unseres Schiffes schlummern Kunstschätze im Werte von mehr als einhundert Millionen Euro.» Seine mit geschwellter Brust lautstark verkündeten Worte sind auch am Nebentisch verstanden worden, Köpfe drehen sich in unsere Richtung und fragende Blicke finden sich beim Gegenüber. «Aus Picassos Blauer Periode etwa ‹Der Blaue Akt› und das Porträt seiner Muse ‹Dora Maar›, dann ‹Die fliessenden Uhren› und ‹Die brennende Giraffe› von Dalí, um nur einige der Preziosen zu erwähnen. Im Kunstmuseum in Tel Aviv wird in vier Wochen die Ausstellung ‹Picasso, Dalí und Miró› Zehntausende von Touristen anlocken. Ich bin der Sicherheitsverantwortliche für diese Ausstellung in Tel Aviv und auch für den Transport und die Sicherheit der teuren Kunstwerke an Bord zuständig.» Irgendwie erinnern mich Herr Schildmanns Ausführungen an auswendig gelernte, farblos vorgetragene Gedichte aus meiner Schulzeit. Auch seiner Begleitung scheinen die Worte keine Emotionen ins Gesicht zu zaubern. Lustlos stochert ihre Gabel zwischen Bratkartoffeln, Broccoli und dem Rindsfilet hin und her. Dieses ungleiche Paar erzeugt Spannung, nicht nur für uns Aussenstehende, offensichtlich knistert es bei den beiden heftig im Gebälk. Meine Gedanken kreisen um diese schöne Dame und den um mindestens zwanzig Jahre älteren Herrn Schildmann sowie die Frage, welche Motive sie wohl zusammengeführt haben mögen.

Abgelenkt von diesem illustren Paar, den weichen Klängen des Pianos und dem edlen Ambiente im Erste-Klasse-Speisesaal entschwinden meine kurz vorher gehegten Bedenken wegen der meines Erachtens gefährlich nahen Vorbeifahrt unseres Luxusschiffes an der Insel Giglio.

Erneut streift mich Annas Blick, dieses Mal länger als vorhin. Dunkelbraune, schöne Augen mit einem unergründlichen, erotischen Hauch, lange, ebenfalls dunkelbraune Wimpern und der sinnliche, in kräftigem Rot geschminkte Mund, dazu die gewellten, dunkelbraunen bis weit in den Rücken fallenden Haare und ihr brauner Teint vervollkommnen das Bild der Schönheit mir gegenüber. Führt das Schicksal Regie?

Obwohl mir dies erst später bewusst wird, spielt in diesem Moment der Mann am Flügel den aus dem Film «Titanic» bekannten Song «My Heart Will Go On» von Céline Dion, und sozusagen als Höhepunkt erscheint vor unseren Fenstern die in herrlichen Farben beleuchtete Ortschaft Giglio. Winkende Menschen, beeindruckt vom riesigen Kreuzfahrtschiff unmittelbar vor ihrer Haustüre, und das zweimalige Ertönen des Schiffhorns, bekannt als Verneigung, begeistern auch die Gäste im gediegenen Speisesaal.

Warm, Annas Lächeln. Verlegen streift sie ihr Haar nach hinten, zwei mit Diamanten behangene, in Weissgold gefasste Ohrringe treten zum Vorschein, ihre Bewegung lässt sie ihren Rücken etwas aufrichten, weich treten ihre Brüste unter dem weissen Top und dem edlen, eng geschnittenen, lachsfarbigen Blazer hervor. Diese Frau beherrscht das ABC der Verführung.

Ich bin an der Reihe, mich vorzustellen. «Silvan Aebischer, wohnhaft in Zug in der Innerschweiz. Bald werde ich meinen fünfunddreissigsten Geburtstag feiern, und wie Sie sehen, haben dies einige Haare auch schon zur Kenntnis genommen.» Schmunzeln auf den Gesichtern am Tisch. «Meine Anwesenheit in diesem erlauchten Kreise hat natürlich ebenfalls mit der Kosta Konkordia zu tun. Unser Unternehmen entwickelt hochkomplexe Systeme zur Effizienzsteigerung von Mobilität jeglicher Art. Wir entwickelten für die Kosta Konkordia ein Steuerungssystem, welches Strömung, Wind und Wellengang berücksichtigt und den Kurs sowie die Fahrgeschwindigkeit laufend optimiert. Bei Gegenwind fährt das Schiff also langsamer, um dann bei Rückenwind oder vorteilhafterem Wellengang den Rückstand wieder aufzuholen. Bis zu fünfzehn Prozent …» Ein heftiger Stoss erschüttert das Schiff und lässt meine Stimme versagen. Klirrende Gläser und beunruhigte Gesichter am Tisch, die Hände des Pianisten am Flügel ruhen auf seinen Oberschenkeln. Unheimliche Stille. Was war das?

Lähmung bemächtigt sich meiner. Ich vermute den Grund des soeben erfolgten Schlages und des bis tief ins Mark dringenden Geräusches zu kennen – augenblicklich muss ich mich übergeben, nur die Stoffserviette verhindert Schlimmeres.

Es ist meine Schuld, schreit es in meinem Inneren. Ich habe den Kurs des Schiffes falsch berechnet. Dunkle Nacht hüllt mich in ein grauenhaftes psychisches Tief.

Irgendwie schaffe ich den Weg vom Speisesaal aufs Deck und übergebe mich, mit der einen Hand an der Reling festhaltend, erneut. Vier Mal habe ich meine Berechnungen überprüft, alle Koordinaten berücksichtigt, und nun ist das Schiff auf Grund gelaufen. Wie stark ist es beschädigt? Ein leiser Hoffnungsschimmer – vielleicht nur einige Kratzer. Dann erlebe ich die Erschütterung wieder und höre das schleifende Geräusch. Das muss mehr sein als eine Bagatelle. Erhärtet werden meine schlimmsten Befürchtungen durch die plötzliche Ruhe. Keine Vibrationen sind mehr spürbar, die Motoren haben ihren Dienst eingestellt. Vermutlich ist der Maschinenraum bereits mit Meerwasser geflutet. Dunkle Nacht. Ich falle zu Boden, ziehe mich an der Reling erneut hoch. Wird das Schiff mit viertausend Menschen an Bord untergehen? Ein weiterer Teil des Mageninhalts ergiesst sich an die Relingwand.

Die Kosta Konkordia fährt noch immer, langsam entfernt sie sich vom Lichtermeer Giglios und nimmt Kurs auf die offene See. Die Masse des Schiffes hält es in Fahrt, anscheinend manövrierunfähig wird es langsamer, schlimmer kann es nicht mehr kommen.

Eine Viertelstunde ist seit dem Aufprall verstrichen, das Schiff steht still, es beginnt sich zu drehen, der Nordostwind bestimmt das Schicksal unseres Schiffes und er sollte zum Retter von vielen tausend Menschen werden – der Wind treibt den führerlosen Ozeanriesen, nun entgegen der ursprünglichen Fahrtrichtung um einhundertachtzig Grad gedreht, zurück zur Insel Giglio.

Eine Hand legt sich auf meine Schulter, es ist Annas Hand. «Silvan, was ist geschehen und weshalb der plötzliche Zusammenbruch?» Es sind tröstend gemeinte Worte aus ihrem sorgenerfüllten Gesicht. «Ich habe den Kurs falsch berechnet, wahrscheinlich wird das Schiff sinken.»

Inzwischen wimmelt es von besorgten Menschen an Deck, beruhigende Meldungen aus dem Lautsprecher gehen im Getümmel vollkommen unter, Panik macht sich breit.

Anna gelangte ohne Begleitung Herrn Schildmanns aufs Deck, auch die beiden jungen Leute sind in dem Gewühl nicht mehr ausfindig zu machen.

«Bleiben Sie in meiner Nähe, Anna. Ich werde Sie in Sicherheit bringen.» «Wegen dem bisschen Neigung wird das Schiff doch nicht untergehen», lauten ihre beherzten Worte. Jetzt wird auch mir die Tatsache mit der Krängung des Rumpfes bewusst, und somit habe ich hundertprozentige Gewissheit, dass das Schiff untergehen wird – noch nie hat sich ein mit Wasser volllaufendes Schiff wieder selbständig aufgerichtet.

Endlose Minuten verstreichen, die Neigung wird stärker, uns an der Reling festhaltend verfolgen wir die Bewegungen des langsam auf die Küste Giglio zutreibenden, riesigen Schiffes. Endlich, nach über zehn Minuten, bewegt sich die Kosta Konkordia nicht mehr, sie ist auf Grund gelaufen. Dafür beschleunigt sich die Krängung in Richtung der Küste zugewandten Seite.

«Wir werden kentern, Anna. In dieser Situation könnten die Rettungsboote zur Falle werden. Lassen Sie uns versuchen, auf die andere Seite des Schiffes zu gelangen.»

Der Wille zu überleben lässt im Moment keinen Raum für Schuldgefühle. Ich will sie und mich retten. Während ich Anna an der Hand hinter mir herziehe, erfolgt der Wechsel auf die Backbordseite. Die zunehmende Neigung des Schiffes und die hysterisch umherirrenden Menschen erschweren den Weg. Wir befinden uns auf einer gefährlichen Klettertour über eine zunehmend schiefer werdende Ebene.

«Silvan, bitte warten Sie einen Moment. Meine Schuhe behindern mich zu sehr.»

Ich helfe Anna, während sie ihre dunkelblauen High Heels von den Füssen streift. Hektische Durchsagen aus den Lautsprechern. Nun sind es die Schwimmwesten, die angezogen werden sollen, Minuten vorher wurden Passagiere mit Schwimmwesten zurück in die Kabinen beordert, das Chaos ist perfekt. – Rette sich, wer kann, lautet die Devise.

Ein unerwartetes Problem offenbart sich in diesem Moment. Durch die Neigung des Schiffes zur Küste hin ragt die Backbordseite in die Höhe, wir müssen unbedingt einige Stockwerke tiefer in die Nähe des aus dem Wasser ragenden Rumpfes.

Das Treppenhaus zeigt in die Tiefe, doch das stimmt eigentlich nicht mehr, es führt nun schräg nach unten. Obwohl die Stufen schief stehen, ist es im Moment noch möglich, das Treppenhaus zu begehen. Wenige Menschen halten sich hier auf – glücklicherweise –, sie drängen sich auf die der Insel zugewandte Seite und kämpfen um Plätze in den Rettungsbooten.

Helikopterlärm, gleissende Scheinwerfer, Fischkutter, auftauchende Fähren, schreiende Menschen – so stelle ich mir die

Hölle vor. Anna zittert heftig, die eisige Kälte vorhin an Deck, keine Schuhe an den Füssen und der wenig schützende Blazer lassen sie leiden.

Ein wahrer Spiessrutenlauf erwartet uns im Treppenhaus. Immerhin sind die Stufen mit Teppichen bezogen und lindern den Schmerz von Annas erstarrenden Füssen. Schritt um Schritt, uns einmal am Geländer hochziehend, dann uns wieder anderweitig festhaltend, gelangen wir auf der stetig schiefer werdenden Treppe Stockwerk um Stockwert in die Tiefe – neue, nun vermehrt sich hysterisch überschlagende Weisungen ertönen aus den Schiffslautsprechern.

Verzweifeltes Rufen eines Kindes lässt uns innehalten, es dringt aus einem nicht mehr beleuchteten Korridor zu den Kabinen. Mithilfe des Lichtes meines Handys erkennen wir den an der schrägen Korridorwand sitzenden, weinenden Jungen.

«Komm mit uns, wir werden dir helfen, junger Mann», sage ich zu ihm.

Wackeligen Schrittes, halb auf dem Korridorboden und halb an der Seitenwand laufend, stolpert er uns entgegen. Ich reiche ihm die Hand. Seine Worte verstehen weder Anna noch ich, doch er fühlt, dass wir ihm helfen werden. Noch eine letzte Etage, dann haben wir es geschafft.

Im vierten Stockwerk lag unser Speisesaal, auf gleicher Höhe befinden oder befanden sich die Rettungsboote. Nun sind wir im Deck «Kolanda», dem untersten, und gelangen erneut in die erbarmungslose Kälte der Januarnacht.

Gleissendes Licht vom Helikopter erfasst uns drei Rettungssuchende. Der Scheinwerfer schwenkt von uns weg, er weist zu einer über den Rumpf hinunter führenden Strickleiter, deren Ende wir nicht erkennen. Die Helikopter-Crew leitet uns mit ihrem Lichtkegel zur rettenden Strickleiter.

«Ich kann nicht mehr, meine Beine versagen, wie soll ich hier hinunter steigen?» Anna ist dem Weinen nahe.

«Halten Sie durch, Anna. Noch diese Leiter, dann sind wir in Sicherheit.»

Den Kopf dem Rumpf zugewandt, steige ich als Erster auf die Strickleiter. Es folgen der Junge und nach nochmaligem Ermuntern Anna. Dicht aneinander gedrängt, meine Hände auf der Höhe von Annas Schultern, an der Strickleiter festhaltend, ein Ausrutschen würde in meinen Armen enden, nähert sich das kompakte Menschenpaket Tritt um Tritt dem eines gefrässiges Ungeheuer wirkenden, dunkeln Meeres. Unheimlich empfinde ich den glitschigen mit Bewuchs und Muscheln übersäten, vormals unter der Wasserlinie liegenden, schwarzen und kalten Rumpf des riesigen Schiffes, und bedrohlich ragt der seitliche Stabilisator in die Höhe. Vibrationen und schauderhafte Kratzgeräusche, durch das Metall des Stahlrumpfes verstärkt, lassen erahnen, welche Kräfte auf das Schiff einwirken, während es sich weiter zur Seite neigt und sich in den Felsen verkrallt – hoffentlich hält der Untergrund. Nicht auszudenken, was geschehen würde, sollte der Rumpf weiter in die tiefe See abgleiten.

Die Rundung des Schiffskörpers erlaubt nun erstmals einen Blick bis zur Wasserlinie. Ein Fischkutter steht am Ende der Leiter. Die letzten zehn Meter sind überwunden, kräftige Fischerarme helfen ins rettende Boot.

Der Steuerstand ist bereits von dicht gedrängten Menschen überfüllt. Die Treppe, auf welcher uns ein Fischer nach unten begleitet, führt in den Maschinenraum. Ölverschmierte Stufen, schmutzige Wände und Maschinenteile. Es stinkt fürchterlich nach Fisch, Diesel und Öl – trotzdem fühlen wir uns in der Wärme wie im siebten Himmel. Anna sitzt auf einer schmutzigen Decke auf einer Bank, ihr vormals edler Blazer zeigt intensive Spuren der Rettung.

Sie lächelt, das Lächeln gilt ihrem Retter, der Retter, der sie und alle Passagiere in diese Notsituation manövriert hat.

Wenig später betritt der Steuermann mit feuchten Augen den Maschinenraum. Gerührt verkündet er, dass die Eltern des Jungen – er heisst Matti und stammt aus Holland – unversehrt in Giglio auf ihren verschollenen Sohn warten. Freudentränen suchen den Weg über mehrere Wangen. Anna zieht Matti auf ihren Schoss, sitzend schmiegt er sich in die Geborgenheit der schönen Frau.

Weiter füllt sich der Maschinenraum mit Menschen, Menschen gezeichnet vom Schrecken der letzten zwei Stunden. Niemand spricht, die Leere sitzt tief in ihren Seelen.

Neben Anna auf der schmutzigen Bank ruht mit geschlossenen Augen mein Kopf auf meinen Armen – das psychische Tief führt erneut Regie. Meine Berechnungen wurden auch von Kollegen unserer Firma überprüft, alle gelangten zum gleichen Resultat, mindestens fünfhundert Meter betrug der Sicherheitsabstand zum nächsten Punkt der Insel Giglio. Unsere Berechnungen berücksichtigten alle Untiefen und gefährlichen Riffs. Was ist falsch gelaufen? Weshalb fuhr dieses Schiff so nahe an der Insel vorbei und kollidierte schlussendlich mit dem Felsen? Erstmals seit dem verhängnisvollen Crash erlebe ich so etwas wie Erleichterung. Ich rede mir ein, keinen Fehler begangen zu haben. Dem Zusammenstoss muss ein anderer Auslöser zu Grunde liegen, so oder ähnlich versuche ich mich von der vernichtenden mir eingebildeten Last zu befreien.

Ich sehe die schlanken, zitternden Füsse der noch immer frierenden Anna. Erleichtert, mit einem «Danke, Silvan» nimmt sie es an, dass ich meine Socken über ihre eisig-kalten Füsse streife.

Inzwischen sitze ich wieder aufrecht neben der mir sanft zulächelnden schönen Frau. Ich meine, sogar so etwas wie ein Glücksgefühl in ihren Zügen zu erkennen. Ist es, weil Matti wohlbehütet in ihren Armen schläft oder weil ihr meine Nähe guttut? Vermutlich von beidem ein wenig.

Ein nächster Fischkutter steht bereit, weitere Passagiere aufzunehmen.

«Halten Sie sich von der Maschine fern», die mahnenden Worte des Steuermannes. Heftig zittert der schwere Diesel, die Kipphebel der Ventilsteuerung auf den Zylinderköpfen vollführen einen wilden Tanz, infernalisch ist der Motorenlärm unter Deck.

«Ich werde nochmals kurz nach oben gehen, Anna. In spätestens fünf Minuten bin ich zurück.»

Was sich mir nun offenbart, übersteigt meine schlimmsten Befürchtungen.

Bedrohlich, als möchte der riesige, dreihundert Meter lange, auf Steuerbordseite liegende Rumpf uns im nächsten Augenblick unter sich begraben, baut sich die Metallmasse vor dem zerbrechlich erscheinenden Fischkutter auf.

Mit jedem Meter weiter Richtung Hafen von Giglio verändern sich die Schreckensbilder, mindestens drei Viertel des Schiffes liegen unter der Wasserlinie. Gespenstisch, die schräg aus dem Wasser ragende Kommandobrücke und die noch immer leuchtenden Scheinwerfer der bereits untergegangenen Decks. Überall wimmelt es von Rettungsbooten.

Meine Handbewegungen und mein Kopfschütteln beim Hinuntersteigen in den Maschinenraum lassen Anna unzweifelhaft erkennen, welche Dramatik ich ausserhalb des Maschinenraumes erleben musste.

«Unglaublich, diese Bilder möchte ich Ihnen ersparen.»

Mitfühlend lege ich ihr meine Hand auf die Schulter. Den Kopf mit geschlossenen Augen in Annas weiche Rundungen eingebettet, fühlt sich Matti sichtlich geborgen. Es scheint so, als wollte er sich nie mehr von der schönen Frau lösen. Ich habe Verständnis für Mattis Verhalten, geht es mir doch auch ein bisschen wie ihm, ihre anziehende Nähe erfüllt auch mich mit Wärme.

Kurze fünf Minuten sind seit dem Ablegen vom Rumpf der Kosta Konkordia verstrichen, helfende Menschen vertäuen den Fischkutter am Pier von Giglio. Frierende und bedrückte Passagiere, teils in Wolldecken gehüllt, warten auf eine Fähre, die sie zum Festland bringen soll. Mittendrin das in einen Freudentaumel versinkende Ehepaar. «Matti, Matti!» Herzzerreissend, das Wiedersehen.

Ein älterer Mann muss uns beobachtet haben, auf dem Vorplatz der provisorisch eingerichteten Meldestelle tritt er auf uns zu.

«Scusi, Signori, ich weiss, Sie beide haben vieles durchgemacht.» Sein Blick gilt auch Annas nur in Socken steckenden Füssen. «Selbstlos den Jungen vor dem sicheren Ertrinken zu retten, das war grossartig. Ich habe auch einen Sohn und für ihn würde ich mein Leben geben. Wenn Sie möchten, können Sie die Nacht in meinem Haus verbringen, es würde mich sehr freuen.»

Dunkelbraune Augen sagen ja. Wir machen uns auf den Weg.

«Ich fühle, dass es Ihnen wieder besser geht, Silvan. Hat sich an Ihren Befürchtungen wegen der Schuldfrage Entlastendes ergeben?»

Ich erzähle ihr von meinen Gedanken bezüglich der mehrfachen Überprüfung des Schiffskurses unter Einbeziehung weiterer Kollegen unseres Ingenieurbüros und der Vermutung, dass ein noch nicht erklärbarer Vorfall das Schiff von der geplanten Route abweichen liess.

Vorbei am beleuchteten Giglio Castello über kaltes Kopfsteinpflaster auf leicht ansteigendem Gelände gehend, erreichen wir nach kaum hundert Metern das bescheidene, ohne Dachvorsprung gebaute kleine Haus.

Der gutmütige Herr führt uns hinein. «Hier, das Zimmer meines Sohnes, er ist auf Montage im Ausland. Sie dürfen auch das Bad benützen.» Während wir uns einrichten, meldet sich der liebenswürdige alte Mann erneut an der Türe. «Diese Hausschuhe werden der Dame guttun. Für den kleinen Hunger einige Früchte, Brot und Käse.» Mit einem vielsagenden Lächeln sagt er: «Sie sind ein solch schönes Paar», drückt uns – «die haben Sie sich verdient» – eine Flasche Prosecco und zwei Gläser in die Hand und verlässt das Zimmer. Unser Lachen, das erste übrigens seit dem Dinner im Speisesaal, könnte herzhafter nicht sein. Wenn der Herr wüsste, wie lange sich das schöne Paar schon kennt!

«Lass uns du sagen, Anna.»

Ihr spontanes Lächeln sagt ja.

Wir sitzen uns am kleinen Tisch gegenüber, Häppchen um Häppchen entschwinden in hungrigen Mägen und der prickelnde Prosecco legt sich beruhigend auf die belastenden Gedanken.

«Ihr alle am Tisch habt die Anspannung zwischen mir und Herrn Schildmann erlebt und werdet euch gefragt haben, welche Interessen uns verbinden.» Annas intensiver Schluck aus dem Sektglas lässt die Überwindung, die sie diese persönliche Äusserung gekostet hat, spüren, und mit einem vielsagenden Lächeln sagt sie: «Es gab noch jemanden am Tisch, der sich mit persönlichen Details outete.» Tief ist ihr Blick aus wunderschönen Augen. «Dir schien es wichtig, dein Alter mitzuteilen. Ich wusste, für wen diese Information bestimmt war. Es hat mich sehr gefreut!»

Blicke in glänzenden Augen, Annas Worte lassen mich nervös am Sektglas schlürfen, ich sehe Stefanies errötende Wangen, als ihr Juan vom edlen Dress der Crew vorschwärmte. Feinfühlige Hände folgen den Konturen des Sektglases. «Weisst du, eigentlich wurde ich zu dieser Reise überredet. Herrn Schildmann habe ich nämlich erst vor drei Tagen kennengelernt.

Hätte ich gewusst, auf was ich mich einlasse, wäre ich nie auf diese Kreuzfahrt mitgegangen.» Erneut ein kräftiger Schluck aus dem Glas. «Seit dem Tod meines Lebenspartners vor einem Jahr plagen mich heftige Schuldgefühle. Sein Hobby hat ihn sein Leben gekostet. Günther starb als Basejumper in Lauterbrunnen in der Schweiz. Eine instabile Fluglage liess ihn in die Felswand prallen, woraufhin er ungebremst an dieser entlang abstürzte», sagte sie, den Blick gesenkt, nach einem kurzen Seufzen. «Obwohl ich nicht am Ort des Geschehens war, oder vielleicht gerade deshalb, leide ich seither sehr. Psychologische Hilfe hat nichts an meinen Albträumen geändert, seit seinem Tod lebe ich zurückgezogen.» Erneutes Seufzen. «Erst auf Drängen meiner Arbeitskollegin und Chefin, wieder am Leben teilzunehmen, habe ich für diese Kreuzfahrt zugesagt. Fünfzehntausend Euro wurden mir von Herrn Schildmann geboten – für diese Summe arbeite ich sonst vier Monate! Meine Aufgabe bestand darin, Herrn Schildmann zu begleiten, als schönes Anhängsel sozusagen, aber ohne weitere Verpflichtungen. Meinem Wunsch nach getrennten Kabinen auf der Kosta Konkordia wurde entsprochen und er wurde auch vertraglich festgehalten. Und dann dieser Reinfall – Herr Schildmann ist ein unsympathischer, lautstarker Angeber. Schleimig eröffnete er mir vor dem heutigen Galadinner, nicht gewillt zu sein, jede Nacht allein zu verbringen. Es mutet beinahe als Fügung des Schicksals an, dass dieses Unglück mit der Kosta Konkordia geschah – entschuldige Silvan, ich weiss, es tönt ziemlich makaber, aber ich bin froh, dass dieses Engagement für mich zu Ende ist.» Und den letzten Frust von der Seele redend. «Ich kann es kaum nachvollziehen wie dieser ekelhafte Typ als Sicherheitsexperte in der Kunstszene Fuss fassen konnte.»

Ein Lächeln huscht über meine Lippen – Verunsicherung beim Gegenüber.

«Anna, genau dasselbe empfand ich beim Gespräch am Tisch.»

Strahlendes Lächeln zeigt sich zwischen sinnlichen Lippen. «Du hast von einer Arbeitskollegin gesprochen, welcher beruflichen Tätigkeit gehst du nach?»

«Ich arbeite in einer Modeagentur in Stuttgart, zu Beginn als Model, nun in der Organisation von Modeshows oder Messen, seit einem Jahr bleibe ich dem Laufsteg fern.»

Bereits die Hälfte der Flasche Prosecco ist in geniessenden Gaumen entschwunden. Ich fülle die Gläser erneut nach. Exotisches Braun und sanfte Rottöne vermischen sich in Annas Augen. Beim Galadinner am Tisch kämmten feingliedrige Finger ihr dunkelbraunes Haar nach hinten, dieses Mal begleitet von einem sehnsuchtsvollen Leuchten ihrer wunderschönen Augen.

Anna hadert mit sich, etwas scheint sie zu beschäftigen. Sie lächelt, dann wendet sie den Blick ab, jetzt atmet sie hörbar durch und fasst einen anscheinend mutigen Entschluss. «Obwohl wir uns erst wenige Stunden kennen, weiss ich, dass du der Mann sein könntest, der meinem Leben wieder Sinn gibt. Bitte, ich weiss, das klingt verrückt, ich weiss ja nicht einmal, ob du verheiratet bist oder in einer Beziehung lebst. Vielleicht wegen dem Schock der Havarie und dem knapp nur entronnenen Tod, reagiere ich dermassen emotional. Als ich dir am Tisch gegenübersass, reifte ein Wunsch in mir, welcher mich nicht mehr los lässt, Silvan.» Sie atmet heftig. Nach einer erneuten Pause sagt sie leicht stotternd: «Das wollte ich dir eigentlich nicht erzählen aber der Alkohol scheint mich zu benebeln und mir sämtliche Hemmungen zu nehmen.» Feurige Augen lassen mich nicht mehr los.

«Erzähl schon, schöne Frau, so schlimm wird es wohl nicht sein. Ich mag es, wenn du dich mir anvertraust.» Anna erhebt sich vom Stuhl. «Ich hoffe, dich mit meinen Wünschen nicht zu erschrecken.»

Mein Lächeln zeigt ihr, wie schwer mich ihr Wunsch belasten könnte.

«Nimmst du mich in deine Arme? Ich möchte dir jetzt nicht in die Augen sehen, wenn ich dir mein Geheimnis anvertraue. Ausser der mit Schuldgefühlen belasteten Anna gibt es auch eine zweite, von erotischen Fantasien beflügelte Anna, und diese raubt mir beinahe jede Nacht den Atem.»

Sie legt ihre Arme um meinen Hals und kuschelt sich leidenschaftlich an mich. Herrlich fühlen sich ihre vollen Brüste, ihr flacher Bauch und das einladende Becken an. Nur flüsternd teilt sie sich mir mit. Ich verstehe trotzdem jedes Wort und fühle ihr Verlangen.

«Seit längerer Zeit – bereits vor Günthers Tod – träume ich davon, gedemütigt zu werden, mich einem Mann hinzugeben, zu unterwerfen. Und heute sitze ich dir gegenüber. Ich bin nicht mehr Herrin meiner Sinne, Silvan. Entschuldige mein unverzeihliches Outing. Es würde mir sehr wehtun, wenn dich meine Offenbarung abschreckt.» Meine heftige Erregung lässt sie die Antwort fühlen, noch intensiver schmiegt sie sich an mich. «Du bist der Mann, mit dem ich das erleben möchte, Silvan. Dieser Schock heute liess mich schwach werden. Wer weiss, vielleicht ist dies die einzige Gelegenheit, die uns bleibt. Ich möchte mit dir schlafen. Hättest du Lust, mein strenger Meister zu sein, mich zu demütigen und zu beherrschen? Ich werde mich fallenlassen und mich dir völlig hingeben.»

Heiss und kalt läuft es mir den Rücken hinunter. Sieht sie in meine Seele? Nur dank des in den Blutbahnen zirkulierenden Alkohols entgleitet mir meine kaum mehr zu kontrollierende Erregung noch nicht. Devot lächelnd fragt sie: «Hilfst du mir aus meinem Blazer und dem Top?» Wie Gott sie schuf, steht die erregende Frau vor mir, einzig das rote Seidenhöschen verweilt an ihrem eleganten Körper. Behutsam drehe ich Anna mit dem Rücken zu mir. «Ich werde dir nun mit meinem Ledergürtel deine Arme straff auf dem Rücken zusammenbinden, Anna.» Ich meine, ein lustvolles Nicken zu erkennen. Knapp unterhalb ihrer Schultern ziehe ich den Gürtel zusammen.

Anna stöhnt: «Oh, wie ich das liebe, bitte Silvan, sei streng zu mir.»

Eine weitere Gurtwindung ist möglich, fünf Zentimeter fehlen, dann lässt sich der Schnallenverschluss schliessen. Tief spannt der Gürtel in ihre schlanken Oberarme, majestätisch ragen ihre Brüste in die Höhe. «Silvan, du machst mich verrückt, völlig wehr- und willenlos, oh, wie ich das liebe …», stöhnt es aus ihrem tiefen Inneren.

Verklärt blickend verfolgt Anna, wie ich in ihr weisses Top einen Knoten knüpfe. Sie weiss, wcshalb ich dies tue, und öffnet erwartungsvoll ihren sinnlichen Mund.

Ich trete hinter sie. Nicht wie von ihr erwartet dringt der weiche Stoffknebel in ihren Mund. Es ist meine Hand, die sanft nach unten gleitet und ebenso sanft ihr feuchtes Höschen über die eleganten Beine streift. Vor ihren Augen zerknülle ich ihr reizvolles Accessoire. «Jetzt darfst du deinen Mund öffnen, schöne Frau.»

Behutsam führe ich das Höschen in ihren Mund, bis nichts mehr sichtbar bleibt. Alles soll schön am «Ort» verweilen, deshalb folgt nun das zum Knebel geformte weisse Top. Anna hält ihre Augen geschlossen. Tief geht ihr Atem und sie taucht ein ins Land ihrer Sehnsüchte. Zitternd und kaum mehr in der Lage, mich selber zu kontrollieren, fordere ich Anna auf, meine Worte zu wiederholen: «Ich liebe es, von dir geknebelt zu werden und heftigen Sex zu erleben.»

Nur dumpfes Stöhnen dringt aus ihrem Innern. Sie versucht nicht einmal meinen Worten Folge zu leisten.

«Das finde ich nicht lieb von dir, Anna. Wegen deiner Weigerung, meinem Wunsche zu folgen, werde ich den Knebel nun fester verknoten. Bekommst du noch genügend Luft zum Atmen, schöne Frau?»

Anna nickt.

«Soll ich noch etwas straffer binden?»

Erneut ein lustvolles Nicken.

Noch kräftiger dringen der Knebel und Knoten zwischen die edlen weissen Zähne, keuchend geht ihr Atem. Anna verliert sich, intensiver werden ihre Lustlaute.

Willenlos lässt sich Anna aufs Bett tragen und tief stöhnend geniesst sie den Moment beim Hinabgleiten auf meinen Schoss.

Lustvolle Bewegungen ihrer Hüften folgen, dann ein kurzes Innehalten, von dumpfen Lustlauten geleitet, woraufhin sie sich in Ekstase reitet. Bestimmt und trotzdem gefühlvoll kneifen und verdrehen meine Finger ihre harten Brustwarzen.

Anna besteht nur noch aus Lust, aber nicht nur sie. Langsam entgleitet auch mir die Kontrolle. Sie fühlt den nahenden Höhepunkt und hält inne. Sie will alles auskosten, das Finale hinauszögern.

Die Zeit scheint still zu stehen, im Zeitlupentempo nähern wir uns dem heftigsten Erdbeben, dann die erlösende, jetzt von rasenden Hüftbewegungen begleitete Explosion – völlig erschöpft sinkt die schöne Frau auf meinen Oberkörper.

Befreit vom Höschen und dem Ledergurt kuschelt Anna sich an ihren strengen Liebhaber.

«Das war himmlisch, Silvan ...»

Sanft fallen ihre dunkelbraunen Haare über ihre Wangen, sie schmeicheln dem exotischen Äusseren der friedlich schlafenden Schönheit, entspannte Atemzüge signalisieren ihre Geborgenheit im kleinen Wohnhaus auf Giglio. Eigentlich müsste auch ich im Tiefschlaf liegen, doch die Ereignisse vor Giglio lassen mich nicht zur Ruhe kommen.

Wieder und wieder stelle ich mir die beklemmende Frage, wie dies geschehen konnte, und als Steigerung ins Unerträgliche: Hat diese Havarie Menschenleben gekostet? Und wenn ja, wie viele? Wie soll ich mich verhalten? Untersuchungsbehörden werden bald auf unser Ingenieurbüro stossen und belastende Fragen an uns richten. Meine Entscheidung steht fest: Schnellstmöglich zurück nach Zug ins Büro und den gespeicherten Schiffskurs nochmals analysieren und sicherstellen. Ich muss meinen Geschäftsführer über die Havarie der Kosta Konkordia ins Bild setzen – es ist drei Uhr morgens.

Als fast schon erlösend empfinde ich den Klingelton meines Handys, mein Kompagnon und Geschäftsführer unseres Ingenieurbüros kommt mir zuvor. «Was zum Teufel ist geschehen, Silvan? Die Kosta Konkordia ist auf Grund gelaufen und teilweise gesunken?» In seiner Aufregung vergisst Urs die Begrüssung, auch mein persönliches Befinden scheint ihn nicht zu interessieren, hastig fährt er fort: «Silvan, wir müssen alles unternehmen, damit die Ursache der Havarie nicht als eine Falschberechnung unseres Ingenieurbüros ausgelegt wird.» Heftiges Atmen ist aus dem Lautsprecher hörbar. «Welche Teile der Kommandobrücke liegen unter Wasser?» «Nun mal sachte, Urs. Warum interessiert dich, wie viel davon unter Wasser liegt?» Wie aus dem Kanonenrohr geschossen antwortet er: «Du bist doch Taucher. Wir müssen unser Datenrack mit den Koordinaten sicherstellen, mit den gespeicherten Daten werden wir unsere Unschuld beweisen. Auf keinen Fall dürfen wir in die Mühlen der italienischen Strafjustiz geraten. Schadenersatzforderungen in astronomischen Höhen und Anklage wegen

Körperverletzung oder eventuell sogar Totschlag wären nicht mehr auszuschliessen.»

In diesen Punkten sind wir uns sogar einmal einig. Zwei gestresste Männer atmen ein erstes Mal durch. Glücklicherweise vermochte das bisherige Gespräch Anna nicht aufzuwecken. Ich möchte sie nicht mit belastenden Tatsachen konfrontieren und führe die Konversation in verhaltenem Ton fort. «Das Schiff liegt auf der Steuerbordseite, das Datenrack wurde von uns auf dieser Seite der Kommandobrücke eingebaut, nach meiner Einschätzung müsste es sich jetzt im überfluteten Teil befinden.»

«Das stimmt mich optimistisch, oberhalb des Wasserspiegels haben wir keine Chance, das Ding zu bergen. Man müsste hinaufklettern, ohne Hilfsmittel nicht vorstellbar.»

Anna dreht sich auf die andere Seite und kuschelt sich ins Duvet, sie schläft noch immer.

«Urs, wenn ich bereit wäre, mich auf deinen Vorschlag einzulassen – woher nehme ich eine Tauchausrüstung und wie gelange ich unbemerkt an den vielen Carabinieri vorbei aufs Schiff?»

«Ich habe bereits Vorkehrungen getroffen, Silvan. Deine Tauchausrüstung hast du bei uns im Archiv eingelagert, inzwischen ist sie in meinem Wagen deponiert. In einer Viertelstunde werde ich losfahren, alles Weitere organisiere ich unterwegs. Bleib mit mir in Kontakt, bestimmt lässt sich auf dem Festland – Orbetello liegt gleich vis-à-vis von Giglio – ein Fischer finden, der mich hinüberfährt.»

Wir beenden das Gespräch, hellwach, aber nachdenklich setze ich mich aufs Bett neben die friedlich schlafende Anna. Ein Gedanke jagt den nächsten. In was bin ich hineingeraten? Zuerst der Crash der Kosta Konkordia, dann die gelungene Rettung vom untergehenden Schiff, ich lernte eine wunderschöne Frau kennen und durfte berauschenden Sex mit ihr erleben. Und nun soll ich zurück auf das gefährliche, stählerne Ungetüm?

Beim Gedanken an die Kosta Konkordia beschleichen mich mulmige Gefühle, meine innere Stimme sendet unmissverständliche Signale. Irgendwie werde ich den Gedanken nicht los, dass der Crash kein Zufall war und ein böser Fluch auf dem Schiff liegt.

Anna liegt, als ob sich nie etwas Schlimmes ereignet hätte, entspannt schlafend auf der Seite. Behutsam lege ich mich neben sie, einige Stunden Schlaf werden mir guttun.

Eine Hand und sanfte Rüttelbewegungen holen mich zurück in die Wirklichkeit. Dunkelbraune, lächelnde Augen verschönern das Erwachen. «Hey du Siebenschläfer, es ist bereits zehn Uhr. Wir können nicht ewig hier bleiben, mein Magen knurrt auch schon heftig.» Ich erschrecke und greife nach meinem Handy. Tatsächlich blinkt die Diode, der Anruf von meinem Kompagnon erfolgte vor einer Stunde – ich muss das Gerät in der Nacht irrtümlich stumm geschaltet haben. «Anna, lass mich noch schnell ein wichtiges Gespräch führen.» «Ich vermute wegen dem unerklärbaren Kurswechsel der Kosta Konkordia?» Ich nicke und drücke die Rückruf-Taste.

Bissen um Bissen eines Apfels entschwinden in ihrem sinnlichen Munde, bezaubernd ist ihr Lächeln. «Es war wunderschön letzte Nacht, Silvan.»

Dann meldet sich Urs. «Dir scheint der Ernst der Lage noch immer nicht bewusst zu sein. Bereits vor einer – » Ich unterbreche ihn. «Entschuldige Urs, mein Handy war stumm geschaltet, wo bist du?» «Kurz vor Giglio. Der Fischer wird mich zum Hotel Arenella fahren, es soll nur wenige hundert Meter vom Havaristen liegen, einen Moment …» Urs bespricht sich mit dem Fischer. «In einer Viertelstunde sind wir dort.» «Den Weg zum Hotel werde ich zu Fuss zurücklegen müssen, in ungefähr einer halben Stunde sollte ich es schaffen. Und noch etwas, halte den Fischer zurück, wahrscheinlich könnte er mich näher an die Kosta Konkordia fahren.» Gemischte Gefühle erkenne ich in den schönen Augen gegenüber.

«Werden wir uns nochmal sehen, Silvan?» Sie lächelt sanft.

«Ich möchte dich auf jeden Fall wiedersehen!» Und nach einem Zögern, «oder bist du vergeben, verheiratet oder hast eine Freundin?» Ihre Bedenken schmeicheln mir, auch ich lächle.

«Weder Freundin noch Ehefrau. Ich habe noch etwas zu erledigen, Anna, in ungefähr zwei Stunden sollte ich wieder zurück sein, wir könnten dann gemeinsam die Rückreise planen.»

Wir umarmen uns so intensiv, als wäre es das letzte Mal.

Der Weg zum Hotel Arenella führt auch am kleinen Hafen von Giglio vorbei. Belastende Bilder erschlagen mich, sie übertreffen meine schlimmsten Befürchtungen. Menschen, eingepackt in schwarze Säcke, werden von einem Fischkutter an Land gebracht.

Schwere Gedanken begleiten mich auf dem weiteren Weg zum Hotel Arenella – es spielt keine Rolle ob «nur» ein Mensch stirbt oder hunderte, für den Betroffenen zählt nur sein eigenes Schicksal.

Aus dem Kamin des zur Seite gekippten, nur wenige Meter entfernten Schiffes scheinen Tentakel einer Riesenkrake nach mir greifen zu wollen. Und dieses Monster soll ich besteigen? Ich schüttle ungläubig den Kopf. Jede Pore meiner Haut beginnt sich zu sträuben.

Urs wartet bereits am kleinen Steg beim «Arenella». Der bärtige Fischer reicht mir die Hand. Seine heitere Miene lässt vermuten, dass seine Mühen von Urs grosszügig abgegolten wurden. Nicht ohne Stolz weist Urs auf meine Tauchausrüstung. Wie mir scheint, hat er an alles gedacht: Eine Stirnlampe und ein kleines Werkzeugset mit Schraubenziehern und Zangen ergänzen die umfangreiche Tauchausrüstung.

Bei den wenigen Grad über dem Nullpunkt braucht es einiges an Überwindung, sich in den engen Neoprenanzug hineinzuzwängen. Tatkräftig gehen mir die beiden Männer dabei zur Hand. Die grosse Tauchflasche hängt an meinem Rücken und der Gurt mit Tauchgewichten sitzt nun ebenfalls um meine Taille.

Der Fischkutter nimmt Fahrt auf in Richtung Kosta Konkordia. Wir nähern uns dem Wrack von der Rückseite. Mindestens fünf Boote der Guardia Costiera sichern die Umgebung des Ozeanriesen.


Die Taucherbrille aufgesetzt und den Atemschnorchel im Mund lasse ich mich, auf der von den Polizeibooten abgewandten und nicht einsehbaren Seite, rücklings ins Wasser fallen. Ich bin völlig auf mich allein gestellt, kein Vergleich zu den Tauchgängen mit unserem Tauchclub in Zug. Bis zu eine Stunde schaffte ich es mit einer Flaschenfüllung bei normalen Bedingungen. Hier, unter höchster Anspannung und Stress, wird der Inhalt für maximal eine halbe Stunde reichen.

Zweihundert Meter vor uns liegt das Boot der Guardia Costiera und nochmals zweihundert Meter weiter beginnt das Heck der Kosta Konkordia. Seitlich versetzt vom Polizeiboot, zehn Meter unter der Wasserlinie, untertauche ich das erste Hindernis. Jetzt müsste der Rumpf des Passagierschiffs sichtbar werden. Noch sehe ich nichts, noch immer nichts, meine Atmung gleicht der eines Hundert-Meter-Läufers.

Da, undeutlich erkenne ich im zunehmend von Ölspuren getrübten Wasser erste metallische Umrisse. Es ist ein Teil des riesigen Propellers. Obwohl ich gewusst habe, was mich erwartet, erschrecke ich zutiefst. Endlich sehe ich auch den Rumpf, seitlich noch immer auf gleicher Tiefe. Als ich an ihm entlangtauche, wird nach drei Minuten die riesige Frontkugel des Kreuzfahrtschiffes sichtbar. Kein Taucher ist mir bis hierher begegnet. Die Silhouetten der im Bugbereich nun dichter beieinander stehenden Bootsrümpfe lassen erkennen, aus welcher Richtung die Rettungskräfte in den Schiffsrumpf vordringen.

Erste Fenster der schräg in die Tiefe weisenden, weiträumigen Kommandobrücke treten ins Blickfeld. Wo finde ich den Einstieg auf die Brücke? Entlang der Fensterfront nach oben steigend, nähere ich mich den schwarzen Bootsrümpfen der Rettungskräfte.

Zwei Taucher der Guardia Costiera scheinen einen Weg in den Schiffsrumpf gefunden zu haben. In respektablem Abstand folge ich den Männern. Die ersten Meter verlaufen einem Deck entlang, dann sind die Männer plötzlich verschwunden. Ich erreiche die Stelle und tauche in die Tiefe. Völlige Dunkelheit. Die Kopflampe tritt in Aktion. Nun erkenne ich die beiden Männer wieder, sie bewegen sich in einem Korridor hin zum Heck.

Die Kommandobrücke liegt in der Gegenrichtung. Gespenstisch wirkt der Gang im Licht meines starken Scheinwerfers. Noch 65 Prozent Sauerstoff in der Flasche. Ich atme zu viel. Maximal zwanzig Minuten dürfte der Sauerstoff noch reichen.

Jetzt folgt ein Rechtsknick, erneut in die Tiefe und zehn Meter weiter, endlich ein Eingang zur Kommandobrücke. Ein bizarres Bild erwartet mich. Der Boden der Kommandobrücke steht fast senkrecht, die Konsolen der Steuerstände hängen scheinbar verloren im Raum und der Blick durch die schrägen, stehenden Fenster zeigt keinen tiefblauen Horizont, sondern eiskaltes, dunkles Nichts. In der Tiefe erkenne ich ein Wirrwarr aus umgestürzten Kommandostühlen, diversen Geräten und viel Papier, wahrscheinlich Checklisten der Kosta Konkordia. Und darüber schimmert schwaches Licht aus der vom Wasser nicht überfluteten Kommandobrücke.

Meine Aufmerksamkeit gilt den schräg hängenden Schränken mit den Steuerelementen. Schrank Nummer vier beherbergt unser Rack mit den Kursdaten. Ich traue meinen Augen nicht, beide Schrauben stecken lose in den Gewinden – kein

Ruhmeszeichen für unsere Firma. Immerhin lässt sich der Schrankdeckel dementsprechend schnell öffnen und ebenso schnell muss ich erkennen: Das gesuchte Rack steckt nicht mehr in der Halterung.

Da war jemand schneller als ich, aber wer? Die Guardia Costiera sucht zuerst nach Überlebenden. Mein riskanter Tauchgang scheint völlig vergebens. Jäh schiesst mir ein schrecklicher Gedanke durch den Kopf. Wer auch immer dieses Rack aus dem Schalttableau entfernte, wollte nur eines – verhindern, dass die korrekten Kursdaten an die Öffentlichkeit gelangen. Und wenn dieser Jemand dazu bereit ist, ein Schiff mit über viertausend Menschen untergehen zu lassen, ist auch mein Leben nichts mehr wert.

Alles in mir sträubt sich, meine Atemfrequenz erreicht die Extremwerte eines Mount-Everest-Bezwingers. Nur noch 45 Prozent Restsauerstoff! Meine Gedanken spielen verrückt. Was wäre, wenn ein Mörder hinter meinem Rücken den Sauerstoffschlauch durchtrennt oder mich kaltblütig ein Harpunenpfeil durchschlägt? Später würde man von einem tragischen Unglücksfall berichten. Nur keine Panik. Ein Taucher in Panik ist einem zu langsam fliegenden Flugzeug gleichzusetzen – im einen Falle wird der Flieger abstürzen und im anderen wird der Taucher auch nicht überleben. Autosuggestion beanspruchte einen Teil des damaligen Tauchkurses. Bei Gefahrensituationen Ruhe bewahren, hiess das oberste Gebot. Dieses Wissen hilft mir in dieser brenzligen Situation. Entsprechend gefasst gleitet mein Blick zurück. Meine Aufmerksamkeit gilt dem oberhalb im Wasser liegenden Teil der Kommandozentrale. Nichts Beunruhigendes, trotzdem drängt die Zeit, ich will schnellstmöglich hinaus aus dem stählernen Sarg.

Noch im Abdrehen fällt der orange Schrank in mein Sichtfeld. Ich Idiot! In diesen habe ich noch vor einer Woche eigenhändig ein Datenaufzeichnungsgerät installiert, eine Art Blackbox. Niemand ausser mir hatte Kenntnis davon, also konnte auch niemand aktiv danach suchen. Eine unverständliche innere Ruhe lässt mich zum Schrank schwimmen und den Schraubenzieher, dieses Mal an festgezogenen Schrauben, drehen. Der Deckel öffnet sich, erneut werfe ich einen Kontrollblick in den Raum. Die Blackbox zeigt sich unversehrt an dem Ort, an dem sie vor einer Woche montiert wurde. Ich löse die Steckverbindungen und das zigarettenschachtelgrosse Gerät weilt in sicheren Händen. Noch 35 Prozent Sauerstoff in der Flasche.

Dem Lichtschimmer folgend steige ich in die Höhe, die Eingangstüre zur Kommandobrücke taucht aus der Finsternis. Die Kopflampe ermöglicht es erneut, den Weg durch den nun noch bedrohlicher wirkenden Korridor zu finden. Hinter jeder Nische vermute ich einen Mörder. Wiederholt mache ich meine Kopfbewegungen rückwärts, ausser dem Geräusch des Lungenautomaten und der aufsteigenden Luftblasen herrscht Totenstille.

Drei in meine Richtung schwimmende Taucher der Guardia Costiera erschrecken mich zutiefst. Erleichtert erkenne ich die zum O geformten Daumen und Zeigfinger des Anführers, auch ich antworte mit demselben O, dem Zeichen für «alles in Ordnung». Die Blackbox in meiner Hand bleibt ihren Blicken verborgen. Neugierig dreht der eine seinen Kopf zurück in meine Richtung – ich vermute zu wissen weshalb. Auf dem Vorderteil seines Neoprenanzugs steht «Guardia Costiera», bei mir «Tauchclub Zug». Er scheint einen Moment zu zögern, schliesst zu seinen zwei Kollegen auf, alle drei beobachten den sich entfernenden Taucher mit der dubiosen Aufschrift. Sie tauschen einige Handzeichen untereinander, dann wenden sie. Nun werde ich auch noch von der Guardia Costiera verfolgt – bizarrer kann es nicht mehr kommen. Gnadenlose Verbrecher sitzen irgendwo im Hintergrund, vielleicht schon jetzt auf der Jagd nach dem einsamen Taucher, und die Polizei, welche mir helfen könnte, macht nun selber Jagd nach mir.

Inzwischen erreiche ich den Durchgang von den Kabinen auf das unter Wasser liegende Deck. Mindestens dreissig Meter beträgt mein Vorsprung. Ein glücklicher Umstand lässt mich schneller vorwärts schwimmen als die Verfolger – sie tragen zwei grosse Sauerstoffflaschen an ihren Rücken. Das Mehrgewicht und der erhöhte Wasserwiderstand hemmen ihr Vorwärtskommen. Jetzt erreichen auch sie das Deck. Ich liege vierzig Meter voraus – noch unbehelligt unter den Rettungskräften beim Bug hindurch, dann habe ich das Schlimmste überwunden.

Geschafft, die Verfolger mussten einsehen, dass sie den unbekannten Taucher nicht mehr einholen können. Ihre primäre Aufgabe heisst Retten von Menschenleben. Dafür erfasst mich Panik aus einem anderen Grunde. Der Inhalt der Sauerstoffflasche geht zu Ende. Die Verfolgungsjagd liess die Flasche in Rekordzeit leer werden. Einhundert Meter fehlen bis zum Rumpfende der Kosta Konkordia und nochmals vierhundert Meter zum Fischkutter – das werde ich nie schaffen. Den letzten Rest Sauerstoff inhalierend, langsam den Rumpf entlangschwimmend, erreiche ich das Heck der Kosta Konkordia. Direkt über dem Propeller bin ich dazu gezwungen aufzusteigen. Taucherbrille nach hinten, Schnorchel aus dem Munde. Um ein Jahrzehnt gealtert atme ich erstmal wieder frische Meeresluft.

Noch nie in meinem Leben befand ich mich in einer nur annähernd so depressiven Stimmung, in diesem Moment fühle ich mich schwach und hilflos. Ich kämpfe. Es muss weitergehen und es wird weitergehen.

Tiefblauer Himmel, das schöne Mittelmeer, jede sich bietende Möglichkeit mich aufzuheitern sauge ich in mich hinein. Die Aussicht auf das Wiedersehen mit Anna gibt mir zusätzlich Kraft.

Den Polizisten auf dem Patrouillenboot der Guardia Costiera bleibt der, bei leichtem Wellengang knapp aus dem Wasser ragende, in schwarzem Neopren steckende Kopf vorerst verborgen. Ihre Aufmerksamkeit gilt dem Geschehen ausserhalb der Sperrzone.

Der Möglichkeit beraubt, unter der Küstenwache durchzutauchen, bietet sich als einzige Alternative, die Insel schwimmend zu erreichen und zu Fuss zum wartenden Fischkutter zu gelangen. Der schwere Bleigurt hält meinen Körper unter der Wasserlinie, die Nasenspitze knapp darüber nähere ich mich dem Ufer. Die nachlassende Anspannung fördert ein anderes Phänomen zu Tage. Ich fühle die unerbittliche Kälte des eiskalten Wassers, sie legt sich bleiern auf Muskeln und Gelenke. Kaum mehr fähig, meinen Bewegungsapparat zu koordinieren, treffe ich an Land. Das Besteigen des felsigen Küstenstreifens lässt meinen Puls nochmals in die Höhe schnellen. Ich entledige mich der Gewichte, streife die Flossen von den Füssen und erreiche mit der schweren Tauchflasche am Rücken den Weg in Richtung Hotel Arenella.

Ein erstes Mal wage ich den Blick zur Küstenwache. Man scheint mich nun doch entdeckt zu haben. Dies jedenfalls entnehme ich den auf mich gerichteten Ferngläsern – glücklicherweise ohne sichtbare Vorkehrungen, den Froschmann zu verfolgen.

Unverändert und in sicherem Abstand zur Guardia Costiera liegt der Fischkutter mit Urs an Bord am vorherigen Ort vor Anker. Die beiden Männer blicken gebannt in die Richtung, aus welcher Silvan Aebischer auftauchen müsste. Hinter einem für die Besatzung der Guardia Costiera nicht einsehbaren Felsvorsprung versuche ich vergeblich, mit Handzeichen auf mich aufmerksam zu machen. Erst nach mehrmaligem Rufen entdecken mich die beiden.

«Jetzt habe ich tatsächlich befürchtet, dieser Tauchgang könnte dein letzter gewesen sein, Silvan. Was ist geschehen und wo hast du das Datenrack?»

Meine schwere Tauchflasche in seinen Händen tragend, bleiben ihm die Worte im Halse stecken. Der Fischer hilft mir aus dem Neoprenanzug. Urs sitzt entgeistert auf der Bordkannte des Fischkutters. Das Gewicht der auf seinen Oberschenkeln lagernden Flasche scheint er nicht zu spüren.

«Sag das bitte nochmals. Das Datenrack ist verschwunden? Das ist doch völlig ausgeschlossen. Wer zum Teufel hat ausser uns Interesse an diesen Daten?»

Ist mir dieser Wortlaut mit dem zum Teufel, nicht schon heute Morgen am Handy von Urs zu Ohren gekommen?

«Ich habe da meine Vermutungen, wirklich nur Vermutungen. Aber es könnte eine gezielte Aktion hinter diesem verhängnisvollen Crash stecken, Urs.»

Kopfschütteln und betretenes Schweigen. Der Seemann beginnt, die Taue am Steg beim «Arenella» zu lösen.

«Warte Urs, ich habe noch etwas zu erledigen. Wir werden mit einer Dame zurück nach Orbetello fahren. Ich habe sie gestern beim Galadinner kennengelernt, gemeinsam gelang uns die Flucht vom Schiff.»

Unverständliches, wie «Weiber», entgleitet seinen Lippen und schroff sagt er: «Hol die Dame, wir sollten schon lange auf dem Weg zurück sein.»

«Würdest du mir inzwischen vom Hotel etwas zu essen besorgen? Ich bin nämlich am Verhungern.»


Leichtfüssig tragen mich meine Beine zum kleinen Haus am Berg. Beim Kamin der Kosta Konkordia will mich keine Riesenkrake mehr anspringen und auch das traurige Geschehen am Hafen von Giglio berührt mich nur noch am Rande – etwas Schönes erwartet mich.

«Hallo Anna, ich bin's!» Sie antwortet nicht. Ein erneutes «Hallo Anna», etwas kräftiger als soeben. Wieder keine Antwort.

Die Haustüre war nicht verschlossen, das Zimmer des Sohnes, in welchem wir die Nacht verbringen durften, ist aufgeräumt wie beim Eintreffen gestern. Von Anna fehlt jede Spur.

Auch die Suche nach einer Notiz, sei es nur eine Telefonnummer, ist eine Fehlanzeige. Ratlos und deprimiert sitze ich auf dem Bettrand. Was ist geschehen? Ein leiser Hoffnungsschimmer, der alte Herr, vielleicht weiss er Bescheid.

«Signore, Signore.» Keine Antwort, auch ausserhalb des Zimmers in der Diele. «Signore, Signore.» Niemand scheint im Hause zu sein.

Anna kennt weder meinen Namen, meine Wohnadresse noch meinen Arbeitsplatz oder meine Handynummer – wir wollten nachher ja gemeinsam die Rückreise planen. Wenigstens weiss ich Bescheid über Annas Modeagentur in Stuttgart, und davon dürfte es nicht sehr viele geben.

Erste deprimierende Zweifel nisten sich in meinen Kopf. Habe ich nicht vor zwei Jahren etwas Ähnliches erlebt, damals mit meiner langjährigen Freundin? Nur ein halbjähriger Aufenthalt in den USA war geplant, die Brief- und Mailkontakte wurden weniger, dann blieben sie völlig aus. Und heute lebt sie in San Francisco, in führender Funktion eines Software-Herstellers und anscheinend liiert mit einem Banker.

Annas letzte Worte heute Morgen vermögen meine Zweifel wenigstens ein bisschen zu zerstreuen. «Werden wir uns nochmal sehen, Silvan? Ich möchte dich auf jeden Fall wiedersehen! Oder bist du vergeben? Bist du verheiratet oder hast du eine Freundin ?»

Im kleinen Wandregal lassen sich ein Schreibblock und Kugelschreiber finden.

Folgender Text entsteht auf dem Papier:

Liebe Anna,

ein besonderer Umstand muss dich dazu bewogen haben, kurzfristig abzureisen. Ich hoffe natürlich, dass nichts Ernsthaftes vorliegt.

Ich möchte dich auf jeden Fall wiedersehen! Dahinter lächelt ein lieblich gezeichnetes Herz.

Für den Fall, dass du nochmals zurückkehrst, hinterlasse ich dir meine private Handynummer.

Ich freue mich auf deine Nachricht und küsse dich zärtlich.

Silvan

Bewusst vermeide ich meine Privatadresse und Name und Adresse unseres Ingenieurbüros. Die Befürchtungen in Zusammenhang mit dem gestohlenen Rack lassen mich äusserst vorsichtig agieren.

In Gedanken versunken und gleichwohl gebannt nach einer bestimmten Frau Ausschau haltend, mache ich mich auf zum Hotel Arenella. Die Hektik am kleinen Hafen ist einem organisierten Rettungsablauf gewichen. Carabinieri, die Guardia Costiera, die Guardia Finanza und Rettungskräfte scheinen gemeinsam den Rettungseinsatz voranzutreiben.

Extreme Gegensätze prägen meine Wahrnehmung: die im tiefblauen Meer traumhaft eingebettete und im klaren Januar-Sonnenschein glänzende Insel Giglio, dann das riesige zur Seite gekippte Kreuzfahrtschiff mit den schwarzen Kaminen und mir zugekehrten leeren Swimmingpools und waagrecht liegenden Rutschbahnen.

Urs hilft mir an Bord. Käse- und Schinkensandwiches in Cellophantüten eingepackt liegen für mich bereit.

«Und, wo ist deine Herzdame geblieben?», fragt Urs. Den ersten Bissen lustlos hinunterwürgend antworte ich: «Ich weiss es nicht. Sie wollte meine Rückkehr abwarten, aber das Haus war aufgeräumt, keine Spur von ihr.» Urs dreht sich zur Seite, vergeblich versucht er ein verschmitztes Lächeln vor mir zu verbergen. «Weiber. Erst machen sie dich heiss und dann servieren sie dich kaltblütig ab.»

Gefrustete Worte aus gebrochenem Herzen. Vor einem Monat ist die Beziehung mit seiner Freundin zerbrochen. Seine Bemerkungen mögen stimmen oder auch nicht, auf jeden Fall machen sie mich nicht glücklicher. Annas Gefühle waren nicht gespielt, da bin ich mir sicher. Unerwartetes muss der Auslöser ihrer vorzeitigen Abreise gewesen sein.

Ein verrücktes Puzzle mit vielen fehlenden Teilen, welche vielleicht nie gefunden werden, erstreckt sich über die letzten zwanzig Stunden – und die für mich und unser Unternehmen kapitale Frage: Lässt sich die Havarie der Kosta Konkordia erklären und unsere Unschuld beweisen?

Urs hält die zigarettenpackungsgrosse Blackbox mit den gespeicherten Kursdaten versteckt vor den Augen des Fischers in seiner Hand. Wenigstens können wir nun den Kurs der Kosta Konkordia und die verhängnisvolle Abweichung dokumentieren, was uns indes nicht weiterbringt bei der Erklärung, weshalb es zu dieser gekommen ist. Urs scheinen ähnliche Gedanken wie mir im Kopf herumzuschwirren – wollte jemand bewusst die Havarie herbeiführen, und wenn ja, weshalb?

An die Bordwand angelehnt meint Urs: «Ich hoffe nur, dass diejenigen Kreise, welche für den Untergang die Verantwortung tragen, unser Büro nicht schon ausfindig machen konnten.» Er hält inne. «Verflucht, hoffentlich ist es nicht zu spät.» Hastig tippt Urs eine Telefonnummer in sein Handy. «Ja, ich bin's Urs, entschuldige Roger, dass ich dich heute, am Samstag, belästige. – Da bist du richtig orientiert, sie ist untergegangen. Ich weiss auch nicht weshalb, alles später. Hör mir gut zu, Roger. Bitte geh schnellstmöglich ins Büro und erstelle eine Kopie mit den Kursdaten der Kosta Konkordia. Das Original legst du in unsere Geldbox und deponierst es bei unserer Hausbank im Safe für Tageseinnahmen. – Ja, unglaublich wichtig. Sei vorsichtig, jemand hat grosses Interesse daran, dass diese Daten nicht an die Öffentlichkeit gelangen.» Roger möchte offenbar weitere Informationen, Urs unterbricht ihn. «Es geht um viel mehr als ‹nur› diesen Crash, Roger. Es geht um Leben und Tod! Beobachte die Strecke bei der Hinfahrt zur Bank und parke direkt auf dem Gehsteig – mache dir keine Sorgen deswegen, die Busse bezahle ich.»

Bei herrlichem Sonnenschein und für einen Januartag angenehmen Mittagstemperaturen zieht der Kutter, begleitet vom sympathisch stampfenden Motorengeräusch des Diesel-Einzylinders, durch das tiefblaue Wasser in Richtung Orbetello – eigentlich ein schönes Ereignis; doch heute nicht. Bewusst vermeide ich den Blick zurück zur entschwindenden Kosta Konkordia. Alles scheint unwirklich – ein böser Traum. Auch die erfüllende und sich nun in nichts auflösende Begegnung mit der geheimnisvollen Anna verstärkt meine deprimierte Stimmung.

In den kurzen anderthalb Stunden bis zum Porto Santo Stefano auf Orbetello sprechen wir kaum miteinander. Es erscheint uns wichtig, das Gespräch um das Wie und Warum auf die Heimfahrt zu verschieben. Auch das zigarettenschachtelgrosse Aufzeichnungsgerät wird für den Kutter-Kapitän nie zum Thema werden. Bei einer allfälligen späteren Befragung wird der Kapitän des Fischkutters wenig über das Befinden der beiden Passagiere an Bord aussagen können.

Die Tauchausrüstung ist im Kofferraum des Mercedes S 500 meines Chefs verstaut. Ein erstes privates Telefongespräch erfolgt mit meinem Versicherungsberater. Wie schon vorhin Urs entschuldige ich mich für den samstäglichen Anruf.

«Da sind Sie richtig orientiert, völlig unverletzt – über eine Strickleiter auf der Backbordseite.» Durch die Medien bereits im Bilde, scheint mein Sachbearbeiter bei der Versicherung die Sensation der Havarie der Kosta Konkordia wesentlich mehr zu gewichten, als die Tatsache meines Verlustes an Hab und Gut in der Kabine. «Machen Sie sich keine Sorgen, Herr Aebischer, Ihr Fall wird kulant behandelt. Ich sende Ihnen die notwendigen Formulare per E-Mail. Kommen Sie gut und sicher nach Hause.»

Urs hat unser Gespräch mitverfolgt. «Weisst du, ich werde einfach nicht schlau aus der Geschichte. Ich selber habe den

Kurs aller in Küstennähe liegenden Hindernisse nachgerechnet. Ich vermute Absicht hinter diesem Crash – ich sehe die Bilder von Nine-Eleven in New York vor mir. Damals starben dreitausend Menschen. Wollte man eine neue, noch extremere Katastrophe herbeiführen?»

Völlig vom Geschehen auf der Kosta Konkordia beansprucht, entgleitet Urs die Übersicht über die gefahrene Geschwindigkeit. Einhundertsechzig Stundenkilometer zeigt der Tacho, bis Milano sind es nur noch fünfzig Kilometer.

«Ich könnte mir noch einen anderen Grund vorstellen, weshalb das Schiff auf Grund laufen musste.» Ich erzähle ihm von der Begegnung beim Galadinner mit Herrn Schildmann. «Die Kunstwerke im Rumpfe der Kosta Konkordia waren wahrscheinlich mehrere hundert Millionen Euro wert, da wäre doch ein ‹kleiner› Versicherungsbetrag angebracht, nicht wahr?» Erstmals huscht uns Männern ein Grinsen übers Gesicht.

Urs nimmt einen Anruf entgegen. Aufgeregt dringt die Stimme aus der Autolautsprecheranlage. Es ist Roger. «Chef, ich habe das Original der Kursaufzeichnung im Schliessfach deponiert, alles verlief ohne Probleme, die Parkbusse kannst du dir ersparen. Ich bin trotzdem sehr beunruhigt. Ich wüsste nicht, was der Untergang der Kosta Konkordia mit uns zu tun haben sollte. Unsere Kursberechnungen stimmten, ich habe die Route um die Insel Giglio soeben nochmals nachgerechnet, mindestens fünfhundert Meter betrug der Abstand zum äussersten Felsenriff vor der Insel».

«Ich bin der gleichen Meinung wie du. Wenn Anrufe erfolgen, verweise auf deine Schweigepflicht. Ich werde mich dann der Sache annehmen. Sofern uns kein Stau am Gotthard erwartet, werden wir noch heute Abend zurück sein.»

In der Nacht zum Sonntag finde ich kaum Schlaf, ein Albtraum jagt den nächsten und der Sonntag verdient seinen Namen nicht.

Besorgte Anrufe von meinen Eltern und von Freunden erreichen mich, und immer wieder muss ich die Erklärung abgeben, nicht die geringste Ahnung zu haben, weshalb die Havarie erfolgte. Eines möchten alle wissen: Was sich an Bord abgespielt hat und wie es mir gelungen ist, unverletzt von Bord zu gehen.

Die Sensationslust kennt keine Grenzen. Wären da nicht die sorgenvollen Gedanken um Annas unerklärliches Verschwinden, müsste auch ich der Verlockung erliegen und meine eigene Rettung glorifizieren, schildern, unter welch dramatischen Umständen ich mich vom untergehenden Schiff retten konnte – ich lasse es sein.

Mein besonderes Interesse an diesem Sonntag gilt den Modeagenturen in Stuttgart. Zehn Unternehmen mit blendend aussehenden jungen Frauen und Männern, durchgestylt, in traumhaften Garderoben und bei bestem Licht präsentiert, gleiten über den Bildschirm. Während ich minutiös jede Agentur nach der bestimmten Dame absuche, verstreichen die Stunden. Es ist zum Verrücktwerden. Nirgends ein Hinweis oder eine Aufnahme, sei es auch nur ein Sammelfoto, auf welchem Anna zu sehen wäre.

Urs' Worte nisten sich erbarmungslos in meine Seele: «Weiber, erst machen sie dich heiss und dann servieren sie dich kaltblütig ab.» Zweifel nagen an meinem Selbstwertgefühl. Ich Trottel bin dem Charme dieser schönen Frau erlegen – war es für sie ein Spiel, und die Kritik an Herrn Schildmann Vorwand für ein schnelles Abenteuer? Vielleicht turtelt sie inzwischen mit dem mir nach wie vor äusserst unsympathischen Menschen irgendwo im Süden Italiens herum.

Galten meine Albträume bisher dem Untergang der Kosta Konkordia, übernimmt nun auch Anna einen wichtigen Part. Meine Zuneigung zu ihr ist viel grösser, als ich es mir eingestehen will. Eigentlich wollte ich mich morgen, am Montag, telefonisch bei den Modeagenturen in Stuttgart nach Anna erkundigen, in meiner jetzigen Verfassung scheint mir dieses Unterfangen nicht mehr sinnvoll.

Schlaflos wälze ich mich im Bett und sehne den Montag herbei – die Arbeit wird mich ablenken, vor allem die Rekonstruktion des Kurses der Kosta Konkordia. Und dann warten viele sich in Bearbeitung befindende Projekte weiterer Reedereien und Rüstungsindustrien.

Rauchverbot hin oder her, dichter Rauch schwängert unser Büro. Er vermischt sich mit den Dampfschwaden aus den Kaffeetassen. Gebannt beobachten Urs, Roger, Philipp und ich die wandernde Grafik auf den Bildschirmen.

Der eine PC zeigt die von unserem Ingenieurbüro programmierten Werte, wie sie auf der Kosta Konkordia im gestohlenen Datenrack hinterlegt waren. Auf dem anderen PC verlaufen die von meiner Blackbox aufgezeichneten Kursdaten.

Start in Civitavecchia, am Freitag, dem 13. Januar 2012, um 19:18 Uhr. Die erste Stunde nach dem Ablegen verlaufen beide Kursaufzeichnungen ohne die geringsten Abweichungen. Wenig später, einige Seemeilen vor der Insel Giglio, erfolgt eine Kursänderung. Auch hier stimmen Berechnung und Kurs überein.

Die Nervosität steigt, Urs trommelt mit den Fingern aufs Schreibpult, Roger beisst, ohne sich dessen bewusst zu sein, auf die sich blau verfärbenden Unterlippen, und Philipp wie auch ich halten es auf den Bürostühlen nicht mehr aus. Irgendwann müsste die verhängnisvolle Kurskorrektur erfolgen. «Da!» Der Aufschrei erfolgt gleichzeitig, zwei Seemeilen vor der Insel verlässt das Schiff den berechneten Kurs. Es steuert direkt auf das der Insel vorgelagerte Riff zu, um 20:45 Uhr trifft es auf den Felsen.

Die PCs laufen weiter, wir erleben sekundengenau den weiteren Ablauf der Havarie, vom Abdriften auf die offene See bis zum Stillstand des Schiffes und das Zurücktreiben auf die Insel Giglio dank des Nordost-Windes. Um 21:54:37 Uhr bleibt das Signal der Blackbox stehen – die Kosta Konkordia ist vor dem Hafen Giglio auf Grund gelaufen und kippt zur Seite.

Keiner spricht ein Wort, Blicke voller Fragen und ein heftiges Atmen beherrschen die angespannte Situation im Büro. Einen letzten Atemzug aus der Zigarette inhalierend, meint Urs: «Von einem dürfen wir ausgehen: Die Havarie betrifft uns nicht, ihr habt perfekte Arbeit geleistet. Mit diesen Aufzeichnungen werden wir unsere Unschuld beweisen. Weshalb diese verhängnisvolle Kurskorrektur erfolgte, wird Sache der Untersuchungsbehörde sein. Jetzt haben wir uns eine Flasche Champagner verdient, aber zuerst möchte ich dir danken, Silvan. Dein riskanter Tauchgang ins Wrack der Kosta Konkordia förderte Tatsachen zu Tage. Diese Havarie wurde absichtlich herbeigeführt und mit deiner installierten Blackbox können wir den Behörden hilfreiche Informationen zur Aufklärung des Falles liefern.»

Gefühle sind stärker als der Verstand, leidenschaftliches Feuer brennt erneut in meinem Innern. Alle meine Vorsätze über den Haufen werfend, wählen nervöse Finger bereits die nächste Telefonnummer einer Modeagentur in Stuttgart. «Moving Beauty für die elegante Dame» ist der fünfte Eintrag auf meiner Liste bei den Modelabels in Stuttgart. Eine Franziska meldet sich, ich stelle mich kurz vor. «Darf ich Sie um eine Auskunft bitten, Franziska? Ich suche nach einer Anna Steinmeyr, arbeitet sie bei Ihnen?» Es folgt eine längere Pause. Ich höre ihr heftiges Atmen, mit erstickter Stimme und offenbar den Tränen nah flüstert sie mehr, als dass sie spricht: «Anna arbeitete bei uns.» Erneut eine Pause. «Ich weiss nicht, ob sie je wiederkommt.» Sie holt erneut Atem. «Anna war auf dem gesunkenen Kreuzfahrtschiff Kosta Konkordia. Ich habe seither nichts mehr von ihr gehört.» Franziska gelingt es nicht mehr, weiterzusprechen. «Ich fühle, dass Sie Anna sehr nahe stehen – vielleicht haben Sie eine Minute Zeit. Ich war nämlich ebenfalls auf der Kosta Konkordia.» «Ja, bitte, bitte, Silvan, ich möchte alles wissen. Sie ist meine Freundin.»

Ich erzähle ihr vom Galadinner an Bord und von der spürbaren Disharmonie zwischen ihr und Herrn Schildmann. «Es mag für Sie eigenartig klingen, aber es hat zwischen uns beiden gefunkt – ich möchte Anna auf jeden Fall wiedersehen.»

«Und weshalb erzählen Sie mir diese Geschichte? «Das Einzige was ich von Anna weiss, ist ihr Name und dass sie in einer Modeagentur in Stuttgart arbeitet. Ich habe weder eine Telefonnummer noch eine Adresse von ihr. Auch Anna kennt nur meinen Namen.» Und mit einem leisen Vorwurf in ihrer Stimme sagt sie: «Weshalb haben Sie ihr nicht helfen können, vom Schiff zu flüchten? Sie haben es ja auch geschafft.» «Jetzt im Nachhinein würde ich anders handeln», lüge ich Franziska vor. Sie darf nicht wissen, was tatsächlich geschah, wenigstens im Moment nicht. «Franziska, es tut mir alles sehr leid. Ich wünsche uns beiden, dass Anna unversehrt wieder auftaucht. Könnten Sie mich informieren, wenn Sie etwas von ihr hören, und würden Sie mir ihre Handynummer anvertrauen?» «Was trug Anna an jenem Abend beim Galadinner?» «Zwei mit Diamanten behangene, in Weissgold gefasste Ohrringe, ein weisses Top und einen edlen, eng geschnittenen, lachsfarbigen Blazer.» Ein Schluchzen ertönt aus der Ohrmuschel, kommentarlos folgen die Zahlen: 0049 4218 644 12 03. «Darf auch ich Ihnen meine Handynummer übergeben?» Ich darf.

Nachdenklich lege ich den Hörer zurück aufs Gerät. Meine Gefühle fahren Achterbahn, Glücksgefühle und tiefe Besorgnis wechseln im Sekundentakt. Anna hat mich nicht belogen, ihre Gefühle waren echt. Sie wollte mich wiedersehen. Im Gegenzug das Nicht-Nachvollziehbare. Was ist mir ihr geschehen, weshalb ihre überstürzte Abreise, und warum keine Mitteilung an mich? Der restliche Montagmorgen verläuft wie das Mittagessen ohne Freude und begleitet von belastenden Gedanken.

Die nächsten beiden Tage lassen mich erneut am Projekt einer leistungsoptimierten Steuerung für einen Fünfzig-Tonnen-Kampfpanzer arbeiten und verschaffen mir eine gewisse Distanz zum traurigen Ereignis vor Giglio. Dieser Panzer-Auftrag unterliegt strengster Geheimhaltung. Auftraggeber ist eine der grössten Militärmächte der Welt.

Inzwischen überschlagen sich die Meldungen der Medien wegen dem Untergang der Kosta Konkordia. Spekulationen über das Wie und Warum und dann bereits erste Angaben über die Anzahl an Toten und Vermissten werden angestellt. Überraschenderweise erfolgte noch kein Anruf von einer Behördenstelle an uns.

Die Sekretärin stellt einen Anruf aus Deutschland durch. Ich wage kaum mehr zu atmen. Es ist kurz vor halb drei, wir haben Mittwoch, den 18. Januar.

«Spreche ich mit Silvan Aebischer?» Ich kenne die Stimme und weiss sofort, was geschehen sein muss. Franziska schluchzt. «Anna ist tot. Sie hat den Untergang der Kosta Konkordia nicht überlebt.» Betretenes Schweigen. Überrascht lasse ich ihre traurigen Worte auf mich einwirken. Nach einer Weile frage ich: «Woher haben Sie diese Information, ist sie glaubwürdig?» «Aus der heutigen Ausgabe einer in unserer Agentur aufliegenden Illustrierten. Da sind Anna und Herr Schildmann am Tisch sitzend beim Galadinner auf der Kosta Konkordia zu sehen. Ich lese Ihnen den Text vor: ‹Unter den Todesopfern beim Untergang der Kosta Konkordia vom vergangenen Freitag befindet sich auch der Sicherheitsexperte in Kunstfragen, Erich Schildmann. Er war in Begleitung von Anna Steinmeyr, einem Model der Modeagentur Moving Beauty aus Stuttgart. Man fand die sterblichen Überreste von Herrn Schildmann im Korridor vor den Kabinen. Sein Tod wurde von den italienischen Behörden bestätigt. Frau Steinmeyr wurde bis zur Stunde noch nicht aufgefunden. Man rechnet aber damit, dass sie die Havarie ebenfalls nicht überlebt hat.»»

Heftige Weinkrämpfe unterbrechen mehrmals ihre deprimierenden Worte. «Auf dem Bild der Illustrierten trägt Anna ihren lachsfarbigen Blazer.» Franziskas Schluchzen lässt sie erneut einen Moment innehalten. «Ich würde Sie gerne treffen, Franziska», «Wie soll ich das verstehen, Silvan?» «Ich möchte Sie in Stuttgart besuchen.» Erstaunen unterbricht ihr heftiges Weinen. «Das macht doch keinen Sinn. Ich sehe nicht ein weshalb. Anna wird deshalb nicht wieder lebendig, und wenn Sie Zuneigung für sie empfanden, was ändert ihr Besuch bei mir?» «Ich habe Ihnen etwas unterschlagen und dies möchte ich Ihnen persönlich mitteilen.» «Geht es um sie?» «Ja, es geht um Anna.» «Warum erzählen Sie es nicht gleich jetzt am Telefon?» «Nun, das ist genau der Grund, weshalb ich Sie persönlich treffen möchte.»

Nach einigem Hin und Her und einer nochmaligen Bitte wegen der Wichtigkeit meines Anliegens willigt Franziska schliesslich ein. Wir vereinbaren, uns zum Mittagessen zu treffen. «Ich möchte Sie zu diesem Essen einladen, Franziska. Haben Sie eine Empfehlung für ein schönes Lokal in Stuttgart?» Ich stelle mir ein überraschtes Lächeln oder Ähnliches vor. «Ich kenne da ein Lokal, aber es ist nicht ganz billig. Ich werde im ‹Olvio› einen Platz für zwei Personen buchen, für Freitag, zwölf Uhr.» «Etwas liegt mir besonders am Herzen: Erzählen Sie niemandem von unserem Treffen. Ich werde Ihnen noch einiges erklären müssen.»

Mein Wagen parkt auf dem von einer gepflegten Gartenanlage umgebenen Parkplatz des edlen Restaurants Olvio. Auffallend viele Premiummarken parken Seite an Seite, nur wenige Parkplätze sind noch frei.

Die Drehtüre öffnet den Weg in eine Welt, welche den Namen edel verdient. Dunkelbraun verlegter Holzboden, helle Wände unterbrochen durch Bereiche mit Wänden aus schwarzem Schiefer, Tische mit hellen Stoffbezügen und ebenfalls helle im Barock-Stil geformte, gepolsterte Stühle.

Wie vermutet ist das Gourmet-Restaurant sehr gut besetzt. An einem hinteren Ecktisch erhebt sich eine auffallend hübsche Dame mit hellblondem Haar. Sie trägt Schwarz und steuert eleganten Schrittes auf mich zu.

«Ein schönes Auto fahren Sie, Herr Aebischer! Es ist ja auch aus Deutschland, gewisse Frauen müssen Pate gestanden haben.» Ein einziges Glas Meursault wählt Franziska zum Zanderfilet. «Schlank sein gehört zu meinem Beruf. Am späteren Nachmittag erwartet mich dann noch ein wichtiger Termin in meiner Agentur», erklärt sie. «Anna war eine wunderbare Frau. Wir haben uns auch privat prächtig verstanden. Ich bin unendlich traurig, sie wird mir sehr fehlen.» Feuchte Augen, das Taschentuch berührt ihre Augenwinkel, das Gespräch ruht einen Moment. «Silvan, Sie haben erwähnt, etwas verheimlicht zu haben. Was wollten Sie mir am Telefon nicht mitteilen?» «Dieser Tisch am Galadinner war einer Gruppe Menschen vorbehalten, welche sich um die Kosta Konkordia verdient gemacht hat oder in irgendeiner Form Ansehen bei der Reederei erlangte. Herr Schildmann war Sicherungsverantwortlicher für eine Kunstausstellung in Tel Aviv, die im Bauch des Schiffes transportierten Kunstwerke wurden weltweit zu Millionensummen gehandelt. Unser Unternehmen war verantwortlich für die Kurssteuerung der Kosta Konkordia. Ich habe ein Studium in Physik und arbeite als Physiker in dieser Schweizer Firma, welche sich auf Effizienzsteigerung bei Mobilität einen Spitzenplatz gesichert hat.» Franziska scheint einen Moment sprachlos, fragende Augen und sanfte Falten zeigen sich auf der sonst so glatten Stirne. «Und dies wollten Sie mir mitteilen? Dann erfolgte der Untergang aufgrund Ihrer falschen Berechnung, ist es das, was Sie mir sagen wollten?» «Ja und nein. Zuerst glaubte auch ich an eine Fehlberechnung. Inzwischen wissen wir, dass dem nicht so ist – der Kurs der Kosta Konkordia wurde, aus welchen Gründen auch immer, vor der Insel geändert.» «Weshalb wissen Sie das so genau?» Jetzt nur keinen Fehler machen. Ich will Franziska nicht in meinen Tauchgang einweihen, zu vieles liegt noch im Dunkeln. Auch das unerklärliche Verschwinden von Anna bleibt nach wie vor ein Rätsel. «Ich sass beim Galadinner am Tisch mit Blick aufs Meer – die gefährlich nahe Vorbeifahrt an der Insel Giglio fiel mir wohl auf, eine schöne Dame vis-à-vis am Tisch lenkte mein Interesse jedoch in eine andere Richtung. Auch eine Kurskorrektur hätte zu diesem Zeitpunkt den Crash nicht mehr verhindern können, ein solch grosses Schiff reagiert sehr träge auf Kursänderungen.» Franziska dreht gedankenversunken am Weinglas. «Eigentlich müssten wir einander du sagen. Ich selber fühle mich mitverantwortlich für Annas Tod.» «Herr Ober, würden Sie uns noch ein Glas Weisswein bringen?»

Franziska nickt mechanisch, sie fährt fort. «Anna lebte zusammen mit ihrem Lebenspartner Günther. Vor einem Jahr verunglückte er auf tragische Weise beim Basejumping in der Schweiz.» Ich könnte Franziska jetzt unterbrechen, ich lasse sie weiter erzählen. «Seit dem Tod ihres Freundes verabschiedete sich Anna völlig aus dem öffentlichen Leben. Sie verbrachte die Abende und Wochenenden meistens alleine zu Hause, selbst die von ihr so geliebten Auftritte auf dem Laufsteg blieben fortan aus. Die einzige Person, welcher sie sich anvertraute, war ich. Wir wurden unzertrennliche Freundinnen.» Franziska hält inne, Tränen fangen sich in ihrem Taschentuch. «Im Moment hüte ich Annas Kater, ich will ihn nicht weggeben, ich werde ihn behalten. Die Annonce des vermögenden Sicherheitsexperten war mir in einer Zeitung aufgefallen. Ich selber habe den Kontakt geknüpft und Anna zu dieser Kreuzfahrt überredet. ‹Du darfst dich nicht abschotten, das Leben geht weiter, diese Kreuzfahrt wird dir guttun, nimm endlich wieder am Leben teil.›» Das Taschentuch weilt erneut in Franziskas Augenwinkel. «Dann das böse Erwachen, als uns Herr Schildmann drei Tage vor der Kreuzfahrt ein erstes Mal in der Agentur besuchte. Anna war schockiert und sagte: ‹Auf was habe ich mich da eingelassen!› Ein dermassen hochnäsiger und unsympathischer Mensch ist auch mir noch selten begegnet, immerhin dauerte ihre Verpflichtung nur für die Kreuzfahrt bis nach Haifa und dann noch für einen speziellen Empfang mit Behörden zwei Wochen vor der Eröffnung der Kunstausstellung in Tel Aviv, ihr Rückflug nach Stuttgart war bereits reserviert. Trinke ich bereits am zweiten Glas?» Erstaunt nimmt Franziska den noch vollen Inhalt zur Kenntnis. Mit einem Lächeln auf den Lippen sagt sie: «Und falls es dich interessiert, auf der Kosta Konkordia und im Hotel in Tel Aviv haben wir für sie separate Kabinen oder Zimmer gebucht.» Zwei wohlwollende Augenpaare verweilen am Gegenüber. «Mein Anliegen, niemanden über unser Treffen zu informieren, hat noch einen anderen Grund», übernehme ich.

Ein Ausdruck, der Sorge und Interesse erkennen lässt, umspielt ihr hübsches Gesicht. «Anna ist nicht mit dem Schiff untergegangen, uns beiden ist die Rettung an Land geglückt.»

Franziska ist völlig aus dem Häuschen und ruft: «Anna lebt!», und vorwurfsvoll, «warum erst jetzt diese glückliche Nachricht, Silvan?»

Ihre Reaktion ist dermassen heftig, neugierige Blicke lassen Köpfe an den Nachbartischen herumschwenken. Eigentlich schon vorher erfolgten verstohlene Blicke zur hübschen Frau, aufgrund ihrer heftigen Reaktion dürfen nun auch die Herren in Begleitung völlig legitim den Kopf in Richtung Franziska drehen. Franziskas Gesicht strahlt und sie drückt meine Hände. «Sag das nochmals Silvan! Anna hat den Untergang überlebt?»

«Hat sie, und trotzdem mache ich mir grosse Sorgen. Anna ist spurlos verschwunden.»

«Jetzt machst du mich wirklich, stutzig, Silvan. So etwas ist doch nicht möglich. Zuerst rettet ihr euch und dann soll Anna plötzlich verschwunden sein?»

Konsternation ist der Freude gewichen, sorgenvolle Erwartung spricht aus ihrem Innern.

Leicht nach vorne gebeugt, die umliegenden Gäste sollen unser Gespräch nicht mitverfolgen, sage ich: «Ich verstehe die Situation auch nicht. Ein älterer Herr liess uns auf Giglio im Zimmer seines Sohnes übernachten. Am Morgen musste ich zwecks Registrierung nochmals auf die Beamtenstelle. Als ich zurückkam, war Anna verschwunden, das Zimmer aufgeräumt, nirgends ein Hinweis unserer Übernachtung oder auch nur eine Notiz von Anna. Eine Stunde zuvor hatten wir beschlossen, die Rückreise gemeinsam anzutreten.»

Kopfschütteln und fragende Blicke auf beiden Seiten, ich bestelle zwei Espresso.

«Bereits eine Woche ist seit dem Unfall der Kosta Konkordia verstrichen, wenn Anna sich entschlossen hätte zurückzureisen, würde sie sich bei mir gemeldet haben – alles scheint mir sehr merkwürdig», sagt Franziska. «Könnte es sein, dass Anna einen Plan verfolgte, ohne dich mit einzubeziehen?» «Ich meine, Anna gut zu kennen und kann mir dies kaum vorstellen.» «Hast du einen Schlüssel zu ihrer Wohnung? Vielleicht lässt sich dort ein Hinweis finden.» «Jetzt wo du mich darauf ansprichst, gehen mir ähnliche Gedanken durch den Kopf.»

Nach einigem Abwägen und gedankenversunken am Espresso schlürfend, meint sie: «Es fällt mir schwer, ein solches Vorgehen hinter ihrem Rücken zu rechtfertigen. Sie ist meine Freundin. Nicht auszudenken, wenn sie sich morgen meldet, wie stehe ich dann da?» «Also gehe ich davon aus, dass Anna dir den Wohnungsschlüssel anvertraut hat. Im Moment zählt nur eines, zu wissen, wo Anna steckt und ihr eine sichere Rückkehr zu garantieren. Jeder Hinweis könnte wichtig sein – lass uns gemeinsam ihre Wohnung aufsuchen.» Getrennt fahren wir in Richtung Annas Wohnung.

Schmunzelnd macht Franziska eine Bemerkung. «Mit deinem CLS AMG 63 machst du anscheinend Urlaub von der hehren Aufgabe um energieeffiziente Mobilität.» Prompt kommt meine ebenso schmunzelnde Antwort: «Manchmal macht es unheimlich Spass, unvernünftig zu sein. Dafür bin ich dann beim Entwickeln von effizienten Mobilitätsprojekten umso kreativer.»

Franziskas Modeagentur liegt auf dem Weg zu Annas Wohnung. Wir machen kurz Halt. Franziska parkt ihren VW Golf vor ihrer Agentur, gemeinsam fahren wir zu Annas Wohnung ausserhalb von Stuttgart, in Esslingen.

Anna bewohnt eine Dreieinhalb-Zimmer-Wohnung im zweiten Stock eingebettet zwischen Rebbergen und Neckar, in beschaulicher Hanglage mit Blick auf den Neckar.

Warme Farbtöne bestimmen das Interieur ihrer stilvoll eingerichteten Wohnung. Ein Eichenholzboden, eine dunkelbraune Lederpolstergruppe, lachsfarbige Vorhänge – ich sehe Anna erneut in ihrem eleganten Blazer. Wandregale aus dunklem Holz, darin Bücher bekannter Autoren, Fotoalben und Reiseführer von Abenteuerreisen. Ihr Ordnungssinn stimmt mich nachdenklich. Eine solche Frau ist auch in anderen Belangen ordentlich. Warum hinterliess Anna keine Nachricht im Hause des alten Mannes?

Erneut beschleicht mich Besorgnis um ihr unerklärliches Verschwinden. Besteht ein Zusammenhang mit dem Untergang der Kosta Konkordia? Ich kann es mir einfach nicht vorstellen. Goldverzierte Lettern mit dem Namen «Adonis» schmücken das Katzenkörbchen in der Nähe zum Korridor. Annas Schlafzimmer ist ein Spiegelbild ihrer selbst. Ein grosses Doppelbett steht darin, eingefasst in dunkles Holz, der Kopfteil mit Leder bezogen und ebenfalls dunkel, dazu ein hellbeiges Duvet. Die Zimmerrückwand, wie könnte es anders sein, ist in sanft schimmerndem Lachs gestrichen, und diskret verborgen hinter drei modernen Grafikfeldern liegt die indirekte Beleuchtung. Und überall hängen Bilder von Anna in trauter Zweisamkeit mit ihrem verstorbenen Freund und Lebenspartner. Die beiden müssen sich sehr nah gewesen sein.

Franziska tritt aus dem Badezimmer. «Auch hier lässt sich nichts Aussergewöhnliches finden. Selbst ihr Kleiderschrank scheint bis auf die fehlende Reisegarderobe noch komplett, alles weist darauf hin, dass Anna zurückkehren wollte.» Auf dem Wohnzimmertisch liegen Reiseunterlagen und Prospekte der Kosta Konkordia. Im kleinen Schreibpult und in den vier von Franziska eingesehenen Schubladen findet sie keine Hinweise auf Annas unerklärliches Verschwinden. Franziska lächelt vielsagend und fragt: «Hat sie?» Sie deutet auf das in meinen Händen aufgeschlagene Buch «Mut zur Demut». «Muss ich das beantworten, Franziska?» «Musst du nicht, Silvan, ich sehe es an deinem Lächeln. Oh, Anna hat davon geträumt und sie hat auch den Mann beschrieben, mit dem sie das erleben möchte. Ich glaube, sie hat nicht allzu schlecht gewählt.» Breiter Mund, schöne Zähne und Lachfalten um die Augen. Diese Frauenzimmer schienen keine Geheimnisse voreinander zu kennen. «Franziska, trete kurz zum Fenster, aber vorsichtig, man darf dich von der Strasse her nicht sehen.» Erstaunen und erneut Sorgenfalten legen sich auf ihr schönes Gesicht. «Warum so geheimnisvoll? Bei dir scheint man nie vor Überraschungen gefeit.» «Vor ungefähr zehn Minuten fuhr der weisse Subaru auf den Parkplatz vor dem Haus».

«Was soll daran ungewöhnlich sein? Bestimmt ein Hausbewohner oder ein Monteur mit Reparaturauftrag.» «Es sitzen zwei Männer im Wagen, sie scheinen das Haus oder, wenn mich

nicht alles täuscht, Annas Wohnungsfenster zu beobachten.»
«Jetzt machst du mich wirklich neugierig. Was verschweigst du
mir?»

Viele Fragen in ihrem erneut von Sorgenfalten geprägten
Gesicht. Am Holztisch mit den Reiseunterlagen sitzen wir uns
gegenüber. «Ich war nach dem Untergang der Kosta Konkordia
nochmal auf dem Schiff und nicht wie im Restaurant erzählt
auf der Meldestelle in Giglio.» Ungläubiges Kopfschütteln.
«Was um Himmels Willen hat dich dazu bewogen, an Bord des
Todesschiffes zu gehen und wie ist es dir überhaupt gelungen,
in das Schiff einzudringen?» «Ich bin Sporttaucher, mit einer
Tauchausrüstung, welche mir mein Chef aus der Schweiz mit-
gebracht hat.» Franziskas Unverständnis erreicht einen neuen
Höhepunkt. «Und wonach hast du gesucht? Stimmt deine Aussage wegen der gelungenen Flucht mit Anna etwa nicht, und sie
hat, wie in der Illustrierten gemeldet, nicht überlebt?» Niedergeschlagenheit und feuchte Augen bemächtigen sich ihrer schönen Gesichtszüge. «Das könnte ich dir nie verzeihen, Silvan.
Mit einer solchen Lüge spielt man nicht.» Und nach kurzem
Nachdenken sagt sie: «Herr Schildmann hat diesen Untergang
ja auch nicht überlebt.» «Ich will ehrlich zu dir sein. Tatsächlich
musste ich einiges vorerst für mich behalten, aber jetzt werde
ich dir die ganze Wahrheit erzählen. Unmittelbar nach der Riff-
berührung der Kosta Konkordia musste ich mich übergeben
und flüchtete aufs Deck. Anna erschien wenig später ebenfalls
auf dem Deck, Herr Schildmann war nicht bei ihr.» Ich trete
kurz zum Fenster. Der Subaru mit den beiden Männern steht
noch immer auf dem Parkplatz. «Die Schuldgefühle liessen
mich kurzzeitig in eine totale Depression fallen, Anna stand
an meiner Seite, die Flucht vom Schiff ist uns gemeinsam gelungen, das ist die Wahrheit, Franziska, glaub mir. Der Grund
für meinen Tauchgang war, dass ich das Datenrack mit unseren
Kursdaten sichern wollte, um später unsere Unschuld beweisen
zu können.» «Und, hattest du Erfolg, es muss ja von Küsten-

wache und Polizei nur so gewimmelt haben?» «Ich erreichte die Kommandobrücke und auch den Schrank, in welchem das Datenrack eingebaut war. Es war nicht mehr vorhanden, jemand muss es vorher ausgebaut haben.» Franziska scheint meine Gedanken zu lesen. «Dann wollte jemand bewusst diese Daten verschwinden lassen. Ich kapiere. Es sollte nicht mehr festgestellt werden können, weshalb das Schiff den vorgesehenen Kurs verliess.» «Genau so sehen meine Mitarbeiter und ich die Angelegenheit und viel schlimmer, jemand war dazu bereit, ein Schiff mit viertausend Menschen an Bord untergehen zu lassen.» Wieder verweilen fragende Blicke im Gesicht des Gegenübers. «Unter diesem Gesichtspunkt lässt sich vielleicht auch für Annas Verschwinden eine Erklärung finden. Im Moment bin ich jedoch völlig ratlos, mich beunruhigen dafür umso mehr die beiden Männer vor Annas Wohnung. Wenn Anna in Gefahr ist, dann sind es wahrscheinlich auch Personen aus ihrer Umgebung, dazu zähle ich auch dich, Franziska, und seit dem Dinner auf der Kosta Konkordia gehöre auch ich vermutlich zu diesem Kreis. Hast du jemandem von unserem Essen erzählt?» «Ich habe mich an unsere Abmachung gehalten. Ausser uns beiden weiss niemand vom Mittagessen im ‹Olvio›.»

Aus dünnen Wolkenzirren verabschiedet sich die tief im Westen stehende Januarsonne. Ihre Strahlen fluten Annas Wohnung und verleihen dem einladenden Inneren zusätzliche Wärme. Im Sonnenlicht tritt die glänzende Goldinschrift «Adonis» am Körbchen hervor. Etwas fehlt, nicht nur im Körbchen, und dies wird mir in diesem Moment besonders bewusst. Es lächelt von den Wänden, mir wird schwer ums Herz.

Seitlich des Fensters zur Strasse, im dem von der Sonne nicht beschienenen Bereich, gelange ich erneut zum Fenster. Die vorgefundene Situation bestätigt meine Befürchtungen. Der Subaru mit den beiden Männern steht noch immer auf demselben Parkplatz vor dem Haus. Ein ungutes Gefühl beschleicht mich beim Gedanken an die Männer. Sie dürfen auf keinen

Fall wissen, dass Franziska und ich uns in Annas Wohnung aufhalten. «Ich muss dich unerkannt aus dem Haus schleusen, Franziska. Zuerst aber werde ich noch eine Aufgabe im Einstellhallen-Parking erledigen. Suche inzwischen eine Mütze aus Annas Garderobe, wenn möglich, weit geschnitten, die Farbe ist unwichtig, sie ist nicht für dich bestimmt. Ich werde sie tragen.»

Ein hellgelber VW Polo parkt neben meinem Wagen in der Tiefgarage. Kaum fünf Minuten dauert das Wechseln des Nummernschildes. Mein Fahrzeug fährt nun mit deutschen Kontrollschildern.

Schmunzelnd streckt mir Franziska in der Wohnung eine dunkelblaue Wollmütze mit grossem Bommel entgegen. Ihre schlanken Hände ziehen sie tief in mein Gesicht. Aus dem Schmunzeln wird herzhaftes Lachen – für wenige Augenblicke scheinen die beiden Männer vor dem Haus vergessen. Über das Treppenhaus verlassen wir die Wohnung. Jetzt nur keine unerwünschte Begegnung.

Vier Fahrzeuge stehen in der Parkgarage am selben Ort wie vorhin, anscheinend hat niemand das Fehlen der Kontrollschilder am hellgelben Polo entdeckt, also kein Grund zur Besorgnis. Ich öffne die hintere Fahrzeugtüre. «Leg dich bitte zwischen Vorder- und Hintersitz auf den Boden. Sollte jemand in der Nähe auftauchen, bleibst du trotzdem unsichtbar.»

Mit Leerlaufdrehzahl und in diesem Moment nicht erwünschtem lauten Gebrabbel des Achtzylinders erreiche ich den Pfosten mit dem Öffnungsknopf zum Tor. Durch das offene Seitenfenster der Fahrerseite greift meine Hand nach dem Knopf.

Ich erkenne im Rückspiegel ein übermütig hüpfendes Mädchen in Begleitung seiner Mutter. Sie müssen soeben den Fahrstuhl verlassen haben. Hoffentlich schreiten sie nicht in Richtung VW Polo. Sie sind unterwegs zum VW Polo!

Meine Anspannung wächst, unendlich lang empfinde ich den Öffnungsprozess des nach oben schwenkenden Garagentors. Der Subaru mit den beiden Männern tritt in mein Gesichtsfeld, auch die Insassen des Subaru erkennen den aus dem Dunkeln auftauchenden Mercedes und einen Mann am Lenkrad mit tief ins Gesicht gezogener, wollener Damenmütze und Sonnenbrille. Die Ereignisse eskalieren!

«Mama, dieser Mercedes hat die gleiche Nummernplakette wie dein Polo», höre ich das Mädchen frohlocken. Verunsicherte Blicke der Mutter wandern vom Mercedes zum VW Polo. «Hey Sie, was soll das? Sie haben mir mein Fahrzeugschild gestohlen.» Nur noch wenige Schritte trennen sie von meinem Wagen, das Tor ist noch immer nicht weit genug offen. «Halten Sie sofort an! Sie Verbrecher, ich werde die Polizei verständigen.» Ihr hysterisches Rufen und ihre Gestik sind auch auf der anderen Strassenseite wahrgenommen worden. Der Motor des Subaru startet. Die Mutter erreicht mein Seitenfenster, die eine Hand am Fensterrahmen versucht sie vergebens, meine Wegfahrt zu verhindern.

Selbst auf die Gefahr einer Dachberührung hin fährt mein Mercedes mit der am Fensterrahmen klammernden Frau in Richtung Tor. «Halten Sie, Sie Verbrecher, Sie verdammtes Arschloch!»

Das Rolltor erlaubt nun die Durchfahrt, wutentbrannt muss die Frau einsehen, mich nicht aufhalten zu können, und mit weiteren Kraftausdrücken löst sie ihre Hand vom Fensterrahmen. Ich erreiche die Strasse und beschleunige in Richtung Stuttgart. Dem Drehbuch meiner Vermutung entsprechend, taucht der Subaru formatfüllend im Rückspiegel auf. Die beiden Männer um die vierzig, mit kurzgeschnittenem Haar und südländischem Äusseren, machen einen entschlossenen Eindruck. Mit denen ist nicht zu spassen.

«Franziska, bleib in Deckung am Boden. Es werden einige hektische Fahrmanöver folgen, versuche, dich an den Türen abzustützen.» Schleppend ist das Vorwärtskommen im einsetzenden Feierabendverkehr, auch mit meinem starken Mercedes habe ich keine Chance, in diesem Gewühl die Verfolger abzuschütteln.

Die vor uns liegende Ampel wechselt auf Rot. Ich wähle die rechte Spur und wie ich überrascht feststelle, zieht es die Verfolger im Subaru auf die linke Seite. Erst jetzt wird die Verengung der Fahrbahn zur linken Fahrspur wegen Bauarbeiten sichtbar. Die unheimlichen Beschatter werden versuchen, mir den Weg abzuschneiden. Ein einziges Fahrzeug trennt sie, noch sind sie nicht auf meiner Höhe. Die nachfolgenden Autofahrer wechseln alle nach links, sie scheinen die Verkehrssituation zu kennen.

«Halt dich fest, Franziska.» Rückwärtsgang eingelegt, heftiger Tritt aufs Gaspedal, ich schiesse am Subaru und an der linken Kolonne vorbei. Fluchtwende hiess das Fahrmanöver in dem für fortgeschrittene Autofahrer angebotenem Fahrkurs vor einigen Jahren, in welchem mit einem von der Kursleitung zur Verfügung gestellten alten Ford die Einhundertachtzig-Grad-Wende auf abgesperrter Strecke geübt wurde.

Mit mindestens vierzig Stundenkilometern fahre ich rückwärts, ich reisse das Lenkrad herum. Sollte mein Unterfangen jetzt scheitern, ist ein kleines Vermögen vernichtet und wir müssten zu Fuss flüchten – wohin, wovor und weshalb? Die Einhundertachtzig-Grad-Wende ist ohne Randsteinkontakt geglückt. Ein tiefes «Oh» ertönt hinter meinem Sitz. Einzig blauer Qualm der radierenden Reifen zeugt vom riskanten Manöver.

Mit übersetzter Geschwindigkeit, Esslingen hinter mir lassend, rase ich Richtung Osten, noch knapp erkenne ich im Rückspiegel das Heck des aus der Kolonne ausscherenden Subaru. Irgendwo unterwegs werde ich geblitzt. Die Behörden werden einen rasenden Mercedes CLS 63 AM mit deutschen Kontrollschildern erkennen und einen männlichen Fahrer mit Sonnenbrille und tief ins Gesicht gezogener wollener Damenmütze mit grossem Bommel. Wäre die Situation nicht so dramatisch, müsste ich mir jetzt vor Lachen meinen Bauch halten.

Wahrscheinlich wird in Kürze ein weiteres Fahrzeug in die Radarfalle tappen – ein weisser Subaru mit zwei grimmig aussehenden, südländischen Männern.

«Franziska, ich suche nun einen Bahnhof, bei welchem ich dich ausladen kann. Ich darf dich auf keinen Fall zurück ins Geschäft fahren, du kannst dir etwa denken weshalb.» Gestresste Worte ertönen von hinter dem Fahrersitz. «Oh, mir ist übel, Silvan. Bitte nicht so schnell. Göppingen hat einen Bahnhof mit direktem Anschluss nach Stuttgart, lass mich dort aussteigen.» Ein letztes heftiges Bremsmanöver und wir stehen vor dem Bahnhof Göppingen. Ich helfe der sichtlich gezeichneten und bleichen Franziska aus dem Wagen.

«Wir bleiben miteinander in Kontakt, Franziska, nur übers Handy, erwähne niemals einen Namen oder eine Ortschaft und verschweige den Besuch in Annas Wohnung.» Innig presse ich die schöne Frau zum Abschied an mich.

«Wenn du nun nach Norden fährst, erreichst du Lorch, anschliessend halte dich rechts und fahre nach Schwäbisch Gmünd ab, dann bist du aus dem gröbsten Verkehr hinaus.»

Ein letztes Winken. Franziska taucht in die Dunkelheit des Bahnhofsgebäudes, während ich den empfohlenen Weg nach Norden einschlage.

Ein erstes Mal durchatmen. Die Männer im Subaru treten nicht mehr in Erscheinung. Wahrscheinlich mussten sie einsehen, den schnellen Mercedes nicht einholen zu können und haben die Verfolgung abgebrochen. Auf jeden Fall wissen sie nichts von Franziskas Anwesenheit in Annas Wohnung und auch nichts über unser Treffen. Franziska zählt sicherlich nicht zu den gefährdeten Personen – noch nicht?

Wenige Kilometer später erreiche ich Lorch und bald darauf Schwäbisch Gmünd.

Hartnäckig hält sich ein Gedanke in meinen Kopf. Irgendwoher kenne ich die beiden Männer. Wo sind sie mir schon einmal begegnet? Wahrscheinlich bilde ich mir dies, unter dem Druck der letzten Tage, auch nur ein.

Ausserhalb von Schwäbisch Gmünd in einem Waldstück verlasse ich die 29 und schwenke auf einen Waldweg. Dieses Mal verläuft der Schilderwechsel noch schneller als in der Parkgarage. Die Zuger Kontrollschilder sind montiert und die Plaketten vom gelben VW Polo gut sichtbar am Waldrand deponiert.

Eine weitere Verkehrsübertretung kann ich mir nun nicht mehr leisten. Die Polizei würde auf dem Foto einen schwarzen Mercedes CLS 63 AMG mit Schweizer Kontrollschildern erkennen. Ein identisches Fahrzeug mit deutschen Kontrollschildern wurde kurz vorher schon einmal geblitzt. Mit Bestimmtheit wissen die Behörden inzwischen vom Diebstahl der deutschen Kontrollschilder, auch der ungefähr dreissig- bis vierzigjährige Fahrer, jetzt ohne wollene Damenmütze mit grossem Bommel, könnte durchaus derselbe Fahrer sein. Bestimmte Rückschlüsse und entsprechende Konsequenzen durch die deutschen Behörden wären nicht auszuschliessen.

Völlig entspannt geniesse ich die Rückfahrt in die Schweiz und auf dieser Reise reift mein Entschluss, weiter nach Anna zu suchen. Ich werde am Montag nochmal nach Giglio reisen, den alten Herrn besuchen und versuchen, weitere Informationen auf der dortigen Meldestelle zu erhalten.

«Vergiss es», meint Urs am Telefon, als ich ihn in mein Vorhaben einweihe. «Ich kenne die Weiber, je schöner, desto schlimmer. Wenn viel Kohle im Spiel ist, dann ziehst du den Kürzeren, glaub mir, ich spreche aus Erfahrung.»

Montag, 23. Januar.

Urs gelang es nicht, mich umzustimmen, mit rennmässiger Kurventechnik brettert mein Mercedes den Cisapass zwischen Parma und La Spezia empor, in ungefähr drei Stunden werde ich beim Porto Santo Stefano eintreffen.

Noch vor dem Mittag erreiche ich die Fähre nach Giglio. Reges Treiben herrscht an Bord. Journalisten, Fotografen, Behörden und wahrscheinlich viele Wichtigtuer diskutieren lautstark über den Crash des Luxusliners. Wiederholt fällt der Name Marcello Plegaro, das war der Kapitän der Kosta Konkordia – wenn die wüssten!

Die einzige Möglichkeit, in der überfüllten Trattoria Doria in Giglio einen Platz zu finden, bietet sich im hinteren Teil. Nicht sehr ideal, er steht unmittelbar auf dem Weg zur Toilette. Der Hunger ist stärker und lässt mich trotz dieser Unzulänglichkeit Platz nehmen.

Im Teller sind gewürzter Blattsalat, dazu Spaghetti Napoli, sie schmecken nicht einmal so schlecht. Meine Gedanken kreisen um das kleine Haus und den alten Mann.

14:00 Uhr, mit heftigem Herzklopfen stehe ich vor dem Haus am Hügel. Nicht die Steigung, sondern das Nicht-Wissen, was mich erwartet, und die Hoffnung, der ältere Herr möge mir wichtige Hinweise über den Verbleib von Anna geben, sind Grund für die Atemlosigkeit.

Eine Klingel findet sich beim Hauseingang nicht. Nicht einmal ein Namensschild.

Bevor ich an die Türe klopfe, atme ich nochmal heftig durch. Keine Reaktion nach dem ersten Klopfzeichen, auch nach einem weiteren Versuch rührt sich nichts. Vielleicht trinkt er seinen Spritz unten in einem der Bistros? Ich versuche es mit Rufen: «Signore, Signore!» Noch etwas lauter: «Signore, Signore.»

Vielleicht weiss jemand in den umliegenden Häusern, wo ich den Mann finden könnte. Eine ältere Dame tritt aus dem dunklen Flur des Nachbarhauses, sie muss mein Rufen gehört, oder wie es ältere Leute zu tun pflegen, am Fenster sitzend das Geschehen beobachtet haben. «Da können Sie noch lange rufen, Signore. Adriano ist am Freitag vorletzter Woche gestorben.»

Mir wird schwindlig, ich halte mich am Türrahmen fest – jetzt nur nicht ohnmächtig werden oder mich übergeben. Mein Wille zwingt mich, das Bewusstsein nicht zu verlieren. «Woran ist der Mann gestorben?» Keuchend presse ich meine Worte hervor, ich darf der alten Frau mein Wissen um das Erlebte in der Nacht der Havarie nicht kundtun. Er schien kerngesund, ich sehe noch sein vielsagendes Lächeln, als er mir die Flasche Prosecco in die Hand drückte. «Er starb an Herzversagen, man fand den Leichnam am Samstagmittag in seinem Haus. Überrascht war ich schon ein bisschen, als ich vernahm, dass Adrian Kontakte ausserhalb dem zu seinem Sohne pflegte.» Dabei gilt ihr fragender Blick mir. «Er lebte sehr zurückgezogen. Seit dem Tode seiner Frau vor vier Jahren war sein Sohn sein Ein und Alles.»

Hoffentlich fragt sie nicht nach dem Grund meines Besuches. Ich wüsste im Moment wirklich nicht, wie ich antworten sollte. Ältere Menschen sind oft einsam, und wenn sich die Gelegenheit bietet, mit jemandem zu sprechen, dann tun sie dies – die alte Dame macht keine Ausnahme. Sie erzählt von der Dramatik an jenem Freitag vorletzter Woche, als die Kosta Konkordia auf das Riff auflief. «Jedes Mal, wenn die Kosta Konkordia vorbeifuhr, stand ich am Hafen und winkte den vielen Leuten auf dem wunderschönen Schiff zu. Es war immer wieder ein begeisterndes Erlebnis. In jener Freitagnacht fuhr es besonders nahe vorbei. Es schien alles normal, von einer Kollision mit dem Riff habe ich nichts mitbekommen. Die Kosta Konkordia entfernte sich von der Insel wie immer – dann Stunden später die Aufregung. Die Kosta Konkordia war wieder zurück, der Bug in entgegengesetzter Richtung und in schlimmer Schieflage. Die gesamte Bevölkerung unserer kleinen Insel versammelte sich in der Hafengegend. Es war ein verrücktes Durcheinander, mehre tausend verängstigte und frierende Menschen auf engstem Raume – einfach unglaublich.» «Dann war der alte Mann, Adriano, haben Sie vorhin gesagt, auch unter den vielen Leuten am Hafen?» «Ich muss es annehmen. Das letzte Mal, dass ich ihn lebend sah, war am Donnerstag, einen Tag vor dem Untergang der Kosta Konkordia.» Während sie vor sich her sinnt, zeichnen sich noch tiefere Falten auf ihre Stirne. «Etwas habe ich nicht verstanden. An jenem Morgen nach dem Untergang des Schiffes trugen vier Männer eine weitere Leiche aus Adrianos Haus.» Als ob jemand eine Lampe ausdreht wird es plötzlich Nacht.

Ich muss an der Türe entlang hinabgesunken sein. Als ich wieder zu mir komme, berührt ein nasses Tuch meine Stirne. Ungläubiges Staunen der alten Frau. «Habe ich Sie dermassen erschreckt? Es gab ja noch viel mehr Menschen, die den Untergang nicht überlebten.» Ich ringe nach Luft. «Haben Sie die tote Frau gesehen?» Erneut ungläubiges Staunen. «Warum meinen Sie, dass es eine Frau war? Der Leichnam wurde in einem Sack wegtransportiert. Ich habe keine Ahnung, ob Mann oder Frau.» Verunsicherte Mimik in dem vom Alter und der mediterranen Sonne gleichermassen gezeichneten Gesicht. Welche Gedanken gehen der alten Dame jetzt wohl durch den Kopf? «Mich hat schon irritiert, weshalb dieser Leichnam sich in Adrianos Haus fand, die toten Menschen der Kosta Konkordia wurden direkt am Hafen aufgebahrt, und die vier Männer waren bestimmt keine Italiener, eher aus dem Maghreb.» «Verzeihen Sie, Signora, ich weiss nicht, was Sie unter Maghreb verstehen?»

Jetzt lächelt die Signora. Der Schweizer spricht gut italienisch, aber von Geografie hat er offensichtlich keine Ahnung, eine alte Italienerin muss ihm auf die Sprünge helfen. Die Lachfalten hinterlassen noch tiefere Spuren in ihrem Gesicht, nicht zu ihrem Nachteil, der Schalk und das Blitzen ihrer Augen lassen die Frau um Jahre jünger erscheinen. «Das sind die nordafrikanischen Staaten, Tunesien, Algerien und soviel ich weiss noch Marokko.»

Ein böser Film läuft vor meinem geistigen Auge ab. Ich sehe die Männer in Adrianos Haus beim Heraustragen von Anna. Glücklicherweise gelingt es mir, die Szene, wie sie umgebracht wurde, zu verdrängen. Hat das Schicksal schützend seine Hand über mich gehalten und liess mich im richtigen Zeitpunkt zur Anlegestelle beim Hotel Arenella aufbrechen? Eine Viertelstunde später und die vier Männer hätten einen weiteren Leichnam aus dem Hause tragen müssen?

Dann die beiden dunkelhäutigen Männer im Subaru vor Annas Haus – was zum Teufel geht hier vor sich und weshalb all dieses Leid? Hat nicht mein Chef dieses Wort mit dem Teufel auch schon zweimal gebraucht?

Die Signora unterbricht mich in meiner Grübelei. «Darf ich Ihnen einen Kaffee oder ein Mineralwasser anbieten, junger Mann? Ihnen scheint es wirklich nicht gut zu gehen.» «Sehr nett von Ihnen, Signora. Es geht mir wieder viel besser. Aber könnten Sie mir den Weg zur Gemeindeverwaltung beschreiben?» Ich bedanke mich nochmals herzlich für ihre Fürsorge und verabschiede mich von der liebenswürdigen Dame.

Wenig später stehe ich vor dem Beamten der örtlichen Verwaltung. Die Zigarette schräg im Mundwinkel hängend, seine Mundbewegungen synchron mit den sprechenden Armen, die Gestik nach bester italienischer Manier, versucht er mir begreiflich zu machen, weshalb es ihm nicht möglich ist, die gewünschte Liste der überlebenden Kosta-Konkordia-Passagiere zu öffnen. «Die Rettung von der Kosta Konkordia ist mir zusammen mit einer tollen Frau gelungen. Ich möchte die Dame unbedingt wiedersehen, leider kenne ich weder Name noch

Adresse von ihr.» Eine zusammengefaltete Hundert-Euro-Note blinzelt unschuldig unter meinem inzwischen auf dem Kanzleitisch abgelegten Handy hervor. Fotos der Insel Giglio schmücken die Wände im dunklen Office. Äusserst aufmerksam und entsprechend zeitintensiv verläuft meine Begutachtung der Kunstwerke. «Wirklich hervorragende Aufnahmen, Capo. Stammen die von Ihnen?» Voller Stolz meint er: «Alles mit meiner Handykamera geschossen.» Auf meiner Zunge zuvorderst liegt: Man sieht es. Stattdessen sage ich: «Grosses Kompliment, Capo, an Ihnen ist ein Künstler verloren gegangen.» Ein verlegenes Räuspern unterbricht meine Bildertour. «Ich verstehe Ihren Herzenswunsch nach dieser Frau, Signore Ätschiber, ausnahmsweise lasse ich Sie die Passagierliste einsehen.»

Sein Sinneswandel überrascht mich nicht. Ist er meiner Wertschätzung seiner Fotokünste oder doch eher dem nun nicht mehr sichtbaren Hundert-Euro-Schein unter dem Handy zu verdanken? Den Ordner «Überlebende der Kosta Konkordia», mit aufsteigend nummerierten Blättern legt er auf das Schreibpult in der Ecke.

Einen Metallstuhl, dazu einen Kaffee mit einem Glas Mineralwasser offeriert mir der Capo. Zielstrebig verläuft meine Suche durch die Blätter. Ich beginne bei den Einträgen ab 23:00 Uhr. Bereits zwei A4-Seiten später, nun ab 23:10 Uhr, lässt der Blick auf die Zeilen mein Herz rasen.

«Silvan Aebischer» mit meiner Wohnadresse in Zug steht auf dem mit horizontalen Linien versehenen Papier. Der Eintrag darunter müsste auf Anna Steinmeyr lauten – müsste! Stattdessen findet sich die Zeile, mit Kugelschreiber völlig unkenntlich übermalt, keine Chance, einen Namen zu entziffern.

Der Capo fühlt meine heftige Reaktion. «Stimmt etwas nicht, Signore Ätschiber?» Falten legen sich auf seine Stirne. Ich zeige auf die übermalte Zeile. «Das verstehe ich auch nicht», sagt er, sich räuspernd. Ich meine zu erkennen, dass der Capo tatsächlich überrascht ist. «Soviel ich weiss, hatte ausser mir und zwei Kollegen niemand Zugriff auf das Dossier. Und der Name Ihrer Dame müsste sich genau auf der nun übermalten Zeile befinden.» Apathisch nickend bestätige ich seine Feststellung. «So ist es, Capo.» «Das tut mir nun wirklich leid, Signore. Ich werde diesen Vorfall meiner übergeordneten Stelle melden. Dass daraus etwas Brauchbares hervorgeht, bezweifle ich ernsthaft. Wenn Sie mir Ihre Handynummer anvertrauen, melde ich mich bei Ihnen, sobald ich etwas in Erfahrung bringen konnte.»

Niedergeschlagen, den Verkehr kaum wahrnehmend, bin ich auf der Rückfahrt zurück in die Schweiz. Ein Gedanke jagt den nächsten: Der alte Mann sei an einem Herzinfarkt gestorben, hat die Signora heute gesagt. Diese Annahme scheint mir völlig unglaubwürdig. Die Ärzte waren nach der Havarie der Kosta Konkordia überfordert. Der Tod eines alten Mannes wurde unter dem Druck der extremen Situation vorschnell als Herzinfarkt abgetan.

Anna wie auch der alte Mann wurden in seinem Hause ermordet. Die Täter müssen Profis gewesen sein – unter den Augen oder sogar mit Hilfe der Polizei gelang es ihnen, eine Personenliste zu manipulieren. Wahrscheinlich pflegen sie Kontakte zu höheren Stellen. Eine andere Erklärung für diese schreckliche Tat fällt mir in diesem Moment nicht ein.

Wieder und wieder sehe ich die wunderschöne Frau mit sehnsuchtsvollen Augen mir gegenüber am Tische sitzen. Weshalb musste Anna sterben? War es Wissen, welches ihr zum Verhängnis wurde? Vielleicht von Herrn Schildmann – der «sympathische» Herr möchte vielleicht noch etwas sagen, doch wie ich inzwischen von Franziska weiss, wurde er ebenfalls abberufen. Laut Bericht der Illustrierten wurde die Todesursache von Herrn Schildmann auf Ertrinken im Korridor vor der Kabine diagnostiziert.

Wie Schuppen fällt es von meinen Augen, es muss eine Verbindung zwischen all diesen Todesfällen geben. Zwei Todesfälle betrafen einander bekannte Menschen am Tisch beim Galadinner und eine dritte Person musste sterben, vielleicht weil sie zufällig Kontakt zu einer dieser Personen hatte. Dann gibt es noch eine vierte Person, sie sitzt im Moment in einem schnellen Mercedes. Ist sie auch auf der Liste – muss sie auch noch sterben? Heisse und kalte Schauer laufen mir den Rücken hinunter. Dann sassen noch zwei junge Menschen am selben Tisch – ist ihnen dasselbe Schicksal widerfahren? Und wie verhalte ich mich gegenüber Franziska? Ich darf und will sie nicht über mein Wissen wegen Anna in Kenntnis setzen. Ich würde es nicht übers Herz bringen, ihr diese schreckliche Nachricht mitzuteilen.

Der verdutzt herüberblickende Fahrer des Fiat Cinquecento am Cisapass ist im Begriff, mich zu überholen – er bringt mich zurück in die Realität. Achtzig Stundenkilometer zeigt mein Tacho, einhundertdreissig wären erlaubt. Das Äusserste aus seiner Kiste herauskitzelnd, beendet er den Überholvorgang. Ich lasse ihm die Freude. Diese Nacht dürfte er seiner Ehefrau seine überragenden Fähigkeiten auch abseits des erfolgreichen Überholvorganges am Cisapass beweisen.

Ein Anruf von unserem Büro erfolgt, es ist die Nummer meines Chefs Urs. Eigentlich will ich den Anruf nicht entgegennehmen, ich tue es trotzdem. «Guten Tag, Silvan. Morgen bekommen wir hohen Besuch. Zwei Herren, einer aus Italien, der andere aus der Schweiz, du kannst dir etwa vorstellen, worum es geht – es ist unsere Chance, die werden wir nützen. Sei bitte um 08:00 Uhr im Büro, die Delegation erwarten wir auf 10:00 Uhr. Übrigens, konntest du etwas über deine Flamme in Erfahrung bringen?» Ausgerechnet der «feinfühlige» Urs erkundigt sich nach Annas Befinden. «Nein, dieser Abstecher auf die Insel Giglio hat sich tatsächlich nicht gelohnt. Ich hätte doch besser auf dich hören sollen, Urs.»

Irgendwie meine ich, ein zufriedenes Schnalzen aus der Hörmuschel zu erkennen.

Kaum ist das Gespräch beendet, meldet sich erneut das Telefonsignal aus der Freisprechanlage. Gedankenübertragung nennt man dieses Phänomen. Der Anruf erfolgt von Franziskas Handy. «Hallo Silvan, ich wollte mich nur mal kurz erkundigen, ob dir die Rückreise in die Schweiz ohne Komplikationen gelang. Und hast du News über Annas Verschwinden?» Franziskas Stimme scheint angestrengt und zittrig, so als ob sie sich überwinden musste, diesen Anruf zu tätigen. «Schön von dir zu hören, Franziska. Die beiden Männer im Subaru sind mir nicht mehr begegnet, wahrscheinlich mussten sie einsehen, mich nicht mehr einholen zu können und haben die Verfolgung abgebrochen. Und wie ist es dir ergangen?» Nun ist es nicht nur Vermutung, Franziskas Atem geht heftig. «Auch bei mir verlief die Zugfahrt nach Stuttgart ohne Probleme, mit dem Taxi gelangte ich anschliessend in meine Modeagentur – den vereinbarten Termin am Abend konnte ich nicht mehr einhalten.» Ich meine, ein erleichtertes Lächeln zu hören. «Der Herr zeigte volles Verständnis, es ging ja um Mode und schöne Frauen.»

«Weisst du, wo du mich jetzt erreicht hast, Franziska?» «Ich meine zu wissen, dass du im Auto sitzt.» «Und kannst du dir vorstellen wo?» Ich lasse ihr keine Zeit zum Überlegen. «Zwischen La Spezia und Parma, am Cisapass, auf dem Rückweg in die Schweiz.» Heftig ihr Atmen. «Konntest du etwas über den Verbleib von Anna erfahren? Hoffentlich hast du gute Nachrichten.» «Ich war nochmals in jenem Hause, in welchem wir die Nacht verbrachten, und auf der örtlichen Meldestelle in Giglio. Nirgends auch nur der leiseste Hinweis für Annas unerklärliches Verschwinden.» «Und der alte Mann im Haus, er muss doch etwas bemerkt haben?» Mein intensives Atmen bleibt Franziska bestimmt nicht verborgen. «Auch dieser nette Herr konnte mir nicht weiterhelfen. Nach dieser verrückten Nacht mit der Kosta Konkordia wurde es sehr spät und anderentags ist er erst vor Mittag aufgewacht.» In ihrer Stimme liegt etwas Bittendes. «Silvan, wenn du wieder nach Anna suchst, möchte ich dich begleiten. Ich würde mich so sehr freuen.» Spannungsvolle Erwartung, vielleicht aus Angst, eine Absage zu erhalten, vibrieren aus dem Lautsprecher. «Ich fühle mich seit dem Ereignis mit der Kosta Konkordia und dem unerklärlichen Verschwinden von Anna ziemlich übel. Mir fehlt jeglicher Halt. Hoffentlich nerve ich dich nicht mit meinen Gefühlsausbrüchen.» «Mir geht es ähnlich wie dir, Franziska, sobald ich weitere Ergebnisse habe, werde ich dich informieren. Vielleicht entdeckst auch du eine Spur, die wir verfolgen sollten.» Franziska lässt sich Zeit, ich höre ihren Atem. «Silvan, es war sehr schön mit dir am letzten Freitag. Vielleicht könnten wir uns wieder zu einem Mittagessen treffen, oder kommst du mich einmal besuchen? Ich würde mich wahnsinnig freuen.»

Ich lächle, sie fühlt mein Lächeln. «Warum nicht?»

Leise kopfschüttelnd, mit einem Schmunzeln im Gesicht und von schönem Gefühl getragen, wandert der rechte Fuss beherzt nach unten. Kurz bevor er hinter einer Linkskurve verschwindet, sehe ich erneut das Heck des weissen Cinquecento.

Der Fahrer konnte meinen Mercedes im Rückspiegel noch nicht erkennen, nein, ich werde ihn nicht überholen. Das Gaspedal spürt kaum mehr Druck, der Abstand zum vorausfahrenden Formel-1-Piloten vergrössert sich zusehends – Sebastian Vettel hat den Mercedes kalt abgeduscht, sein Feuerwerk heute Nacht wird in einem gigantischen Schlussknall enden!

Donnerstag, 12. Januar 2012, 09:15 Uhr

Abdullah wippt nervös auf den Sprossen des Holzstuhls, seine linke Hand hält er aufgestützt auf der mit Karten und Plänen überfüllten Tischplatte, während er seine Linke beschwörend in die Höhe reckt. «Wir werden jetzt unsere Mission das letzte Mal besprechen – nicht der leiseste Fehler darf uns unterlaufen. Es muss uns gelingen, in diesen kurzen zwei Stunden vom Auslaufen der Kosta Konkordia aus dem Hafen Civitavecchia bis zur Kollision mit dem Riff alle Daten sicherzustellen.»

Mehrmals muss sich Abdullah wiederholen, der Lärm aus der Schreinerei ist unerträglich. Diese liegt wenig ausserhalb von Civitavecchia und dient der Al Traga als provisorisches Hauptquartier. Angespannt verfolgen die drei Männer die Ausführungen ihres Chefs.

«Sechs grosse Holzkisten», fährt Abdullah fort, «werden erst kurz vor dem Auslaufen der Kosta Konkordia angeliefert. Jede ist mit ‹Kunstwerke› und ‹fragile› beschriftet. Ein deutscher Sicherheitsmann bewacht die Verladung und den Transport bis Haifa. Er ist einer der wenigen mit Zugang zum Frachtraum.» Ein teuflisches Leuchten erscheint in Abdullahs Augen. «Bis jetzt.» Seine Hand fördert einen Schlüssel zu Tage. «Menschen sind käuflich! Die Holzkisten sind mit Sicherheitsplomben versiegelt. Wir müssen davon ausgehen, dass der Sicherheitsmann vor der Verschiffung die Plomben nochmals kontrolliert. Beim Verladen auf die Kosta Konkordia wird ein Gabelstaplerfahrer mit einer der Kisten von der Frontseite her kollidieren und sie beschädigen – diesen Fahrer konnten wir nach einem intensiven Gespräch in Form von Euro-Scheinen für unser Anliegen gewinnen.» Erneut teuflisches Leuchten in Abdullahs Augen. «Der deutsche Sicherheitsmann wird den Schaden beurteilen und bestimmt protokollieren. Dann schlägt deine Stunde, Hakim.» Glühende Augen erfassen Hakims Gesicht. «Du nützt diesen Moment – wir haben es mehrmals geübt.

Vielleicht schaffst du es dieses Mal sogar in unter einer Minute, in die Kiste zu gelangen. Es ist die Kiste Nummer drei. Ab diesem Moment bis du völlig auf dich allein gestellt. Warte mit dem Aufzeichnen der Daten, bis keine Geräusche im Laderaum mehr hörbar sind oder besser, bis sich das Schiff in Bewegung setzt. Bis zum Auslaufen wirst du einige Stunden in der Kiste verbringen müssen. Nach dem Datentransfer verlässt du die Kiste, schliesst sie erneut, drückst das Siegel so gut es geht zurück auf die Kiste und gesellst dich an den von uns reservierten Tisch beim Galadinner. Unser Tisch befindet sich direkt neben demjenigen des deutschen Sicherheitsmannes. Euer Sitzplatz erlaubt Sichtkontakt zum Ungläubigen. Soviel wir wissen, ist der deutsche Wachhund in Begleitung eines nicht verhüllten Weibsbildes. Sämtliche Personen an jenem Tisch sind Gäste der Kosta Konkordia – unser Interesse gilt nur dem Wachhund und seiner Begleitung. Der Erfolg unserer Mission liegt in deinen Händen, Hakim. Allah sei mit dir.» Ein letztes Nicken, würdevoll drückt Abdullah den Frachtraumschlüssel in Hakims Hände.

Freitag, 13. Januar 2012, 16:00 Uhr

In Stoffmantel und elegantem Anzug und sichtlich nervös wartet der dunkelhaarige Mann im Hafenbereich. Zum Anzug passend, aber in dieser schmutzigen Umgebung des Frachthafens von Civitavecchia völlig deplatziert, ist auch sein schicker Armani-Aktenkoffer.

Hektik, Gestank und lautstarke Stimmen der Hafenvorarbeiter beherrschen die Szene. Der dunkelhaarige Mann hält sich im Hintergrund, offensichtlich möchte er nicht auffallen. «Kannst du nicht aufpassen, du verdammter Spaghetti-Fresser! In dieser Kiste befinden sich keine weichgekochten Pizzas, sondern hochstehende Kunst.» Die gereizte Stimme des deutschsprachigen Herrn mit fester Statur ertönt neben einer der grossen, vom Hubstapler soeben beschädigten Holzkiste.

Betroffen steigt der Gabelstapler-Fahrer vom Führerstand. «Scusi, Signore, mi dispiace. Es sieht ja nicht so schlimm aus.» Körperfülle hin oder her, der deutschsprechende Herr kniet auf Gabelhöhe und nimmt einen Augenschein. «Ich muss diesen Schaden deiner vorgesetzten Stelle melden.» «Das ist doch nicht nötig», meint der sichtlich geschockte Gabelstapler-Fahrer. Die Polemik um den entstandenen Schaden zieht weitere Hafenarbeiter lautstark gestikulierend in die Diskussion mit hinein – niemand nimmt Kenntnis vom elegant gekleideten Herrn mit dem schicken Armani-Aktenkoffer, der sich von hinten der Kiste drei nähert.

Mit einigen schnellen Handgriffen entnimmt der Mann dem edlen Koffer keine wichtigen Dokumente oder teuren Schmuckkollektionen, sondern – ein Beobachter würde die Welt nicht verstehen – einen handelsüblichen Akkuschrauber, welchen er nun ebenso schnell stirnseitig an der Holzkiste ansetzt. Vier Schrauben sind entfernt, das Stirnbrett lässt sich öffnen und kurz darauf ist die Kiste, dieses Mal von innen, wieder zugezogen.

Das Glück steht auf Seiten des dunkelhaarigen Mannes, die Versiegelungsplomben waren oberhalb des raffiniert eingebauten Brettes angebracht und wurden beim Einsteigemanöver nicht beschädigt. Einzig die fehlenden Schraubenköpfe könnten einen Hinweis auf eine Veränderung an der Kiste liefern. Mit diesem Risiko kann er leben.

Beängstigend eng und kalt fühlt es sich im hölzernen Gefängnis an. Der teure Stoffmantel schafft als Sitzgelegenheit etwas Linderung. Aufgestapelt und fein säuberlich auf Holzleisten eingereiht präsentieren sich die elektronischen Komponenten. Ein erstes Mal wird Hakim die riesige auf ihm lastende Verantwortung bewusst. Gewaltig wird das durch seine Handlung ausgelöste Erdbeben werden – trotz der Kälte fliesst Schweiss seine Rückenpartie entlang.

Endlich, inzwischen ist es 18:00 Uhr, kommt Bewegung in die Kiste. Ein Hubstapler hebt sie empor und nach einigen Rumplern steht sie im Rumpf der Kosta Konkordia. Durch schmale Schlitze erkennt Hakim den deutschen Sicherheitsmann beim Einweisen der brisanten Ladung. Beruhigt nimmt Hakim den Standort der Kiste zur Kenntnis, der Ausstieg ist noch immer durch dieselbe Öffnung möglich und nicht umständlich und zeitraubend über den oberen Deckel der Kiste.

Leichte Vibrationen und stampfende Geräusche aus dem Heckbereich der Kosta Konkordia signalisieren deren Ablegen, die Uhr zeigt 19:00 Uhr. Es bleibt Hakim nur wenig Zeit, bis spätestens 21:00 Uhr müssen die Daten der elektronischen Komponenten übertragen sein. Dann wird es gefährlich, lebensgefährlich!

Hakim entnimmt dem Aktenkoffer eine Batterie mit dazugehörigen Kabeln und Klemmen. Zuerst muss der Metalldeckel auf den hochkomplexen elektronischen Komponenten entfernt werden. Zehn Inbusschrauben sind herausgedreht, der Deckel lässt sich ohne Probleme lösen. Ein Wirrwarr an Drähten, Relais, Dioden und Klemmverbindungen zeigt sich im Scheine seiner Taschenlampe. Schweiss steht auf Hakims Stirne. Unter Zuhilfenahme eines von einem Mittelsmann gelieferten Systemplanes verfolgt Hakim die einzelnen Kabelverbindungen. Hier muss der Pluspol festgeklemmt werden und da der Minuspol.

Kurzes Zischen, gleichzeitig ein verräterischer Leuchtbogen – das Resultat des fatalen Fehlers. Mindestens ein Relais ist verbrannt, das Elektronikteil ist zerstört.

Zitternde Hände wischen den Schweiss von der Stirne, die Zeit läuft Hakim davon. Das nächste Elektronikteil, wieder zehn Inbusschrauben und dasselbe Prozedere. Nun wird er die Stromverbindungen umgekehrt anbringen. Hörbar schaltende Relais und grün leuchtende Dioden signalisieren die erfolgreiche Stromverbindung. Nun erst kann der eigentliche Auftrag gestartet werden, das Übertragen der Daten auf den eigenen Server.

Bald eine Stunde ist seit dem Ablegen der Kosta Konkordia verstrichen, monoton ist das Hämmern der grossen Schiffspropeller direkt unter ihm. Wie weit ist das Schiff noch vom Riff entfernt? In dieser stressigen Situation scheint die Logik zu versagen. Hakim sieht im Geiste das Eindringen von Felsmassen in den Frachtraum – sie werden ihn im Holzgefängnis zerquetschen oder schlimmer, im kalten Wasser ertrinken lassen.

Endlose Minuten in der engen Kiste werden zum Horror, noch immer ist der Datentransfer nicht abgeschlossen. Dann das erlösende Signal vom Speicher aus dem Lederkoffer.

Hakim wagt nicht mehr, auf die Uhr zu sehen, nur hinaus aus der Kiste, hinaus aus dem unter der Wasserlinie der Kosta Konkordia liegenden Frachtraum. Der Akkuschrauber tritt in Aktion.

Jäh unterbricht Hakim das Eindrehen der Aussenverschraubung. In der Hektik hat er vergessen, die Deckel der beiden Elektronikkomponenten zu montieren. Die Worte seines Chefs brennen in seiner Seele. «Du wirst alles in den ursprünglichen Zustand versetzen. Sollte das Schiff später geborgen werden, darf die erfolgende Prüfung keinen Hinweis auf den Datendiebstahl liefern, sonst ist unsere gesamte Aktion wertlos.»

Hakim weiss, was ihn bei einer Befehlsverweigerung erwartet. Erst kürzlich musste er der Hinrichtung eines Mitkämpfers wegen Befehlsverweigerung beiwohnen. Tod durch Erschiessen, Erschlagenwerden durch Felsenmassen oder jämmerliches Ertrinken – nur bei den beiden letzten, glücklicherweise bis jetzt noch nicht eingetretenen Ereignissen, besteht eine Chance, dass er überlebt.

Das Zittern seiner Hände ist einem Schlottern gewichen, der Metalldeckel will nicht passen. Es liegt nicht am Deckel, die Gewindeöffnungen stimmen nicht mehr. Hakim holt Luft, jetzt nur nicht die Nerven verlieren.

Die Verschraubungen sind asymmetrisch auf dem Gehäuse angebracht, erst nach mehrmaligem Drehen des Deckels lässt sich eine Stelle finden, in welcher alle Gewinde sichtbar werden. Zehn Inbusschrauben hineinzudrehen braucht seine Zeit. Jeden Moment erwartet Hakim das grässlich knirschende Geräusch der eindringenden Felsmassen.

Als ob es eine Steigerung ins Unerträgliche bräuchte – auch der zweite Metalldeckel des zerstörten Moduls muss noch montiert werden.

Endlich steigt Hakim, noch immer unter den Lebenden weilend, aus der Kiste und ist im Begriffe, auf der Aussenseite das Brett mit dem Akkuschrauber zu schliessen. Verdammt, der Stoffmantel! Er liegt noch immer im Inneren der Kiste. Sein Stress lässt, obwohl die Aktion mehrmals geübt wurde, erste, vielleicht verhängnisvolle Fehler erkennen. Hakim steigt ein zweites Mal in das tödliche Holzgefängnis.

Wiederum gehen überlebenswichtige Minuten verloren. Eine letzte Kontrolle: Lederkoffer mit Server und Werkzeugen sowie Stoffmantel sind ausserhalb der Kiste – nichts weist mehr auf seine Tätigkeit in der Kiste hin, glaubt Hakim.

Erlösend empfindet er das finale Drehen des Akkuschraubers auf der Aussenseite der Kiste. Alle vier Schrauben weilen wieder am ursprünglichen Ort.

Wo befindet sich das Tor hinaus aus dem Frachtraum? Das Spiessrutenlaufen gegen die Zeit will nicht enden. Wumm, wumm, wumm, heftig hämmern die Schiffspropeller – ausserhalb der Kiste empfindet Hakim das Geräusch als noch viel bedrohlicher.

Endlich, das Licht seiner Taschenlampe erfasst ein grosses Tor. Das vereinbarte Klopfzeichen wird von der Gegenseite quittiert. Sein Mitkämpfer Nuri wartet vor der Türe, er wird ihn durch das Labyrinth der Kosta Konkordia nach oben in den Erstklasse-Speisesaal führen. «Wie siehst denn du aus, Hakim?» Vorwurfsvoll ist Nuris Bemerkung. «Völlig nass dein Haar, auch die Rückenpartie deines Anzuges, und dann überall die Holzspuren. Deinen Stoff-mantel wirst du sowieso nicht mehr brauchen.» Kurzentschlossen nimmt Nuri den Mantel und trocknet Hakims Rücken und Kopf, die Spuren aus der Holzkiste sind nach einigen Minuten heftiger Reibarbeit beinahe verschwunden. Unterwegs wirft er den Stoffmantel achtlos in die Ecke eines Korridors.

Wie Tag und Nacht empfindet Hakim, was ihn nun erwartet. Nach dem kalten Verlies empfangen ihn nun ein paradiesisches Ambiente und Luxus pur. Warme Farben, Kerzenlichter, Klänge vom Piano und dann der Duft, es riecht nach gebratenem Fleisch, Basilikum und Thymian. Das alles soll in wenigen Minuten nicht mehr existieren? Er verspürt Bedenken und Faszination gleich-zeitig, kaum merklich ist seine nachdenkliche Kopfbewegung.

Zarif winkt ihnen vom Tisch her zu, er deutet kopfschüt-telnd auf die Armbanduhr. «Das hat aber gedauert, wolltest du den Crash hautnah miterleben? Soweit alles okay?» Hakim nickt und hebt die Armani-Aktenmappe ein wenig in die Höhe. Wie von Abdullah organisiert sitzen die drei Herren mit direk-ter Sichtverbindung zum Nachbartisch. Angeregt diskutierend nimmt die illustre Gesellschaft am Tisch nebenan die drei Her-ren nicht zur Kenntnis.

«Darf ich Ihnen die Vorspeise servieren?» Der Kellner stellt gekonnt ein Barramundifilet, gebraten auf Staudensellerie-Tomatengemüse und rauchiger Wodka-Sahne, kunstvoll auf dem weissen Teller drapiert, vor die drei Herren. Wein lehnen sie entschieden ab. Bereits beim Hauptgang mit Rinderfilet und Bratkartoffeln angelangt sind die fünf Personen am Nachbar-tisch. Einzig die attraktive Dame an der Seite des deutschen Wachhundes scheint das Essen nicht zu geniessen. Von einem unverhüllten Weibsbild hat Abdullah gesprochen. Wenn der wüsste, wie dieses Weibsbild aussieht!

Die beiden jungen Menschen sind sehr mit sich beschäftigt und nehmen kaum am Gespräch teil – dafür der ungefähr fünf-unddreissigjährige Herr gegenüber der dunkelhaarigen Schönheit. Verlegen streift sie das Haar nach hinten, ihr Blick gilt diesem Mann, da bahnt sich offensichtlich etwas an. Der deutsche Sicherheitsmann scheint nichts zu bemerken, auf jeden Fall zeigt er keine Gefühlsregung.

Verunsichert wandert der Kopf des ungefähr fünfunddreissigjährigen Mannes mehrmals in Richtung Fenster, in welchem die aus der Dunkelheit auftauchende Insel Giglio sichtbar wird. Etwas scheint ihn zu irritieren. Fragende Blicke der dunkelhäutigen am Nachbartisch sitzenden Männer. Unmöglich, dass diese Person wissen kann, was in den nächsten Sekunden geschehen wird. Verkrampft greifen sechs Hände nach dem Tischblatt, dann der Knall, eher eine Erschütterung, die Musik verstummt, betretenes Schweigen herrscht im Erstklasse-Speisesaal.

Die erstmalige Lähmung der Gäste weicht einem hektischen Stimmenwirrwarr. Worte wie «Aufprall auf ein Riff», «Sinken der Kosta Konkordia», «Rettungsboote», «rette sich, wer kann», sind noch vereinzelt hörbar, dann gehen sie in der aufgebrachten Menschenmenge unter.

Den Herrn ohne Begleitung am Nachbartisch trifft es besonders hart. Augenblicklich übergibt er sich und er rennt, sich eine Stoffserviette vor das Gesicht haltend, aus dem Speisesaal in Richtung Deck.

Ebenfalls Bewegung zeigt sich beim deutschen Sicherheitsmann. Einige kurze Worte an seine Begleitung, hastig schiebt er den Stuhl zur Seite, zielstrebig verlässt er den Speisesaal.

Hakim und Nuri nicken einander kurz zu und heften sich an die Fersen von Erich Schildmann. Niemand, auch er nicht, nimmt die Beschattung zur Kenntnis. Zu gross ist das Durcheinander, das Schiff ist im Ausnahmezustand.

Erich Schildmann kennt den Weg zum Frachtraum. Ohne Aufzüge zu benützen, mit einer ihm nicht zugetrauten Behändigkeit, überwindet er die Treppen in die Tiefe und steht kurz darauf vor dem Tor in den Frachtraum. Durchatmen, er lauscht an der Türe und hört Geräusche von rauschendem Wasser.

Steht der Frachtraum bereits unter Wasser und spült es ihn beim Öffnen des Tores mit voller Wucht zurück in den Korridor? Er will wissen, was hinter der Türe geschieht, und öffnet mit einem kräftigen Zug das schwere Tor. Heftige Geräusche, ähnlich denen eines herabstürzenden Wasserfalls, schlagen ihm entgegen. Vereinzelte Gegenstände schwimmen bereits im Frachtraum und rasend schnell steigt der Wasserpegel. Die Kisten stehen noch am selben Ort, das untere Drittel jedoch schon unter Wasser.

Er darf keine Zeit verlieren, entsprechend kurz verläuft die Überprüfung der sechs Holzkisten. Bei Kiste drei wird Herr Schildmann stutzig, auf der Stirnseite ragt ein Holzbrett einen Zentimeter über die Seitenkante hinaus. Das war vor der Verladung noch nicht der Fall. Jemand muss in der Zwischenzeit an der Kiste, oder schlimmer, am Inneren Manipulationen vorgenommen haben.

Seine Hand schnellt unter den Kittel und fördert eine Pistole zu Tage. Er dreht sich um, im Rauschen des Wassers hat er sie nicht kommen hören. «Was zum Teufel macht ihr hier?»


Zarif beobachtet weiter den Nachbartisch. Das junge Pärchen liess sich durch die allgemeine Hektik mitreissen und ist im Getümmel verschwunden. Einzig die dunkelhaarige Schönheit verbleibt am Tisch, ihr Blick wandert unruhig in jene Richtung, in welcher der Mann, welchem sie hoffnungsvolle Blicke zuwarf, auf das Deck verschwand. Rechnet sie damit, dass er zurückkommt und sie mitnimmt?

Der Speisesaal ist inzwischen menschenleer. Zarif verzieht sich in den Hintergrund. Die Frau darf nicht merken, dass er sie beobachtet.

Unruhig und vermehrt in Richtung Deck gleitet der Blick der Frau. Ihr Begleiter ist noch nicht wieder zurück und der attraktive, ihr vorher gegenübersitzende Mann zeigt sich auch nicht mehr. Sie erhebt sich vom Tisch und begibt sich nach draussen, sie wählt denselben Weg wie der Erbrechende.

Zarif folgt ihr. Eine Riesenhektik herrscht an Deck. Er muss näher aufschliessen, um die Frau nicht aus den Augen zu verlieren. Sie bleibt stehen, sie scheint die Person, nach der sie gesucht hat, entdeckt zu haben. Ein kurzer Moment des Zögerns, sie gibt sich einen Ruck und geht zielstrebig auf den Mann zu, der noch vor kurzem an ihrem Tische sass und nun deprimiert an der Reling lehnt. Sie legt ihre Hand auf seine Schulter.

Der Mann an der Reling scheint völlig verzweifelt. Zarif vermutet als Grund dafür mehr als «nur» die Havarie der Kosta Konkordia. Er sieht vor seinem geistigen Auge erneut den verunsicherten Blick des Mannes zum Fenster und auf die näher rückende Insel Giglio, kurz vor dem Aufprall der Kosta Konkordia.

An der Reling stehend verfolgen die beiden das langsame Zurücktreiben des Schiffes zur Insel. Die schöne Frau lehnt an ihm, Zarif fühlt ihr Verlangen, dem Mann beizustehen, mehr als das, sie sucht seine Nähe.

Die nun folgende Viertelstunde, bis das Schiff auf Grund läuft, will nicht enden. Zarif lehnt an der schräger werdenden Wand zum Speisesaal und wartet. Die beiden verlassen die Reling und begeben sich zum Korridor in Richtung Schiffsmitte. Offensichtlich wollen sie zur anderen Schiffseite. Plötzlich hält die Dame inne. Zarif, nur wenige Meter hinter ihr hergehend, muss, wohl oder übel, an den beiden vorbeilaufen. Kurz treffen sich ihre Blicke. Er erkennt noch, wie sich die schöne Frau von ihren High Heels trennt, dann verschwindet er in einem seitlichen Korridor. Augenblicke später folgt er erneut ihrem Gang hinunter über die immer schiefer stehende Treppe und sieht, wie ein Junge hoffnungsvoll die Hand des Mannes ergreift. Wenig später steht er ebenfalls auf dem untersten Deck der Backbordseite. Die Scheinwerfer des Hubschraubers geleiten auch ihn, wie zuvor die drei, bis zur Strickleiter.

Auf keinen Fall darf die Frau ihm nochmal begegnen. Er harrt bei eisiger Kälte an Deck auf dem Fischkutter aus, die

Überfahrt zum Hafen Giglio dauert sowieso kaum länger als zehn Minuten.

Herzergreifend sind die überglücklichen Eltern beim In-die-Arme-Schliessen ihres verloren geglaubten Kindes. Ein Gefühl, wie es Zarif als Strassenjunge nie erleben durfte. Emotionen haben keinen Platz, er muss einen Auftrag erfüllen, alles andere zählt nicht.

Ein älterer Mann folgt den beiden Schiffbrüchigen zur Meldestelle, er bemerkt ebenso wenig, dass auch er von Zarif beobachtet wird. Zarif glaubt zu wissen, weshalb der alte Mann den beiden folgt. Er hat das Paar beobachtet, als es den Jungen vom Fischkutter den überglücklichen Eltern übergab.

Beim Verlassen der Meldestelle tritt der alte Herr an das Paar heran und scheint ihm ein Angebot zu unterbreiten. Die schöne Frau nickt und zu dritt verlassen sie den überfüllten Platz am Hafen in Richtung des nahen Hügels.

Zarifs Auftrag ist fürs Erste erfüllt. Er weiss nun, in welchem Haus die beiden übernachten werden und macht Meldung an seinen Chef Abdullah.

Pünktlich um 08:00 Uhr versammelt sich die Geschäftsleitung unseres Ingenieurbüros am runden Tisch. Ziel dieser Sitzung: Nochmalige Überprüfung der berechneten Kursdaten der Kosta Konkordia und Absprache unserer Vorgehenstaktik gegenüber den Behördenvertretern. Urs wird das Gespräch leiten.

Fünf Minuten vor zehn, Madeleine, unsere Dame am Empfang, meldet die Ankunft der Delegation. Die Überraschung ist gross. Nicht wie angekündigt zwei, sondern vier Männer nehmen Platz auf den schwarzen Ledersesseln im Besprechungszimmer. «Darf ich den Herren einen Kaffee oder ein anderes Getränk anbieten?», eröffnet Urs das Gespräch. Jeden von uns stellt er mit Namen und Funktion vor. «Herr Silvan Aebischer war der verantwortliche Entwickler des Programmes zur Effizienzsteigerung der Kosta Konkordia und der dazu notwendigen Kursberechnungen.» Besonderen Wert legt er dabei auf meine ausgezeichneten Leistungen als Ingenieur, wobei meine Ausbildung zum Physiker an der Eidgenössischen Technischen Hochschule und der Abschluss mit Bestnoten besondere Erwähnung erfahren. Vier gebannte Augenpaare weilen auf mir. Ich bleibe gelassen, meine Berechnungen halten jeder Prüfung stand.

In perfektem Englisch stellt sich der Beamte als Doktor Markus Keller vor. Er leitet das Bundesamt für Justiz und Polizeiwesen in Bern. «Und der Herr aus Italien», fährt er fort, seine Hand weist auf den schlanken Mann im dunklen Anzug mit kurz geschnittenen grauen Haaren, «ist Dottore Franco Trondo. Er ist höchster Ermittler im italienischen Strafwesen, ihm obliegt der Fall Kosta Konkordia.» Mit einer Handbewegung zeigt er nun in Richtung der beiden ebenfalls mit dunklen Anzügen bekleideten Herren um die vierzig. «Bei den Herren zu meiner Linken darf ich weder Namen noch Herkunftsland bekanntgeben, ihr Auftrag ist streng geheim – auch unser Gespräch unterliegt strengster Geheimhaltung. Ich bitte Sie, meine entsprechenden Papiere von jedem Einzeln unterzeichnen zu lassen. Nehmen Sie zur Kenntnis, dass bei Verletzung dieses Vertrages längere Haft- und Geldstrafen ausgesprochen werden könnten.»

Erstaunen und Verblüffung spiegeln sich in unseren Gesichtern. Wir haben mit schwerfälligem Beamtenumgang gerechnet, nicht jedoch mit juristischen Konsequenzen in dieser Tragweite.

«Wir möchten», fährt Dr. Keller fort, «die von Ihnen berechneten Kursdaten ab einer halben Stunde vor der Havarie einsehen. Leider sind die von den italienischen Behörden sichergestellten Daten durch das eingedrungene Salzwasser nicht mehr auswertbar.»

Nicht die leiseste Gefühlsregung ist auf Dr. Kellers Gesichtszügen zu erkennen. Kaltblütig tischt er uns diese Lüge auf. Unsere Blicke sprechen Bände, ich glaube die Gedanken meiner Partner zu erraten. Lügt «unser» Dr. Keller oder wurde ihm diese Lüge vom smarten Dottore Trondo aufgetischt? Wie dem auch sei, in wenigen Minuten werden sie wissen, dass wir im Bilde sind.

Urs übernimmt das Gespräch. «Auf den beiden Bildschirmen» – seine Hand weist auf die grossen Samsung-Bildschirme an der Rückwand unseres Besprechungszimmers – «zeigen wir Ihnen den berechneten und gleichzeitig den effektiv gefahrenen Kurs der Kosta Konkordia.»

Raunen im Konferenzzimmer. «Wie wollen Sie den tatsächlich gefahrenen Kurs des Schiffes rekonstruieren? Diese Daten waren auf dem Schiff und wie von Dr. Keller erwähnt, nicht mehr brauchbar.» Sichtlich erregt gleiten Dottore Trondo diese Worte über die Lippen, auch Dr. Keller scheint irritiert, nur die beiden unbekannten Männer zeigen keine Regung.

Die angespannte Pause lässt mich das Wort ergreifen. «Ich war nach der Havarie nochmals auf dem Schiff – es ist mir gelungen, diese Daten sicherzustellen.» Jetzt scheint Dottore

Trondo völlig von der Rolle. «Das ist unmöglich, unsere Polizei hat nach dem Crash das Schiff gesichert. Dazu war es bereits nach wenigen Stunden geflutet, wann soll das gewesen sein?»

«Am Samstag, dem 14. Januar, im Laufe des Vormittags. Ich bin Sporttaucher, mein Chef hat mir noch in der Nacht auf Samstag die Tauchausrüstung aus der Schweiz gebracht.» Mein Gesicht nun direkt zu Dr. Keller gewandt, spreche ich weiter: «Sie und wir wissen, dass das Datenrack gestohlen wurde. Mit meinem Tauchgang beabsichtigte ich nämlich genau dieses sicherzustellen, um unsere Unschuld beweisen zu können. Leider war jemand schneller als ich.» Betretenes Schweigen, unruhige Blicke werden zwischen den beiden Justizbeamten und den geheimnisvollen Männern gewechselt. «Wenn das Datenrack nicht mehr vorhanden war, wie wollen Sie uns dann den echten Kurs der Kosta Konkordia beweisen?», ereifert sich der kurzhaarige Franco Trondo. «Ich persönlich habe seinerzeit zusätzlich eine Blackbox in einen anderen Schrank montiert, niemand ausser mir wusste davon, auch Diebe nicht.» Dottore Trondo steckt eine Zigarette in seinen Mund, zitternd hebt er sein Feuerzeug zum weissen Glimmstängel.

Knisternde Anspannung im Konferenzzimmer, Urs ergreift erneut das Wort. «Wir starten nun die Aufzeichnungen. Je eine Kopie davon haben wir für Sie vorbereitet. Sollten die beiden Herren ebenfalls eine Kopie wünschen, werden wir sie Ihnen gerne nachliefern.»

Die Kursaufzeichnungen gleiten über die Bildschirme. Einige Seemeilen vor der Insel Giglio erfasst die anwesenden Herren dieselbe Unruhe wie vor einigen Tagen uns selbst. Bereits die dritte Zigarette steckt in Dottore Trondos Munde, der inzwischen erkaltende Kaffee interessiert niemanden.

Die Heftigkeit ihrer Reaktion steht der unsrigen von damals in nichts nach, als das Schiff zwei Seemeilen vor Giglio den berechneten Kurs verlässt. Einzig die beiden unbekannten Herren scheinen wenig überrascht. Irgendwie kann ich mich des Eindruckes nicht erwehren, dass sie Bescheid wussten. Nicht der Crash selbst interessiert sie, aber was sonst?

«Ihr Vorgehen, Herr Aebischer, war äusserst fragwürdig.» Dottore Trondo kann sich kaum mehr vor Nervosität beherrschen. «Das Gesetz spricht in diesem Falle von Entwenden oder Unterschlagen von Beweismitteln, das müsste strafrechtlich untersucht werden – müsste. In Ihrem Falle sehe ich von einer Strafanzeige ab.» Er nimmt zwei, drei tiefe Züge aus der Zigarette, den Rauch bläst er in Richtung Decke. «Das eigentliche Beweisstück wurde offensichtlich nicht von Ihnen entwendet, und die von Ihnen selbst sichergestellten Daten stellen Sie uns jetzt zur Verfügung.»

Nun bin ich derjenige, welcher ein erstes Mal durchatmet. Keinen Augenblick hatte ich daran gedacht, mit meiner Tauchaktion ein strafrechtliches Vergehen begangen zu haben. Urs übergibt die vorbereiteten Aufzeichnungen den beiden Justizbeamten. Dottore Trondo hat sich wieder gefasst.

Ein erstes Mal meldet sich einer der noch nicht vorgestellten Herren zu Wort. «Wir hätten nun ein Anliegen, welches wir nur mit Herrn Aebischer besprechen möchten, im Beisein von Herrn Trondo und Dr. Keller. Dürften wir die anderen höflich bitten, dieses Besprechungszimmer zu verlassen? Anschliessend an dieses Gespräch, eine halbe Stunde rechne ich dafür ein, werden wir uns nochmals zur Schlussbesprechung hier einfinden.»


In bestem Englisch mit leicht südländischem Akzent eröffnet der ältere der beiden geheimnisvollen Männer das Gespräch. «Herr Aebischer, uns interessiert der Verlauf des Galadinners auf der Kosta Konkordia. Sie sassen am Tisch vierundzwanzig in Fensternähe auf der Backbordseite.» Ich bin verblüfft über sein Wissen und sein Interesse am Galadinner. «Was hat das Galadinner mit der Havarie der Kosta Konkordia zu tun?» Nun schiebt er zu meiner noch grösseren Überraschung einen nummerierten Tischplan mit Sitzplätzen auf meine Seite. «Hier» – sein Kugelschreiber weist auf die entsprechende Stelle – «sassen Sie, die nächsten beiden Plätze waren von einem jungen Pärchen belegt und gegenüber von Ihnen sass Herr Schildmann mit seiner Begleitung Frau Steinmeyr. Dem Tisch dreiundzwanzig haben Sie den Rücken zugewandt.» Sein Kugelschreiber weist auf jenen Tisch. «Vielleicht könnten Sie uns trotzdem einige Angaben über die an diesem Tisch anwesenden Personen liefern.» «Wie Sie richtig festgestellt haben, lag dieser Tisch in meinem Rücken. Soweit ich mich erinnern kann, war er nur mit drei Männern besetzt – zu Beginn des Dinners von einem einzelnen, später, ich glaube während des Servieren unseres Hauptganges, gesellten sich dann die restlichen beiden dazu.»

Wortlos schauen sich die beiden geheimnisvollen Männer in die Augen. Was wollen sie sich wohl mitteilen? «Können Sie die Männer trotzdem näher beschreiben, vielleicht auch nur Details? Ihre Informationen sind sehr wichtig. Wie waren sie angezogen?»

«Alle drei waren von schlanker, sportlicher Statur, sie trugen dunkle Anzüge mit Krawatte. Ihr Alter schätze ich zwischen dreissig und vierzig Jahren, der Hautfarbe nach zu schliessen müssten es Südländer gewesen sein.» Erneut ein vielsagender Blick, der Ältere nickt. Der Jüngere zieht ein Farbfoto aus seiner Aktenmappe und schiebt es in meine Richtung über den Tisch. «Ist es möglich, dass es diese beiden Männer waren, welche am Tisch hinter Ihnen gesessen haben, und sind Sie ihnen irgendwann schon einmal begegnet?»

Das Foto stammt von der Begrüssung der Passagiere beim An-Bord-Gehen. Längere Zeit verweilt mein Blick auf dieser Aufnahme. Ich weiss, was die beiden Herren hören möchten, aber ich kann beim besten Willen nicht bestätigen, dass dieselben Männer an jenem Tisch sassen. Die einzige Vergleichbarkeit könnten ihre dunklen Anzüge liefern. Wenn ich mir jedoch den Speisesaal in Erinnerung rufe, waren die meisten Männer dunkel gekleidet.

Mein Blick erfasst erneut die beiden Männer und mit leichtem Kopfschütteln sage ich: «Es tut mir wirklich leid, vielleicht waren ihre Anzüge identisch, aber sonst bin ich nicht in der Lage, ihre Anwesenheit am Tisch zu bestätigen.» «Wie reagierten die Personen an Ihrem Tisch, als das Schiff mit dem Riff kollidierte? Uns interessiert auch das Verhalten der drei Männer hinter Ihnen.»

Ein erstes Mal gleitet ein Lächeln über meine Lippen. «Diese Frage müssten Sie jemand anderem stellen. Ich war nämlich der Erste, der den Tisch fluchtartig verliess – ich musste mich übergeben und rannte hinaus aufs Deck.» Ohne sichtbare Gefühlsregung werden meine Ausführung von den drei Anwesenden zur Kenntnis genommen und protokolliert.

Der Jüngere zieht ein weiteres Foto aus der Aktenmappe. Ich weiss sofort, woher die Aufnahme stammt, war ich doch selber schon einmal an diesem Ort tätig. Sie zeigt zwei Offiziere in ihren weissen Uniformen beim Eingang zur Kommandobrücke, auch die Uhrzeit ist eingeblendet: Freitag, 13. Januar 2012, zehn Minuten vor dreiundzwanzig Uhr. Das Schiff muss sich bereits in beträchtlicher Schieflage befunden haben, dies entnehme ich dem seitlichen Abstützen der beiden an der Korridorwand. Und wiederum kommt dieselbe Frage wie vorhin: «Sind Ihnen die beiden Männer schon einmal begegnet?»

An der Stirnseite des Tisches sitzend verfolgt Dottore Trondo aufmerksam unsere Diskussion, erneut steckt eine Zigarette in seinem Munde. Der von unserer Sekretärin soeben auf den Tisch gestellte Kaffee mit Cantuccini erfährt nicht dasselbe Schicksal wie der von vorhin. Dieses Mal wird der Kaffee heiss getrunken und die Cantuccini finden reissenden Absatz.

Der geheimnisvolle Mann wiederholt seine Frage: «Sind Ihnen die beiden Männer schon einmal begegnet, vielleicht auch ohne Uniform?» Er schiebt eine Zusatzfrage nach. «Könnte es sogar sein, dass sie beim Galadinner hinter Ihnen am Tisch sassen?» Die Aufnahme im gedimmten Licht der Kommandobrücke ist verpixelt und zeigt keine Details, zusätzlich erschwerend für eine Identifikation sind die tief ins Gesicht gezogenen Offiziersmützen der beiden Männer. Mein Kopfschütteln wird wortlos zur Kenntnis genommen.

«Wir haben eine Videoaufzeichnung aus der Kommandobrücke, leider sind diese Bilder noch undeutlicher, wir möchten Sie trotzdem bitten, sie sich anzusehen.»

Die Bilder auf seinem Laptop beginnen zu laufen. Parallel zwei Sequenzen, die eine vom Eingang der Kommandobrücke, die andere erfasst das Geschehen im Innenraum der Kommandobrücke. Im Zeitraffertempo wandern die Aufzeichnungen über den Bildschirm. Riesenhektik zu Beginn. Gegen halb elf Uhr zeigen sich kaum noch Menschen auf der Brücke und zum Zeitpunkt des Eintritts der beiden Männer in Offiziersuniform ist die Kommandobrücke menschenleer.

Mehrmals lasse ich mir die letzten Sequenzen vorführen. Nun weiss ich auch, weshalb die beiden Männer in Offiziersuniform die Aufmerksamkeit der hier anwesenden Herren auf sich zogen – kurz nach ihrem Betreten der Brücke verstummen die Aufzeichnungen – unsere Blicke treffen sich, wir denken dasselbe.

Nochmals lasse ich die letzten fünf Minuten auf mich einwirken. Ich lehne mich zurück, die Hände hinter meinem Kopf verschränkt und tief durchatmend versuche ich mich zu entspannen. «Ich glaube nun zu wissen, dass diese Männer in Offiziersuniform auch die Männer am Tisch beim Galadinner waren.» Totenstille und explosive Spannung im Besprechungszimmer. «Diese Videoaufzeichnung ruft mir etwas in Erinnerung. Als die beiden Männer auf den Tisch beim Galadinner zutraten, trug einer davon einen schwarzen Armani-Aktenkoffer. Jetzt, nach diesen Aufzeichnungen, wird mir dies bewusst. Offensichtlich wollte er dem bereits am Tisch sitzenden Kollegen etwas mitteilen, demonstrativ hob er den Aktenkoffer vor ihm in die Höhe.»

Meine Ausführungen scheinen den Herren nicht zu behagen. Mit eisiger Miene verfolgen sie meine weiteren Erklärungen. Ich bitte sie, diese Videoaufzeichnung nochmals mit mir anzuschauen. «Auf dem laufenden Film sieht man dies nicht, aber hier, ich lasse das Bild stehen und zoome in die Ecke des Korridors. Angelehnt an der schräg stehenden Korridorwand steht ein schwarzer Aktenkoffer, und noch schwach erkennbar sieht man das in sich verlaufende GA von Giorgio Armani.» «Damn!» Heftig ist die Reaktion der beiden geheimnisvollen Männer. Ihre Emotionen scheinen auch Dottore Trondo zu überraschen. «Das sollten Sie sich ebenfalls noch ansehen.» Das Zoom zeigt nun auf die rechte Hand einer der beiden Männer in Offiziersuniform. Etwas Längliches, Metallisches ragt einige Zentimeter über seine Handfläche hinaus. «Zum Öffnen des Schrankes mit dem Datenrack benötigte man einen mittleren Schraubenzieher, wenn mich nicht alles täuscht, hält der Mann einen solchen in seiner Hand.»

Einige Momente verstreichen, die Lippen der beiden Männer sind zu einem Strich zusammengezogen. Wie bereits vorhin, kann ich mich auch jetzt nicht des Gedankens erwehren, dass sie schon wussten oder mindestens vermuteten, was ich Ihnen nun vor Augen führe. War das ein belastender Morgen!

Nach Abschluss der Besprechung und einem kurzen Business Lunch mit meinen Geschäftspartnern setze ich mich in meinen Mercedes und fahre in Richtung Zugerberg. Ich muss mich bewegen, frische Luft atmen und versuchen zu verdrängen. Einige Stunden zuvor liess der Schneefall nach. Aus dem Nebeldunst hervortretende Gebirgszüge mit der markanten Rigi erstrahlen im herrlichen Glanz des winterlichen Sonnenscheins. Ein Sonnenschein, der sich in den glitzernden Eiskristallen der vom Pistenbully soeben gezogenen Rillen wiederfindet. Dieses Lichtspektakel und die herrlich präparierte Langlaufpiste beflügeln mich und beinahe spielerisch gleite ich mit den Skating-Skis über die Landschaft.

Die ersten Kilometer laufe ich wie in Trance, die Befragung am Morgen wirkt nach, und erst mit dem Wiederfinden des Skating-Rhythmus' lösen sich auch die letzten belastenden Gedanken.

Es ist halb fünf Uhr am Nachmitttag, als ich mich auf den Weg zurück nach Zug mache. Entspannt sitze ich im Wagen. Der Nebeldunst hat sich inzwischen auch aus tieferen Lagen verzogen, und als sässe ich in einem Flugzeug beim Landeanflug, präsentiert sich Zug mit dem See im Hintergrund in herrlichem Abendlicht.

Das Gespräch vom Morgen beschäftigt erneut meine Gedanken. Keine emotionsgeladenen Gefühle steuern nun mein Denken, sachlich versuche ich eine Erklärung für die nach wie vor im Dunkeln liegenden Ereignisse um die Kosta Konkordia und den schmerzhaften Tod von Anna zu finden.

Ich lasse das Gespräch nochmals Revue passieren. Meine Bemerkungen wegen des Armani-Aktenkoffers und des Schraubenziehers veranlasste die drei Herren dazu, sich einige Minuten alleine zu unterhalten. Sie riefen mich danach zurück ins Besprechungszimmer.

«Herr Aebischer, aus welchem Grunde fuhren Sie gestern nochmals nach Giglio?» «Ich bin doch sehr überrascht, darf ich Sie fragen, woher Sie diese Information haben?» Der jüngere der beiden Herren zog ein Foto aus der Aktenmappe. Mein Mercedes CLS 63 AMG steht auf dem Parkplatz des Fährhafens von Porto Santo Stefano. Die Aufnahme stammte von einem Überwachungsvideo. Deutlich erkennbar waren das Zuger Kontrollschild und auch das eingeblendete Datum mit Uhrzeit: Montag, 23. Januar 2012, 11:43 – Big brother is watching you.

«Ich wollte Anna wiedersehen und hoffte, auf der Insel Giglio Antworten zu finden.»

Nur ungern schilderte ich den Herren das Kennenlernen von Anna beim Galadinner, die gemeinsame Flucht vom sinkenden Schiff und ihr unerklärliches Verschwinden am Morgen nach meinem Tauchgang.

Die Herren liessen nicht locker. «Das Schiffsunglück ereignete sich am Freitag, dem 13. Januar 2012, ihren Tauchgang zum Wrack haben Sie am darauffolgenden Tag unternommen. weshalb haben Sie nicht schon früher nach dieser Frau gesucht? Zehn Tage waren inzwischen verstrichen.»

Wohl oder übel musste ich die Geschichte mit Franziska preisgeben. «Es gelang mir, die Adresse von Annas Arbeitsplatz in Stuttgart herauszufinden. Das war am Montag nach dem Untergang der Kosta Konkordia. Zwei Tage später, am Mittwoch, dem 18. Januar, rief mich ihre Chefin unter Tränen zurück und verkündete den Tod von Herrn Schildmann und auch die Vermutung, dass Anna den Untergang nicht überlebt haben könnte. Diese Informationen stammten aus einem Bericht einer deutschen Illustrierten. Mir wurde sofort klar, dass dem Verschwinden von Anna etwas Mysteriöses zu Grunde lag. Ich verabredete mich mit Franziska auf Freitag, den 20. Januar, zu einem Mittagessen in Stuttgart. Erst an diesem Freitag setzte ich Franziska über die gemeinsame Rettung vom Schiff in Kenntnis. Viele neue Fragen liessen mich am darauffolgenden Montag nach Giglio reisen.» «Uns interessiert das Resultat Ihrer Reise nach Giglio. Dürfen wir mehr wissen?»

Schluckgeräusche, feuchte Augen – das Taschentuch verweilte längere Augenblicke in meinen Augenwinkeln. Mühsam fand ich den Weg zurück ins Gespräch. «Nach dem Untergang der Kosta Konkordia verbrachte ich die Nacht mit Anna Steinmeyr im Hause eines älteren Herrn auf Giglio. Gestern besuchte ich dieses Haus. Von der Nachbarin erfuhr ich vom Tode des alten Mannes, und dass eine zweite Leiche am Morgen nach der Havarie aus dem Hause getragen wurde. Bei dieser zweiten Leiche muss es sich um Anna Steinmeyr gehandelt haben. Ich bin überzeugt davon» – die folgenden Worte brachte ich kaum über meine Lippen – «dass die beiden ermordet wurden.» Die Herren liessen mir Zeit, mich wiederzufinden.

«An diesem Samstag wurden viele Menschen tot geborgen, weshalb glauben Sie an die Ermordung von Anna Steinmeyr und dem alten Mann?» «Der anschliessende Besuch auf dem Polizeiposten bestärkte mich in meiner Vermutung. Auf der Liste der geretteten Passagiere fand sich mein Name, Annas Name stand auf der Zeile darunter, er wurde von jemandem mit einem Kugelschreiber unleserlich gemacht.»

Dottore Trondo mischte sich empört in die Diskussion ein. «Wie wollen Sie Einsicht in diese Liste erhalten haben? Sie war unter Verschluss und stand nur den Untersuchungsbehörden zur Verfügung.» «Der diensthabende Beamte musste wegen einer Anfrage kurzzeitig das Büro verlassen, ich erkannte die Liste auf dem hinteren Tresen und bemächtigte mich dieser Information.» Ich sah in den Augen von Herrn Trondo, dass er meinen Worten keinen Glauben schenkte, er unterliess es aber, weiter zu insistieren. Er weiss, wie das italienische Beamtentum funktioniert, und das Wort Bestechung scheint ihm nicht fremd zu sein.

Sichtlich aufgebracht waren auch die beiden unbekannten Männer. «Weshalb erzählen Sie uns erst jetzt von Ihrer Vermutung wegen Frau Steinmeyrs Tod, wollten Sie uns dies vorenthalten?» Einige Momente der Besinnung brauchte ich, dann atmete ich kurz durch. «Unser Treffen hier war anberaumt wegen möglicher falscher Kursberechnungen der Kosta Konkordia. Ihre Anwesenheit hier und Ihre Ausführungen lassen mir erst jetzt bewusst werden, dass auch Personen am Tisch und Nachbartisch beim Galadinner einen Einfluss auf den verhängnisvollen Crash gehabt haben könnten – natürlich hätte ich Sie über Frau Steinmeyrs Tod informiert.»

Wir beschlossen, eine kurze Pause einzulegen, und nach einem frischen Espresso mit Cantuccini sassen wir uns erneut gegenüber.

«Kann es sein», eröffnete der Ältere, «dass Ihnen jemand aus dem Speisesaal gefolgt ist?» «Diese Frage überrascht mich sehr, meine Herren. An Bord herrschte eine grosse Panik, zu diesem Zeitpunkt dachte jeder nur an seine eigene Rettung, auch ich wollte nur eins, Anna und mich in Sicherheit bringen.» Ich erkannte in ihren Augen, dass sie mir glaubten, sah aber auch eine Bestätigung ihres Verdachtes. «Darf ich Sic nochmals um die Aufnahme der beiden Männer bitten, welche beim An-Bord-Gehen der Kosta Konkordia entstanden ist?», fragte ich.

Längere Zeit verweilen meine Augen auf dem Foto. Hin- und hergerissen, ob meine Vermutung zutreffen könnte oder ich mir unter dem Ereignis der letzten Stunden alles nur einbildete, schob ich das Foto zurück. «An jenem Freitag, nach dem gemeinsamen Mittagessen mit Franziska, gingen wir in Annas Wohnung ausserhalb Stuttgarts. Vielleicht eine halbe Stunde nach unserem Eintreffen parkte ein Subaru mit zwei dunkel-häutigen Männern vor der Liegenschaft. Sie beobachteten Annas Wohnung. Ich weiss nicht, ob es dieselben Männer wie auf dem Foto waren, aber es könnte sein.»

Diese Mitteilung versetzte die beiden Herren in sichtbare Erregung. «Wurden Sie von diesen Männern erkannt und wie gelang Ihnen die Rückkehr nach Stuttgart?»

Ich schilderte kurz die Szene bei der Ausfahrt aus der Parkgarage, mit der hinter den Sitzen am Boden kauernden Franziska und dem Abschütteln der Verfolger. Beinahe gleichzeitig riefen sie: «Diese Männer kennen nun Ihr Kontrollschild und wissen, wo Sie in der Schweiz wohnen.» «Ich habe das Kontrollschild vorher in der Parkgarage getauscht, ich entwendete es von einem nebenan geparkten VW Polo.»

Erstmals huschte so etwas wie ein verblüfftes Lächeln über die emotionslosen Gesichter. Sie besprachen sich kurz in ihrer mir nicht verständlichen Sprache miteinander. Die Aufhellung ihrer Gesichtszüge dauerte nur kurz, mit ernsthafter Stimme fuhr der Ältere fort: «Herr Aebischer, Ihre Schilderungen bestätigen unsere bereits gehegten Vermutungen. Leider dürfen wir Sie nicht aufklären – wenigstens im Moment noch nicht. Auf jeden Fall nehmen wir Ihre Aussage von der Ermordung von Anna Steinmeyr sehr ernst, und wir glauben zu wissen, dass auch Menschen mit Kontakt zu Anna Steinmeyr gefährdet sein könnten. Unterlassen Sie es, die Wohnung von Frau Steinmeyr nochmals zu besuchen, wahrscheinlich wird sie weiter beschattet. Sollten Sie erneut nach Stuttgart reisen, dann mit einem anderen Fahrzeug oder mit der Bahn. Teilen Sie dieses Wissen auch der Chefin der Modeagentur mit. Wir werden mit Ihnen in Verbindung bleiben. Wählen Sie bei Bedarf diese Nummer» – er schob ein Visitenkärtchen mit einer Telefonnummer auf meine Seite – «und geben Sie sich als 50 zu erkennen. Kein Name oder sonstiger Hinweis auf eine Ortschaft oder ein Land. Man wird Sie auf Grund dieser Zahl identifizieren. Verlangen Sie nach 51 oder 52, das sind wir beide. Es könnte auch sein, dass wir Sie kontaktieren. In diesem Falle werden auch wir nicht über das Anliegen diskutieren, sondern nur das Wort ‹Ort› gebrauchen.» Doktor Markus Keller meldet sich dazwischen: «Ort heisst in diesem Falle bei mir im Büro in Bern, Bundesamt für Justiz und Polizeiwesen. Einmal ‹Ort› bedeutet morgen, zweimal ‹Ort› übermorgen und so weiter. Diese Treffen würden jeweils um neun Uhr am Morgen stattfinden.»

Um halb zwölf Uhr beendeten wir die Sitzung. Bei der Schlussbesprechung übernahmen Dottore Trondo und Dr. Keller das Wort. Dottore Trondo bestätigte seine bereits gemachte Aussage, dass unsere Kursberechnungen korrekt waren und uns keine Schuld an der Havarie der Kosta Konkordia trifft. «Von Seiten der italienischen Justiz werden keine weiteren Abklärungen bezüglich Ihrer Firma erfolgen.» Und aus dem Munde von Dr. Keller kam: «Auch aus Sicht der Schweizer

Justiz liegt kein Strafbestand gegen Sie vor, wir danken Ihnen für die Kooperation und die aufgewendete Zeit.»

Entspannt sitze ich im Fernsehsessel – meine relaxte Körperhaltung vermag nicht darüber hinwegzutäuschen, dass ich innerlich völlig aufgewühlt bin. Die Bilder des Thrillers «Bodyguard» lasse ich über mich ergehen. Obwohl ich diesen Film nicht zum ersten Mal sehe, zappe ich nicht weiter. Die Handlung weckt Erinnerungen an emotionale Momente mit Anna, vielleicht auch deshalb, weil die begehrenswerte Whitney Houston und Kevin Costner miteinander harmonieren und trotzdem nicht zueinander finden.

Trockener Martini, Datteln im Speckmantel und Schinkengipfel erfreuen den Gaumen, fürs Gemüt reicht es leider nicht. Mitschuld an der Achterbahnfahrt meiner Gefühle trägt auch die blinkende Diode auf meinem Handy. Bereits zweimal versuchte Franziska mich heute zu erreichen, ohne dass ich zurückrief. Wie soll ich mich verhalten, darf ich ihr die traurige Wahrheit um Anna mitteilen und ist Anna wirklich tot? Ich rede mir ein, dass Anna noch leben könnte und die Männer mit dem Leichensack eine andere Person aus dem Hause des alten Mannes trugen. Hin- und hergerissen, zwischen Abwägen und vielem im Dunkeln Liegenden, taucht das Gespräch von heute Morgen erneut in Erinnerung.

Es gibt keine Erklärung, für mich jedenfalls nicht, weshalb die Kosta Konkordia vom berechneten Kurs abweichen musste. Warum die Männer beim Galadinner am Tisch hinter uns dermassen wichtig sein sollten. Und nun besteht sogar der Verdacht, dass dieselben Männer Annas Wohnung beschattet haben könnten.

Die mir vorgelegten Fotos der beiden südländisch anmutenden Männer beim Betreten der Kosta Konkordia lassen auch die Frage nach dem dritten am Tisch Sitzenden offen, weshalb wurde mir von diesem Unbekannten kein Foto gezeigt und warum löste der schwarze Giorgio-Armani-Aktenkoffer bei den beiden mysteriösen Untersuchungsbeamten diese Unruhe aus?

Bei gedrosselter Lautstärke meinen Blick in Richtung Decke gerichtet, schlürfe ich gedankenversunken am Martini.

Ein weiteres unerklärbares Phänomen beschäftigt mich: Warum berichten die Medien nicht über die verlorenen Kunstschätze von Picasso, Dalí und Miró beim Untergang der Kosta Konkordia? Die Kunstausstellung von Tel Aviv scheint ohne Einschränkungen über die Bühne zu gehen; nirgends der leiseste Hinweis auf zerstörte Werke dieser berühmten Künstler. Fragen über Fragen. Die blinkende Diode rückt vermehrt in mein Gedächtnis. Darf ich sie um diese Zeit noch anrufen? Es ist bereits kurz vor halb elf.

Nach zwei Signaltönen meldet sich eine weiche Frauenstimme. «Hallo Silvan, lieb von dir, mich noch anzurufen. Ich hatte es ein bisschen gehofft, jetzt geht es mir schon viel besser. Ich wollte einfach deine Stimme hören. Vielleicht hast du auch Neuigkeiten wegen Anna?» Als ob sie vor mir stünde, fühle ich ihren Atem aus dem kleinen Lautsprecher. Unglaublich, wie ihre Stimme und die wenigen Worte meinen Gemütszustand beeinflussen, auch mir geht es viel besser – ich behalte es für mich. «Hallo Franziska, ich hatte ein bisschen Bedenken wegen meinem späten Anruf, nun bin ich erleichtert. Ich war inzwischen nochmals auf Giglio.»

Heftig ist Franziskas Reaktion. «Hast du etwas über den Verbleib von Anna erfahren?» «Leider nichts Neues, ich war zuerst –» Sie unterbricht mich. «Ich mache dir einen Vorschlag. Wie wär's, wenn wir alles in Ruhe besprechen, zum Beispiel bei mir in Stuttgart, ganz gemütlich bei einem Abendessen? Ich möchte dich einladen.» Ihre Atmung lässt die Anspannung fühlen, ich sehe ihr Gesicht, die fragende Mimik und den Wunsch nach einem «ja, ich komme bestimmt». «Du bist eine Nummer, Franziska. Wenn du mich schon zu einem Abendessen einlädst, dann werde ich derjenige sein, der bezahlt.» «Das heisst, dass du zu mir nach Stuttgart kommst?» Jetzt meine ich, nicht nur Freude auf ihrem Gesicht zu erkennen, ich sehe ein wohliges

Schaudern, ähnlich wie Kinder es bei einer freudigen Überraschung zelebrieren. Sie fühlt mein Lächeln. «Komm doch am Samstag, das Restaurant, in welches ich dich einlade, kennst du bereits.» «Ich müsste noch ein Hotel buchen, hast du eine Empfehlung?» «Du kannst bei mir übernachten, Silvan.» Nach einer kleinen Pause fügt sie an: «Nicht wie du meinst, ich habe ein Gästezimmer.» Wir lachen um die Wette.

Singen liegt zurück, mit zweihundert Stundenkilometern brettert der ICE durch dünn besiedelte Gegenden in Richtung Stuttgart. Vermehrt mischen sich Schneeflocken in die heftigen Regenfälle und bei Engen überzuckert eine dünne Schneedecke Felder und Äcker.

Der Mann auf der schräg gegenüberliegenden Seite lächelt vielsagend. Er weiss nicht, wahrscheinlich ist es ihm auch egal, dass ich ihn durch das spiegelnde Zugfenster beobachte. Ein Glücksgefühl scheint ihm die Nachricht aus dem Handy aufs Gesicht zu zaubern; offensichtlich wartet seine Geliebte sehnsuchtsvoll auf ihn. Völlig anders die Stimmung der beiden Männer auf der Sitzbank gegenüber. Das Tennis-Hallenturnier in Stuttgart wirft hohe Wellen. «Haas und Kohlschreiber sind in der Lage, Federer zu schlagen. Federers Aufschlag weist nicht mehr jene Unwiderstehlichkeit auf wie noch vor zwei Jahren. Wenn wir es in den dritten oder vierten Satz schaffen, dann packen wir ihn.» Mein Grinsen irritiert die beiden Männer. «Du bist doch nicht etwa Schweizer und dazu noch Tennisspieler?» «Dass ich Schweizer bin, merkt ihr jetzt, und beim Tennis kann ich nicht mitreden. Ich spiele Handball, nicht mehr aktiv, vereinzelt noch bei Plauschturnieren.»

Hin und her wandert die Diskussion um Spitzensport und wer sich rühmen darf, der erfolgreicheren Sportnation anzugehören. «Wenn wir die Einwohnerzahl der Schweiz und von Deutschland mit ins Kalkül bringen, dann sieht die Sache doch schon anders aus, nicht wahr!»

Die Zeit verfliegt ebenso schnell wie die Schneeflocken dem erneuten Regen weichen müssen. In Herrenberg verlassen die Tennisfans den Zug und übermütig rufen sie: «Wenn wir Federer versenkt haben, bleibt euch ja noch der Fussball, Bayern München gegen Basel, das wäre doch ein Knüller, beim zehn zu null würden wir dann den Fuss vom Gas nehmen und euch noch ein Tor erlauben.» Auf dem Bahnsteig entschwinden sie laut lachend aus meinem Sichtbereich.

Der glückliche Mann schräg gegenüber scheint nur einige Wortfetzten wahrzunehmen. Seine Gedanken gelten seiner Geliebten und dem bald stattfindenden Rendezvous.

Schmunzelnd zimmere ich diese Gedanken und sehe mich selber bei der Begrüssung von Franziska am Bahnhof Stuttgart. Soll ich sie sanft an den Schultern berühren und auf die Wange küssen oder nur ihre Hand halten und sie auf die Wange küssen? Meine Fantasie lässt ein Lächeln über mein Gesicht huschen. Bin ich nun ein Glücksengel und die schönsten Frauen liegen mir zu Füssen oder erliege ich einem momentanen Hochgefühl und die Wirklichkeit meint es dann doch nicht so gut mit mir?

Pünktlich um 19:42 Uhr fährt der ICE in langsamer Fahrt in die Bahnhofhalle, im Gegenteil zur langsamen Fahrt ist meine steigende Pulsfrequenz.

Ich erkenne Franziska noch während der Zug in seine Endposition rollt. Ihr hellblondes Haar fällt sanft über den edlen Kaschmir-Wintermantel. Ihr rosa geschminkter Mund, das Beige ihres Mantels und die schon erwähnten blonden Haare zaubern ein sinnliches Bild in die nasskalte Januarnachtstimmung.

Lächelnd tritt sie auf mich zu und ohne komplizierte Formregeln berühren sich zwei freudige Körper und warme Wangen. «Du siehst blendend aus, Franziska.» Ihr Lächeln wird noch breiter, Weiss umgeben vom lieblichen Rosa einer reifen Litschi strahlt mir entgegen. Dichter Abendverkehr verlangt Franziskas volle Konzentration; eine Viertelstunde später parkt ihr VW Golf vor dem edlen «Olvio».

Galant hilft der Mann am Empfang Franziska aus dem Mantel. Mir ist zum Lachen und Weinen zugleich zumute. Was sich aus dem Kaschmir schält, verschlägt nicht nur mir die Sprache. Dasselbe Lippenrosa findet sich auf dem weichen Rollkragenpulli. Der eng anliegende, dunkelblaue Lycra-Rock endet weit oberhalb ihrer Knie, und dieselben stecken in Netzstrümpfen, welche ihren Abschluss in aufreizenden, ebenfalls dunkelblauen High Heels finden.

Franziska geniesst diesen Moment und stakst eleganten Schrittes dem Kellner zum reservierten Zweiertisch an der hinteren Wand hinterher. Ich lasse ihr den Vortritt, sie darf den Raum im Auge behalten, mir genügt die Aussicht auf das mir Gegenübersitzende.

Perlender Champagner, erwartungsvolle, lächelnde Gesichter. Wir stossen an. «Also, schiess schon los, schöner Mann.» Ihr Hinweis wegen des schönen Mannes veranlasst mich zu einer schmunzelnden Bemerkung. Sie lässt mich nicht ausreden. «Was brachte dein Besuch auf Giglio zu Tage, hast du Neuigkeiten wegen Anna?» Hoffnung und Zuversicht lese ich in ihren edlen Gesichtszügen. Ich erzähle ihr alles, beinahe alles, verschweige ihr aber das Ereignis mit der unbekannten Leiche, welche im schwarzen Sack aus dem Hause getragen wurde. Auch die Tatsache vom Tode des alten Mannes erwähne ich ebenso wenig wie Annas unleserlich gemachten Namen auf der Liste mit den überlebenden Passagieren der Kosta Konkordia.

Franziska nippt am Glas. «Ich finde dies so mysteriös, Silvan. Hast du wirklich keine Ahnung, weshalb Anna spurlos verschwunden sein könnte?» Wieder erkenne ich dieses hoffnungsvolle Blau im Gegenüber. «Ich tappe wie du völlig im Dunkeln, Franziska. Auch für mich ist diese Geschichte ein völliges Rätsel.» Franziska zögert einen Moment, vielleicht wollte sie dies für sich behalten, dann sagt sie: «Eigentlich bin ich nicht religiös, aber seit Annas Verschwinden bete ich jeden Abend zu Gott.»

Längere Momente verweilen wir wortlos am wunderschön dekorierten Esstisch. Der galante Kellner bringt uns das Leben zurück. Eine mit Kräutern gewürzte Tomatencremesuppe erhellt unsere belasteten Gemüter. Ihr Duft schmeichelt unseren Gaumen und der rote Château Potensac passt hervorragend zur fein duftenden Tomatensuppe.

Intensiv fällt der Regen vom Himmel, im Scheinwerferlicht der Gartenanlage mutieren die Tropfen zu silbrig-glänzenden Fäden. Ihr Licht, die Wärme im Restaurant, der Duft feiner Köstlichkeiten beflügeln unser Wohlbefinden und das der übrigen Gäste.

«Es hat mich unglaublich gefreut, als du mir spontan zusagtest, Silvan. Samstage sind bei jungen Männern ja meistens belegt.» Ich weiss, worauf Franziska hinauswill und sage lächelnd: «Dieses Mal habe ich meine Freundinnen vertrösten müssen. Es gibt ja noch den Montag, Dienstag, Mittwoch … und mach dir kein Gewissen deswegen, die warten sowieso alle sehnsuchtsvoll auf mich.» Ihr rosa umrandeter Mund wird breiter. «Ich könnte mir durchaus vorstellen, dass sich ein Mädchen in den nicht einmal so übel aussehenden Physiker verguckt.» Wir schmunzeln, der Schwenker berührt ihren sinnlichen Mund. «Eigentlich staune ich selber ein wenig, dass ich die richtige Frau noch nicht getroffen habe. Vielleicht hatte ich einfach noch keine Zeit, mich genauer umzusehen. Mein Beruf, die Hobbys und viele Freunde beanspruchen mich sehr.»

Der nächste Gang wird serviert: Kalbsfilet im Kräutermantel mit pfeffriger Sauce und Zuckerhutröllchen. Mir läuft das Wasser im Munde zusammen. Schon hundertmal beobachtet, zaubert die Speise auch auf unsere Gesichter ein unbewusstes Lächeln.

«Du erwähntest soeben deine Hobbys, eines kenne ich ja bereits aus dem Tauchgang zur Kosta Konkordia, wie heisst dein anderes?» «Handball bedeutet mir sehr viel. Bereits in meiner frühen Jugend war ich von diesem Mannschaftssport angetan. Ich spielte in Juniorclubs und später zwei Jahre im National-liga-A-Club HC Kriens. Kriens liegt übrigens in der Nähe von Luzern und nicht allzu weit von Zug entfernt.» Genussvoll wandert die Gabel mit feinen Happen in meinen Mund.

«Dein Wink mit dem Zaunpfahl wegen dem freien Samstag-abend weckt natürlich auch bei mir gewisse Interessen. Weshalb wolltest du diesen Abend mit einem in Modefragen völlig un-begabten Laien verbringen?» Lächelnd entschwindet ein Bissen Gemüse zwischen rosa Lippen, und bevor Franziska reagiert, sage ich noch: «Wenn ich so in die Runde schaue, möchte wahrscheinlich jeder zweite Mann hier an meiner Stelle sitzen.» «Du Schmeichler, ich habe dir doch schon zu verstehen ge-geben, dass dieser verrückte Bursche nicht nur Annas, sondern auch mein Interesse geweckt hat.» Der rote Potensac scheint Franziska zu munden. Mit jedem Schluck hebt sich ihr Blick und ich empfinde im hellen Blau so etwas wie Wärme und Zu-neigung. «Natürlich sind schöne Frauen in der Männerwelt be-gehrt, davon lebt auch meine Modeagentur. Mein Beruf heisst Augenblick und ist entsprechend kurzlebig, nicht nur mein Beruf! Ich habe Anna um ihre Beziehung mit Günther echt be-neidet, ein Mann, ein richtiger Mann. Kein Schönling, welcher mehr Zeit vor dem Spiegel verbringt als manches Model. – Bist du nun zufrieden, du charmanter Herzensdieb?» Wir schmun-zeln um die Wette.

Elegant dreht sich der Ober vom Nachbartisch weg. «Darf ich Ihnen noch eine Nachspeise empfehlen, meine Dame, der Herr?» Wir entscheiden uns für den Favoriten des Hauses: ein Vanille-Sorbet mit einem Hauch Zitronensaft und einem Schuss Kirsch. «Wenn wir schon bei unserem Outing verwei-len, Franziska, woher kennt ihr euch, du und Anna?» «Das war reiner Zufall, vor einigen Jahren, auf einem Casting für Manne-quins, sassen wir nebeneinander auf der Bank und warteten auf unseren Auftritt. Ich glaube, dieses Beieinander-Sitzen verhalf uns schlussendlich zur bestandenen Prüfung. Wir unterhielten uns über unseren beruflichen Werdegang. Abgelenkt durch dieses Gespräch schwächte sich unsere Nervosität ab und entsprechend relaxt traten wir vor die Jury. Beide bestanden wir den Test und wieder durch Zufall fanden wir uns bei einer Modegala wieder. Zu diesem Zeitpunkt hatte ich bereits meine eigene Modeagentur, es ist immer noch dieselbe – seither sind wir unzertrennliche Freundinnen. Anna durchlief eine Ausbildung in Werbung und Marketing und ich war schon früh von der Mode angetan. Meine Mutter besitzt noch heute Zeichnungen von mir, die ich im Kindesalter von der Garderobe von Filmstars gezeichnet hatte.» Gedankenversunken lässt Franziska den Löffel ins Sorbet eintauchen. Zögernd kommt ihre Frage: «Könntest du dir ein Leben mit Anna vorstellen?» Ihr blondes Haar fällt durch die dem Löffel folgende Kopfbewegung sanft über ihre Wangen. Ihr Blick dem versinkenden Löffel zugewandt. Ich meine zu fühlen, dass sie genau jetzt bedauert, diese Frage gestellt zu haben. Mein Lächeln erhellt auch ihre Gesichtszüge. «Ihr zwei seid doch wunderschöne Frauen, und weil ich mich nicht entscheiden kann, werde ich wohl die nächsten dreissig Jahre hin und her pendeln müssen.» Zuerst Schmunzeln, dann herzhaftes Lachen, die Stimmung und der Abend nehmen einen von schönen Gedanken getragenen Verlauf. «Lass uns nun zu mir fahren, Silvan. Ich möchte den Abend mit dir zusammen und einem Glas Champagner beschliessen.»

Ich folge ihrem wiegenden Schritt zur Garderobe. Menschen sind wunderbare Wesen, sie können vieles, sogar sprechen, oft sprechen sie auch ohne Worte, und dies zelebriert Franziska in diesem Moment. Jede ihrer Bewegungen signalisiert Wohlbefinden, Einladung und Wärme. Dieses Mal bemühen sich zwei Kellner, ihr beim Hineinschlüpfen in den edlen Kaschmir-Wintermantel zu helfen. «Manchmal möchte ich auch eine schöne Frau sein», sage ich auf dem Beifahrersitz und ziehe den Sicherheitsgurt über die Schulter. Lächelnd dreht sie den Zündschlüssel.

Kaum noch Verkehr herrscht um Viertel vor elf und trotzdem beansprucht die Fahrt zu ihrer Wohnung unsere vollste Aufmerksamkeit. Nur zögerlich verschwinden letzte Reste Feuchtigkeit von den beschlagenen Scheiben und der Scheibenwischer bemüht sich schon fast vergebens gegen den nassen, weissen Angriff vom Himmel.

Das Garagentor öffnet sich und kurz darauf steht ihr VW Golf auf Parkplatz Nummer 5. Im Lift drückt Franziska ebenfalls auf die «5». Es ist die Dachwohnung.

Normalerweise versuchen Menschen im Lift den Blickkontakt zu vermeiden, nicht so wir. Lächelnd schweben wir nach oben. Wohlige Wärme empfängt uns im Entrée zur Wohnung. Der dunkle Eichenholzboden, es könnte derselbe sein wie in Annas Appartement, die Korridorwände in Bordeaux und die Garderobeschränke mit Spiegelfronten sowie die vielen kleinen LEDs vermitteln ein Wohlfühlambiente. Auch das Wohnzimmer versprüht Wärme und Behaglichkeit. Es verfügt über denselben dunklen Holzboden, eine hellgelbe Lederpolstergruppe und einen Clubtisch aus Glas, so tief, dass Franziska niemals ältere Besucher zu einem Drink einladen sollte. Und dann diese Fensterfront auf den Balkon, vom Boden bis zur Decke nur Glas. Vor uns vollführen Schneeflocken ihren Tanz im Duett mit dem Regen. Ein Korpus aus hellem Holz säumt die bordeauxfarbene Rückwand, behangen mit Aufnahmen von Modeevents und – auffallend vielen – von Anna. Irgendwo aus dem Hintergrund rieselt Lionel Richies heisere Stimme «Hello» in den Raum. Franziska meldet sich aus der Küche zurück, Adonis im Schlepptau.

Tanzende Schneeflocken vor dem Balkonfenster schmeicheln den Konturen der anmutigen Frau auf dem Weg zur Polstergruppe. Ihre eleganten Beine entschwinden im Lycra-Rock, welcher bis zur schlanken Taille reicht, eine Fortsetzung findet sich im engen Rosa, und als krönender Abschluss folgt das einladende Lächeln auf ihrem Gesicht.

Mit Lionel Richie im Einklang und sich sinnlich um sich drehend, den Moët & Chandon in der Hand, nähert sie sich dem auf der Polstergruppe Sitzenden. Noch in der Drehung stellt sie den Champagner behutsam auf den Clubtisch und mit derselben Anmut fasst sie meine Hand. «Silvan, ich möchte dieses wunderschöne Lied mit dir tanzen, bitte.» Ihr «bitte» ist nicht übermütig, eher traurig, Franziska schmiegt sich an mich.

Sanft im Rhythmus des Liebessongs, beinahe schwerelos, gleiten zwei, die sich gerne haben, durch ihre Wohnung. Wonnevoll, von leichten Erschütterungen begleitet, fliesst ihr weicher Körper in mein Bewusstsein. Franziska scheint zu lachen, ihr Lachen wird heftiger. Sanft löse ich mich aus der Umarmung. Franziska wehrt sich und dreht ihr Gesicht zur Seite. Das Lachen, welches keines ist, will sie mir nicht zeigen. «Weshalb weinst du, Franziska?» Sanft streife ich das Haar aus ihrem Gesicht. Mit dem Rücken der Zeigefinger wischt sie sich blaugefärbte Tränen in ihre Hand. «Es ist alles so schön und alles so traurig, Silvan.» Erneut schmiegt sich Franziska in meine Arme. «Dieser Abend mit dir ist wunderschön, und dann holt mich Annas Verschwinden wieder zurück auf den Boden. Wir haben uns so gut verstanden. Anna war mehr als nur eine Freundin.» «Glaube an das Gute, Franziska. Ich kenne keinen Grund, weshalb Anna nicht wiederkommen sollte. Wir haben das Schlimmste, den Untergang, überlebt, bestimmt gibt es eine Erklärung für ihr Wegbleiben und vielleicht steht Anna schon bald wieder vor deiner Türe.» Adonis sitzt im Körbchen, sein Kopf ist leicht zur Seite geneigt, aufmerksam verfolgt er das Geschehen. Was er wohl denkt, wenn er denken könnte?

«Ich möchte diese Nacht mit dir verbringen. Nebeneinander liegen und in deiner Geborgenheit einschlafen, das wäre wunderbar.»«Gönnen wir uns noch einen kleinen Schluck

Champagner, Franziska.» Ihr Lächeln zeugt von der wieder-
aufkeimenden Lebensfreude und mit Schalk in ihrer Stimme
sagt sie: «Du darfst zuerst ins Bad, aber bitte nicht zu viel Zeit
mit dem Abschminken verlieren.»

Als ich aus dem Badzimmer zurück bin, empfängt mich
zärtliche Musik aus dem Hintergrund.

Hellgelb und bordeaux die Wände, dunkle Holzmöbel mit
vielen lustigen, teils fernöstlichen Figuren und ein riesiger
Spiegelschrank lassen Franziskas Lebensfreude auch im Schlafzimmer fühlen. Mitten im Raum steht das grosse Doppelbett.
Ein edles Satin-Duvet und rosafarbene Satin-Bettlaken bilden
einen gewollten Kontrast zur übrigen Verspieltheit der Einrich-
tung. Franziskas Eleganz spiegelt sich in den Farben und edlen
Materialien des grossen Bettes wider. Wohlig tauche ich ein in
einen Teil ihrer Intimität. Irgendwo im Verborgenen analysieren meine Sinne den Duft eines teuren Parfums und das Timbre
dieser schönen Frau.

An der schrägen Holzdecke wandern grosse Pendelleuchten
in die Höhe, gedämpftes Licht mit weichen Farbtönen schmeichelt dem schönen Schlafzimmer. Gespannt warte ich, bis sich
die Türe zum Bad öffnet. Vor dem Fenster zum Balkon tum-
meln sich Regen und Schneeflocken – sie scheinen zu spielen
und jeder Tropfen verursacht mit Unterstützung des Windes
jenes liebliche Geräusch, bei welchem man nie mehr aus dem
Bett steigen möchte.

Die Türe öffnet sich. Franziska muss den Lichtschalter vorher betätigt haben, auch das Schlafzimmer liegt nun im Dunkeln. Langsam nähert sich das geheimnisvolle Wesen dem Bett.
Das wenige Licht vom Balkon lässt ihre schlanke Silhouette
erkennen und ihr sanft fallendes blondes Haar.

Sie steht neben dem Bett. Ich meine zu erkennen, dass
Franziska lächelt. Ein anschmiegsames, lachsfarbiges Negligé
umhüllt ihren sinnlichen Körper, und als ob sie vom Laufsteg
steigen würde, entschwindet sie galant im edlen Bettzeug.

Sie räkelt sich wohlig. «Oh, das ist so lieb von dir, Silvan, du hast mein Bett vorgewärmt.»

Neben einer begehrenswerten Frau im Bett zu liegen, sie zu fühlen und trotzdem nicht zu berühren, mehr kann man einem Mann nicht zumuten. Franziska ergreift meine Hand und legt sie flach neben sich, ihre Finger gleiten durch meine.

«So haben Anna und ich viele Nächte miteinander verbracht. Seit dem Tod ihres Lebenspartners brauchte sie diese Nähe und wir begannen uns zu lieben. Nicht wie du jetzt meinst, wir waren zärtlich zueinander, aus Zuneigung, nicht wegen Sex. In den vielen Nächten haben wir über das Leben philosophiert, über Männer gesprochen und alles, was uns Frauen so im Leben widerfährt. Kinder waren oft unser Thema. Mit 31 Jahren, wir sind beide 31, wird die Luft immer dünner.»

Gefühlvoll wandern ihre schlanken Finger meine Hand entlang, ein paar Zentimeter nach oben, dann wieder zurück. Franziska lässt mich ihre Nähe fühlen, sie möchte, dass ich sie spüre.

«Unser Kapital ist unsere Schönheit. Sie ist vergänglich und spätestens in fünf bis zehn Jahren müssen wir uns auch vom Laufsteg verabschieden.» Entspannt lauschen wir den von Windböen an die Fensterfont geworfenen Regentropfen und geniessen die Wärme und Geborgenheit im weichen Satin. «Natürlich kannten wir Männer, meistens aus unserer Branche, schöne Männer, aber leider nie etwas mit Bestand. Wir leben in einer schnelllebigen Zeit, Platz für Gefühle scheint unsere Branche nicht zu kennen.» Warm fühlt sich ihre Hand an. Meine Fingerspitzen registrieren kaum wahrnehmbare Bewegungen und leiten sie unverzüglich an jene Abteilung weiter, welche sich für die Produktion von Testosteron verantwortlich zeichnet. «Geträumt haben wir von richtigen Kerlen. Daniel Craig war so einer oder Bruce Willis und natürlich Sean Connery. Jetzt hätte ich Lust auf ein Glas Champagner, Silvan. Ich müsste nur kurz zum Kühlschrank.»

Normalerweise würde ich jetzt aufspringen und der Frau diese Aufgabe abnehmen. Ich bleibe liegen, ihr Lächeln gibt mir zu verstehen, dass sie weiss, weshalb der neben ihr liegende Gentleman in diesem Moment eben kein Gentleman ist. Zwei Gläser mit prickelndem Champagner in den Händen haltend, betritt sie wiegenden Schrittes ihr Schlafgemach. Sie schaltet die Deckenleuchten an, natürlich nur wegen des Champagners, und nicht, um ihre vom lachsfarbigen Negligé kaum verhüllten Kurven ihrem wehrlosen Silvan zu präsentieren. Sie setzt sich neben mich aufs Bett und überreicht mir mit schmunzelndem Gesicht das Glas. Ihre vollen Brüste treten lustvoll aus der Anonymität des Negligés. Sie geniesst ihre erotische Macht, lasziv führt sie das Glas zum Munde. «Sehr zum Wohl, lieber Silvan.»

Übermütig hüpft Franziska auf ihre Bettseite, um Sekunden später, erneut bei Dunkelheit, meine Hand wieder am vorherigen Standort zu positionieren. Wie lange halte ich dieses erregende Spiel noch durch? «Anna und ich kannten kein Tabu. Ich weiss auch um ihre Sehnsucht, von ihrem Liebhaber unterworfen und gedemütigt zu werden. Seit Günthers Tod wurde dieses Bedürfnis noch intensiver.»

Sekunden verstreichen, prasselnder Regen, Wärme unter der Bettdecke, wohlige Geborgenheit und ein nicht mehr zu bremsendes Bedürfnis, einander zu berühren. Vermehrt fühle ich den Druck ihrer über meine Hand gleitenden, schlanken Finger.

«Weisst du, Anna und ich waren uns so ähnlich, uns gefiel auch der gleiche Typ Mann.» Sie zögert kurz. «Wir hätten uns auch vorstellen können, den gleichen Mann zu lieben.» Das Verlangen lässt uns näher kuscheln, unsere Hände entgleiten zusehends unserer Kontrolle. «Du bist sehr muskulös. Darf ich meine Hand auf deinen Oberkörper legen?» Ich antworte nicht, höre nur noch das Prasseln des Regens, fühle Franziskas erregende Wärme und die Aura der schönen Frau. Die Grenze zum Innehalten ist längst überschritten.

Behutsam zieht sie meinen Pyjama nach oben. Ihre Hand gleitet zärtlich zwischen linker und rechter Schulter hin und her und fährt sanft nach unten. «Du bist so unglaublich stark», haucht es aus sinnlichem Munde. Sie küsst meinen Hals. Unsere erregten, von Lust gesteuerten Körper lassen uns aneinander schmiegen. Jede Pore, jede Erschütterung steigert das Verlangen ins Grenzenlose. Heisse Lippen verschmelzen ineinander, einem natürlichen Trieb folgend legt Franziska ihr schlankes Bein auf meinen Oberschenkel. Prasselnde Regentropfen, ein wiederholtes, tiefes «oh». Wärme, feurige Lippen, losgelöst von allem Irdischen existiert nur noch die Lust. Sanft drehe ich Franziska auf den Rücken, über ihrem von Lust gezeichneten Gesicht wandern ihre Hände nach oben. Ich halte sie fest. Sie darf sich fallen lassen. Atemlose, kaum verständliche Worte entweichen ihrem Inneren. Nun sind es nicht mehr Worte, nur noch Lustlaute der in Ekstase Versinkenden.

Irgendwann legt sich das brennende Feuer, die Regentropfen führen erneut Regie, und das Bewusstsein, in der Geborgenheit des warmen Bettes zu liegen, lässt uns zärtlich miteinander kuscheln. Der Schlaf führt die beiden Glücklichen in Richtung eines neuen Tages.

Grosse Pendelleuchten und ein schwarzes Duvet treten in mein Bewusstsein. Vor dem Fenster ein Balkon mit Sicht auf das scheinbar im Talkessel entschwindende Stuttgart und alles umgeben von ihrem Duft und der Wärme des einladenden Bettes. Es ist bereits Sonntag, halb zehn Uhr, ich habe wunderbar geschlafen. Ein Schmunzeln huscht über mein Gesicht. Aus der Küche vernehme ich Geräusche von klirrendem Geschirr, das Öffnen und Schliessen von Schränken oder der Kühlschranktüre und das Mahlwerk der Kaffeemaschine.

Breit ist ihr Lächeln, als sie mit einem Tableau Kaffee und fein duftenden Gipfeln das Schlafzimmer betritt. In einem lachsfarbigen Morgenmantel, Lachs scheint es ihr angetan zu haben, ihr Gesicht zart geschminkt, stellt Franziska das Tableau auf ein kleines Rollgestell und schiebt es in die Mitte des Bettes. «Du bist eine wundervolle Frau. Ich glaube, ich könnte mich sogar an dich gewöhnen.» Meine Hand greift neckisch an den Morgenmantel, unter welchem sich die wohlgeformten Rundungen ihres Hintern abzeichnen. «Du Herzensbrecher. Glaubst wegen einer Nacht in meinem Schlafzimmer die hohen Ansprüche einer erfolgreichen Modeagentur-Chefin befriedigen zu können. Da braucht es schon etwas mehr.» Unverhohlen greift sie unter das Satin-Duvet und kneift mich heftig in meine Brustwarzen. «Nochmals ein solcher Angriff auf meine Unschuld und ich werde dir zeigen, welche Konsequenzen eine solche Handlung nach sich zieht.»

Happen um Happen entschwindet in hungrigen Mündern. Die Croissants, die feinen Käsespezialitäten und der Kaffee munden vorzüglich. Jetzt bin ich an der Reihe, das Tableau in der Küche zu deponieren, und im Handumdrehen sind die wenigen Tassen, Unterteller, Gabeln und Messer abgewaschen und in den Schränken versorgt.

Lächelnd tritt Franziska aus dem Badezimmer, ihren Morgenrock züchtig geschlossen und den Gurt eng um die Taille gebunden. «Lass uns noch ein bisschen in der Wärme kuscheln, Silvan.» Kurz darauf trete auch ich aus dem Badezimmer. Franziskas Morgenrock liegt zusammengefaltet auf dem Betthocker, verführerisch ihr Lächeln. Normalerweise hebe ich die Bettdecke gerade so weit, dass es zum Hineinschlüpfen reicht. Dieses Mal ist es anders. Das sich bietende Bild die reinste Offenbarung. Ich lege mich zur nackten Schönheit. «Möchtest du nun Daniel Craig, vielleicht Bruce Willis oder Sean Connery?» Franziska legt ihre Arme um meinen Hals und zieht mich zu sich hinunter. «Kann ich auch alle drei haben?» Sie erwartet keine Antwort, bevor ich etwas erwidern kann, liegt mein Kopf eingebettet zwischen ihren vollen Brüsten.

Im Spielfilm würden die Liebenden gedankenversunken Zigarettenrauch an die Decke hauchen. Auch ohne Rauch kann man geniessen. Zärtlich umschlungen lassen wir ausklingen, was wir in der letzten halben Stunde bis zur Erschöpfung auslebten. Wir lächeln mit tiefen Augenringen, «Schuft, du machst mich süchtig.»


Es ist Franziskas Wunsch, mich zum Mittagessen bekochen zu dürfen.

Nüsslisalat mit italienischem Dressing, Spaghetti mit gehackten Zwiebeln, roten Peperoncini, Tomatenpurée, Pelati aus der Dose und etwas Rotwein und Gemüsebouillon. Natürlich darf auch der Rotwein im Glas nicht fehlen, ein Trollinger aus der hiesigen Region, angebaut an den Steillagen des Neckar. Glänzende Augen im Gegenüber. Adonis schleicht erwartungsvoll um Franziskas schlanke Fesseln. «Du bist eine aussergewöhnliche Frau, kannst herrlich kochen und hast weitere Vorzüge, die Männer schwach werden lassen.» Lachend stossen wir an. «Du hast doch auch gewisse Eigenschaften, die für dich sprechen, Silvan. Da wäre einmal dein schwarzer Mercedes CLS 63 AMG.» Franziska erhebt sich, setzt sich auf meinen Schoss und umarmt mich. «Kommst du mich wieder besuchen,

Silvan? Ich möchte dies so sehr, ich fühle mich geborgen und getragen in deiner Nähe.» Adonis gelingt es nicht annähernd so treu dreinzuschauen wie Franziska in diesem Moment. «Ich erhielt übrigens am letzten Freitag eigenartigen Besuch von zwei Männern, Silvan.» Noch eben an meinem Munde, steht das Glas mit dem roten Trollinger wieder auf dem Tisch. Ich bin hellwach. «Und, was war so eigenartig an diesen Männern?» «Sie erkundigten sich nach Anna, nur nach Anna, der Katalog mit unseren Models interessierte sie nicht.» Mir wird heiss und kalt. «Und wie hast du reagiert?» Erstaunen legt sich auf ihre Gesichtszüge. «Dich scheint diese Nachricht ja mehr zu beunruhigen als mich.» Ich greife nach Franziskas Arm. «Bitte, es könnte sehr wichtig werden für dich und für mich.» Ungläubiges Kopfschütteln beim Gegenüber. «Jetzt machst du mir wirklich Angst. Diese Anfrage trieb mir Tränen in die Augen. Erst nach und nach war ich in der Lage zu antworten. Ich weiss auch, worauf du hinauswillst, Silvan. Keine Angst, ich erzählte ihnen vom Untergang der Kosta Konkordia und dass Anna seither verschollen ist. Nichts über Annas Rettung vom Schiff.» Ich halte Franziska noch immer am Arm, tief mein Blick in verunsicherte Augen. «Kannst du mir diese Männer beschreiben?» «Es waren Südländer, ungefähr um die vierzig, wir unterhielten uns auf Englisch, ihrer Sprache nach zu urteilen könnten es Araber gewesen sein. Du meinst doch nicht etwa …» «Genau das befürchte ich, Franziska.» «Jetzt jagst du mir wirklich einen riesigen Schrecken ein.» «Was wollten sie von dir noch wissen, sind sie nochmals erschienen?» «Nein, bisher nicht, es war ja am Freitag und am Samstag haben wir geschlossen. Ich übergab ihnen ein Kärtchen mit meinen Firmenkoordinaten, sonst nichts.» Ich ringe nach Luft. «Findet sich auf diesem Kärtchen auch deine Privatadresse?» «Nein, nur meine Handynummer.»

Ich meine, die letzte Minute nicht mehr geatmet zu haben – das erste Mal sitze ich wieder aufrecht im Stuhl. «Was sich da abspielt, müssen wir sehr ernst nehmen. Ich glaube sogar, dass dieser Besuch mit Annas Verschwinden zu tun hat.» Jetzt klammert sich Franziska an meinen Arm.

«Was für einen Eindruck machten deine Tränen auf die Männer?», möchte ich von ihr wissen. «Ich war dermassen betroffen und dachte keinen Moment an das, was wir beide jetzt vermuten. Es waren nicht nur Tränen, ich heulte richtiggehend.»

Nachdenklich hebe ich das Glas und schlürfe am roten Trollinger. «Das Verrückte ist, dass auch ich keine Ahnung habe, was sich hier abspielt – weder bezüglich Annas Verschwinden noch der Beschattung ihrer Wohnung, und nun diese zwei dubiosen Typen in deiner Agentur.»

«Hilft es dir, wenn ich dir sage, in welchem Hotel sie abgestiegen sind? Als die Männer am Freitagnachmittag meine Agentur betraten, war ich mit einer Kundin beschäftigt. Einer der beiden erhielt einen Anruf auf sein Handy. Obwohl ich mich nicht direkt in ihrer Nähe aufhielt und nur Wortfetzen einer unbekannten Sprache mitbekam, erkannte ich seine Bemühung, den Namen ‹Graf Zeppelin Stuttgart›, auszusprechen – zweimal wiederholte er ihn. Graf Zeppelin ist ein Fünf-Sterne-Hotel in Stuttgart.» Ich atme erneut heftig, dieses Mal eine Nuance entspannter als vorhin.

«Bei meiner Befragung durch diese Untersuchungskommission am Dienstag wurde mir nahegelegt, jede noch so kleine Feststellung mit Annas Verschwinden an eine bestimmte Telefonnummer weiterzuleiten. Ich meine, dieser Besuch der beiden Männer rechtfertigt jetzt ein Telefonat.»

Ich wähle die Nummer auf dem Kärtchen. «Hier spricht 50, würden Sie mich mit 51 oder 52 verbinden?» Die Dame am anderen Ende antwortet in perfektem Deutsch. «Ich werde Sie sofort verbinden.» Ein kleines Klicken aus der Hörmuschel und nun in englischer Sprache: «51 am Apparat, was möchten Sie uns mitteilen? Bitte keine Namen und Ortschaften.» «Zwei südländische Männer besuchten die Ihnen bekannte Agentur.»

«Wann war das?» «Am letzten Freitagnachmittag. Wir vermuten auch zu wissen, wo sie sich aufhalten könnten.»

Bevor ich den Satz zu Ende gesprochen habe, unterbricht er mich. «Keinen Namen. Wir sind im Bilde von wo Sie uns anrufen. Ich werde Sie in den nächsten zehn Minuten zurückrufen.» Dann ertönt das Besetztzeichen.

Franziska stellt zwei Tassen mit schwarzem Espresso auf den Esstisch. Normalerweise würde der fein duftende Kaffee Wohlbefinden erzeugen, jetzt ist alles anders. Mit dem sich im Raum verlierenden Kaffeedunst entschwindet auch jene Lebensfreude, die uns noch vor kurzem begleitete. Nachdenklich sitzen wir uns gegenüber und schlürfen am Nespresso.

Kaum zehn Minuten verstreichen, mein Handy meldet sich. «Ja, hier 50.» Er unterlässt es, sich mit seiner Nummer vorzustellen. «Wir müssen Sie dringend sprechen. Können Sie es einrichten, uns morgen um 11:00 Uhr am Bahnhof zu treffen? Wir meinen den Bahnhof in der Stadt, in welcher Sie sich im Moment befinden. Die Person» – er nennt weder Name noch Geschlecht, ich weiss, wen er meint – «soll Sie begleiten. Es ist sehr wichtig für Sie beide. Um 11:00 Uhr morgen erhalten Sie weitere Infos übers Handy. Seien Sie vorsichtig.» Dann verstummt das Gespräch.

«Hätte ich dir doch nur nichts über diesen Besuch gesagt», sinniert Franziska. «Genügt es nicht, dass Anna verschwunden ist? Müssen wir uns nun auch Sorgen um unsere Zukunft machen?» «Alles Abwägen bringt uns nicht weiter. Wir werden den morgigen Tag abwarten.»


Die Schneeschauer der letzten Nacht haben sich verzogen und zaghaft lächelt die tiefstehende Januarsonne, noch leicht wolkenverschleiert aus Richtung Leonberg.

Sendet sie uns ein Signal, dass alles doch nicht so hoffnungslos erscheint?

«Lass uns eine Stunde den Neckar entlangspazieren, Franziska», schlage ich vor.

Die Uferpromenade ist abgetrocknet, auffallend viele Paare scheinen von ähnlichen Gedanken beflügelt und geniessen letzte wärmende Sonnenstrahlen.

Kaum Wellen sind auf dem ruhig fliessenden Gewässer, dafür aufsteigender, vom Abendlicht rötlich gefärbter Nebeldunst, der sich über die sanft geschwungenen, den Neckar begleitenden Rebenhänge legt. Erholsam ist die trockene und kalte Luft, sie lässt uns tief einatmen und mit jedem sichtbar werdenden Dampfwölklein entschwindet ein Teil unserer Sorgen.

Für den morgigen Montag lassen sich Gründe für unser Fernbleiben am Arbeitsplatz finden. Franziska vermeldete ihrer Sekretärin, sie fühle sich nicht sehr wohl, und bei mir stand ein Besuch der Staatsgalerie und des Kunstmuseums von Stuttgart im Vordergrund. «Du warst doch letzthin schon einmal in Stuttgart. Trägt das Museum jetzt einen kurzen Jupe und steht auf langen Beinen?», meint ein sichtlich gereizter Urs mit dem für ihn so typischen Unverständnis für Frauen.

Bei einem kleinen Abendessen mit zwei Pizzen Quattro Stagioni und gemischtem Salat beim Italiener in Franziskas Nachbarschaft beschliessen wir diesen aufwühlenden, von Glücksgefühlen und Sorgen gleichermassen geprägten Tag.

Ich helfe Franziska aus dem edlen Kaschmir-Mantel. «Weisst du Silvan. Ich möchte jetzt mit dir im Bett kuscheln, die Wärme fühlen und von bösen Gedanken befreit einschlafen.»

Sanft rieseln Melodien von Eros Ramazotti, Andrea Bocelli, und Lionel Richie aus dem Lautsprecher. Frei von geschäftlichen und gesellschaftlichen Sorgen lässt die temperamentvolle Frau ihren Gefühlen freien Lauf – Franziska lebt ihr zweites Ich.

In einem schwarzen, zarten Negligé und mit einem Lächeln im Gesicht schlüpft sie unter die Decke. «Oh, wie ich diesen

Moment liebe, Silvan. Jetzt kann mich nichts mehr erschüttern, ich fühle mich so geborgen an deiner Seite.»

Wir lauschen den weichen Klängen, sehen den im nächtlichen Lichterglanz erstrahlenden Stuttgarter Talkessel und das in sanften Farben ausgeleuchtete Schlafzimmer, schöner geht es nicht.

Wie vorige Nacht, die Hände unschuldig auf der Seite, liegen wir nebeneinander. Wärme verbreitet Wohlbehagen unter der Bettdecke. Einem natürlichen Instinkt folgend rücken wir zueinander. Franziska wendet mir ihr Gesicht zu und lächelt, auch wenn sie dies nicht so wollte. Das Gefühl ist stärker als ihre zuvor gehegte Absicht, «nur» nebeneinander einschlafen zu wollen. Keine Chance, diesem wieder entfachten Gefühl nach noch mehr Nähe zu entfliehen. Ihr Mund sucht den meinen, zärtlich ihre Küsse. Weich fühlen sich ihre Lippen an, unser Atem, ihr Duft, unsere erregten Körper lassen uns innig aneinander schmiegen.

«Ich möchte dich zärtlich verwöhnen», haucht Franziska lustvoll. «Bleibe auf dem Rücken liegen und lass mich gewähren, ich will dich einfach glücklich machen, Silvan.» Gefühlvoll hilft sie mir aus dem Pyjama. Überall Hände, ihr Mund löst sich von meinen Lippen und gleitet sanft küssend hinunter zu meinen Lenden. Behutsam schiebt sie ihren Wonnekörper auf mich, ihre Brüste liegen fest auf meinem Bauch und ihr Becken findet Platz auf meinem Oberkörper.

«Du bist so stark, Silvan.» Das Sprechen fällt ihr zunehmend schwer. Fest umklammern und pressen ihre Hände den unteren Teil des Objekts ihrer Begierde. Schmerzen und Lust schaukeln mich ins grenzenlose Wonneuniversum. Franziska geniesst ihre Macht, sie spielt mit dem Punkt, bei welchem es kein Zurück mehr gibt.

Sanft gleitet ihr Becken weiter auf meinen Oberkörper, nun umschliesst sie meinen Kopf mit ihren eleganten Beinen. Sie will mich vollkommen für sich. Ich inhaliere ihre Wärme. Tief dringt mein Mund in ihren Kelch der Lust. Sie windet sich, schreit, als gäbe es kein Morgen mehr. Franziskas Körper bäumt sich auf und begräbt mein Gesicht unter ihrem Schoss. Mund und Nase nass vom Nektar der im Orgasmusrausch versinkenden Frau, ringe ich nach Luft, ich bin ein Vulkan, der jahrelang nicht mehr aktiv sein durfte, und jetzt mit voller Gewalt ausbricht.

«Oh, Silvan, Wahnsinn!» Sie lacht oder weint, ich weiss es nicht. «Du bringst mich um den Verstand.» Behutsam löst sich Franziska vom starken Mann unter sich, verklärt ist ihr Blick. «Bleib so liegen. Ich möchte mich auf deinen Schoss setzen und nur noch auskosten.» Das einladende Becken, die schlanke Taille, die vollen Brüste und das weich fallende blonde Haar der auf mir sitzenden, wollüstigen Frau entfachen erneut meine Sinne. Ihre eindeutigen Laute und ihr heftiges Atmen lassen die erneut brennende Lust der erregenden Schönheit fühlen. Sanft sind die Bewegungen ihres Beckens, das Feuer der Lust führt erneut Regie.

Mehr und mehr reitet sich Franziska in Ekstase. «Bitte fasse meine Brüste an, knete sie, fester, fester, oh, Silvan!» War es vorhin ein explodierender Vulkan, ist es nun ein Stausee, der sich langsam aufbaut und von tiefem Seufzen aus meinem und ihrem Munde über die Mauer schwappt. «Wahnsinn, oh Silvan, ich bekomme nicht genug von dir», presst es aus ihrem gestressten Inneren. Ihre so edlen Gesichtszüge von der Lust verzerrt, die Augen geschlossen und mit keuchendem Atem verliert sich die rasende Frau in einem erneuten heftigen Orgasmus.

Ihr erschöpftes Lächeln und ihr von Tränenflüssigkeit verwischtes Augen-Make-up beflügeln mein Ego, ich scheine alles nicht so schlecht gemacht zu haben. Franziska kuschelt sich an mich. «Oh, Silvan.» Ihre Lippen suchen die meinen. Glücklich entspannt lassen wir die wonnevollen Momente ausklingen.

Es ist Montag, der Tag, auf welchen wir gerne verzichten würden. Um elf Uhr wollen wir uns am Bahnhof mit den geheimnisvollen Männern treffen. Wir haben zugesagt, es bleibt uns keine Wahl.

Die gestrigen wonnevollen Momente sind in weite Ferne gerückt, dafür beherrscht Nervosität unser Denken. Müssten wir jemanden über unser Befinden in Kenntnis setzen, dann würde demjenigen auch ein Blick auf unsere zitternden Hände genügen. Dem wenig erfreulichen Anlass Rechnung tragend, ohne Make-up im Gesicht und in einer Garderobe aus der Zeit, bevor die Weiblichkeit entdeckt wurde, steht Franziska, ihr Haar zu einem Pferdeschwanz gebündelt, im Hausgang vor mir.

Die S-Bahn führt uns zum Hauptbahnhof Stuttgart. «Seien Sie vorsichtig.» Die letzten Worte des geheimnisvollen Mannes heften sich in mein Gedächtnis. Unruhig schweift mein Blick hin und her, im Fokus stehen verdächtig erscheinende, vor allem aber dunkelhäutige Männer. Nichts Aussergewöhnliches, ich erkenne im dicht besetzten Wagen Berufstätige und Hausfrauen. Unbehelligt entsteigen wir der S-Bahn am Hauptbahnhof. Es ist kurz vor elf Uhr.

Nasskalt und unfreundlich empfängt uns der Platz vor dem Bahnhofsgebäude. Franziska klammert sich an meinen Arm, ich fühle ihr Zittern. Mein Handy schlägt an, es ist genau elf Uhr. «50 am Apparat», melde ich mich, «spreche ich mit 51?» Der englischsprechende Herr kommt sofort zur Sache. «Begeben Sie sich zur Untergrundbahn und bleiben Sie auf der Mitte der Treppe stehen. Sie erhalten dort weitere Informationen.»

Den Eingang zur Untergrundbahn finden wir nicht auf Anhieb. Der Mann gibt uns Hinweise. «Wenn Sie nach links schauen, sehen Sie in dreissig Metern Entfernung das weisse Schild ‹Imbiss und Coca Cola›, dann gehen Sie noch zehn Meter weiter bis zur Treppe.»

«Die wissen genau, wo wir stehen, Franziska. Es würde mich nicht überraschen, wenn sie uns noch die Farbe unserer Unterwäsche und deine BH-Grösse mitteilen würden.»

Ungefähr vierzig Stufen führen nach unten. Wie von uns erwartet, machen wir in der Mitte der Treppe Halt. Ein Schaudern überfällt mich beim Gedanken, was passieren würde, sollte jemand von oben und unten den Weg versperren und das Feuer auf uns eröffnen. Wir sässen in der Falle wie eine Maus im Käfig, keine Chance zu entkommen.

Mindestens eine halbe Minute verweilen wir im kalten Treppenkanal. Erlösend vernehme ich erneut die Stimme aus dem Handy. Sie fordert uns dazu auf, wieder nach oben zu gehen. «Bitte laufen Sie nun ohne Hektik zum weissen Kastenwagen mit der Aufschrift ‹Einrichtungen/Unterhalt›. Auf der Rückseite nehmen Sie die Stufen, wir werden Ihnen die Türe öffnen.»

Wir sind verblüfft. Eine vollwertige Kommandozentrale erwartet uns im Inneren. Zuerst ist es die wohlige Wärme, die uns beeindruckt. An den Seitenwänden hängen Bildschirme, modernste Aufzeichnungsgeräte, Mikrofone, und in der Mitte des Raumes steht ein Kommandotisch mit verschiedenen Tastaturen und sechs Stühlen.

Zwei Männer erwarten uns, sie tragen Unterhaltskleidung vom Strassendienst mit orangeleuchtenden, reflektierenden Streifen. Es sind dieselben Männer, welche am Dienstag, dem 24. Januar, im Besprechungszimmer unseres Ingenieurbüros mit den Untersuchungsbehörden der Kosta Konkordia anwesend waren. Nicht nur ihre Bekleidung ist aussergewöhnlich, sondern auch die deutlichen Ausbuchtungen unterhalb deren linken Armbeugen sind es. Franziska scheint sie nicht zu bemerken, mir jedoch ist klar, dass die Verformungen durch etwas aus Metall mit einer Abzugsvorrichtung hervorgerufen werden.

«Verzeihen Sie den Umweg über die Treppe zur Unterführung, wir wollten sicher sein, dass Ihnen niemand folgt.» «Und, was wäre mit uns geschehen, wenn dem so gewesen wäre?», frage ich mit einem nicht zu überhörenden Vorwurf in der Stimme. Ein Lächeln umspielt seine Lippen. «Wir sind Profis, Ihre Sicherheit war nie in Gefahr.»

Er tritt an die Seitenwand und schiebt, uns bleibt nur Erstaunen, eine Jalousie zur Seite, welche den Blick auf den gesamten Bahnhofvorplatz inklusive Treppe zur Unterführung erlaubt. «Erkennen Sie die beiden Männer vom Strassendienst? Den einen haben wir oben, den anderen unten beim Treppenaufgang positioniert.» Nach einer gut inszenierten Pause meint er noch: «Jetzt haben sie dafür zu sorgen, dass wir hier ungestört miteinander sprechen können.»

Am Kommandotisch setzen wir uns einander gegenüber. «Unsere Mission ist sehr delikat», eröffnet der ältere der beiden das Gespräch. «Wir arbeiten im Hintergrund und wie Sie richtig vermuten, spielt der Untergang der Kosta Konkordia eine zentrale Rolle. Auch das mysteriöse Verschwinden von Frau Steinmeyr sehen wir in diesem Zusammenhang.» Ich fühle Franziskas Anspannung, als Annas Name fällt. Ist diese Äusserung eine gute oder schlechte Nachricht? Ich beurteile es eher als eine Nachricht, die hoffen lässt.

Wieder sehen wir in ernste Gesichter, die Männer sprechen in entsprechender Stimmlage. «In Ihrem Telefonat von gestern erwähnten Sie den Besuch von zwei sich eigenartig verhaltenden, dunkelhäutigen Männern in der Modeagentur von Frau …» – sie wenden sich an Franziska – «Dürften wir Ihren vollständigen Namen wissen?» Sie blickt mir in die Augen, ich nicke kurz. «Franziska Löwenthal.» Ein Lächeln huscht über das Gesicht der beiden Männer. «Dann dürften Sie jüdischer Abstammung sein.» Franziska nickt. «Bezüglich der Männer, welche Sie besuchten, haben wir eine Vermutung und eine Befürchtung. Deshalb unser kurzfristiges Treffen.» Einer schwarzen Aktentasche entnimmt er ein dunkelbraunes, mittelgrosses Kuvert, aus dem er zwei Fotos ans Tageslicht befördert. Es sind dieselben Aufnahmen, die auch mir schon einmal vorgelegt wurden. Sie stammen von der Begrüssung der Passagiere beim An-Bord-Gehen auf die Kosta Konkordia. «Das sind die Männer», sprudelt es aus Franziskas Munde. «Sind Sie ganz sicher?» «Hundertprozentig, das sind die beiden Männer, die mich am letzten Freitag in meiner Agentur besucht haben.»

Jetzt bestimmt Hektik das Geschehen in der Kommandozentrale. Wieder an mich gerichtet sagt er: «Sie liessen durchblicken, zu wissen, wo die Männer abgestiegen sein könnten.» Franziska reagiert schneller als ich: «Zweimal fiel der Name ‹Graf Zeppelin›, bestimmt war damit das gleichnamige Fünf-Sterne-Hotel hier in Stuttgart gemeint.»

Auf dem Drehstuhl, um hundertachtzig Grad gedreht, betätigt der Ältere eine Tastatur an einem Tableau an der Seitenwand, um kurz darauf mit jemandem telefonisch verbunden zu werden. Er spricht in einer mir nach wie vor nicht bekannten Sprache. Franziska stupst sanft mein Knie an. «Das ist Hebräisch.» Vergeblich ist ihr Bemühen, mir dieses Wissen diskret zuzuflüstern. Lächelnd reagiert der Herr gegenüber. «Da liegen Sie nicht einmal so falsch, Madame.» Er findet sich erneut: «Frau Löwenthal, für meinen Kollegen und mich ist es wichtig zu wissen, wie Ihre Reaktion ausfiel, nachdem die Männer nach Anna Steinmeyr verlangten.» Franziska wiederholt, was sie auch mir schilderte. «Ich war völlig aufgelöst und erst nach und nach in der Lage dazu, von Annas Schicksal und der Kosta Konkordia zu berichten.»

Das Gespräch am Telefon wird hektisch. Der Mann, welcher uns im Moment den Rücken zukehrt, erteilt Befehle, so interpretiere ich den Wortwechsel. Israelischer Geheimdienst, vielleicht höhere Offiziere, vermute ich. Erhält das Mosaik um das Mysterium Kosta Konkordia erste Steine?

Nun sitzen beide Herren wieder am Tisch. Der jüngere sagt: «Den Ausführungen von Frau Löwenthal entnehme ich, dass die Besucher am letzten Freitag einzig wissen wollten, wie weit sie Kenntnis von Anna Steinmeyrs Rettung von der Kosta Konkordia hatte. Durch ihre echte Trauer vermittelte Frau Löwenthal glaubhaft den Eindruck, Frau Steinmeyr habe die Havarie nicht überlebt. Die Männer müssen zur Überzeugung gelangt sein, Frau Löwenthal wisse tatsächlich nichts.» Er wendet sich direkt an Franziska. Länger verweilt sein Blick in Franziskas blauen Augen, der Anziehung dieser Frau erliegen anscheinend auch abgebrühte, kurzhaarige, durchtrainierte Kampfmaschinen. «Ich glaube nicht, dass diese Männer nochmals Nachforschungen bei Ihnen anstellen werden, seien Sie trotzdem auf der Hut und erzählen Sie niemandem von Ihrem Wissen um Frau Steinmeyer. Wir», sein Blick gilt kurz dem Kollegen, «sind einer grösseren Sache auf der Spur, über deren Ermittlungen wir Sie vorerst nicht informieren dürfen.» «Im soeben geführten Telefongespräch», fährt sein Kollege dazwischen, «erfuhr ich, wo das Hotel Graf Zeppelin liegt, nämlich direkt gegenüber. Wir müssen davon ausgehen, dass in Kürze heftige Aktivitäten in oder um das Hotel stattfinden werden.» Die beiden Männer besprechen sich kurz. «Unser Standort hier ist zu gefährlich.» Der Jüngere setzt sich ans Lenkrad, das Fahrzeug setzt sich in Bewegung. Wenige hundert Meter weiter, seitlich des Bahnhofs, ausser Sichtweite vom Hotel, stoppt er das Gefährt erneut. «Wir bitten Sie nun, hier auszusteigen. Halten Sie sich bitte zur Verfügung. Wir werden uns nochmals unterhalten müssen.»


Nasskalt empfängt uns der Gehsteig. Die Leuchtschrift des Cafés Capri lässt uns in diese Richtung laufen und kurz darauf sitzen wir am kleinen Bistrotisch inmitten von süssen Köstlichkeiten der Bäckerei. Sprachlos, unsere Augen ans Gegenüber geheftet, verstreichen erste Sekunden. «Was darf ich Ihnen anbieten, die Dame der Herr?», holt uns die Servierdame aus unserer Gedankenwelt. Zwei Café Melange und zwei Buttergipfel nimmt sie in ihre Bestellung auf. «Hast du eine Ahnung, was hier vor sich geht, Silvan?» «Wenn er diese ‹grössere Sache› mit dem Untergang der Kosta Konkordia in Verbindung bringt, dann geht es tatsächlich um etwas Grosses. Israel ist bestimmt mit im Spiel, die beiden sprechen Hebräisch, auch ihre erfreute Reaktion auf deine Herkunft bestärkt mich in der Annahme, dass es Israelis sein müssen, vermutlich Männer vom Geheimdienst. Der ewig schwelende Konflikt mit den arabischen Nachbarstaaten – irgendwo hier muss der Hund begraben sein.»

Lächelnd stellt die Servierdame unsere Bestellung auf den kleinen Tisch. Kaffeedampf steigt in die Höhe, er verliert sich im einladenden, von feinen Bäckereidüften geschwängerten Bistro.

«Bei diesem Hundewetter getraut sich nicht einmal ein hungriger Kojote aus dem Bau.» Missmutig lässt Abdullah in der Superior Suite des Steigenberger Hotel Graf Zeppelin in Stuttgart seine Hand über seinen Dreitagebart gleiten. Sein Blick fällt auf den gegenüberliegenden Hauptbahnhof und den vorgelagerten Bahnhofplatz. Jede Parknische ist besetzt, für seinen Renault Megane Mietwagen musste er um das Bahnhofsgebäude herumfahren, bis sich eine Parklücke fand. Verärgert brummt er in sich hinein: «Mich interessiert, wo sich die Besitzer dieser geparkten Autos bei diesem Sauwetter herumtreiben.» Besonders verletzte ihn die Auskunft der Dame an der Rezeption. «Es tut uns sehr leid, Herr Beblawi, alle Parkplätze im Hause sind besetzt. Auf der Rückseite des Bahnhofs finden Sie bestimmt noch einen freien Platz.» Es war nicht die Aussage als solche, die ihn wütend machte, nein, die fehlende Wertschätzung ihm gegenüber, dem Mann mit dunkler Hautfarbe, mit arabischen Wurzeln und arabischem Pass.

In seiner momentanen, hasserfüllten Stimmung sticht ihm ein nicht korrekt geparkter, weisser Kastenwagen vor den Parkplätzen, halb auf der Fahrbahn abgestellt, besonders ins Auge. «Den Fahrer sollte man mit mindestens zwanzig Peitschenhieben bestrafen. Was soll's, nur eine Frage der Zeit, den Ungläubigen werden wir noch Disziplin beibringen.»

Der falsch geparkte Kastenwagen entfernt sich von dem Platz, kopfschüttelnd wendet sich Abdullah seinen Männern zu. «Also, die erste Aktion war erfolgreich, die Kosta Konkordia ist auf Grund gelaufen und gekentert. Die Schuldfrage ist geklärt, der italienische Kapitän hat sich um das blonde Balkanweib gekümmert und nicht um den Kurs des Schiffes.» Er hat ein teuflisches Leuchten in seinen Augen – jenes Leuchten voller Hass und eisiger Kälte, welches ihm zum Titel «Allahs Rächer» verhalf. «Und dir, Hakim, möchte ich danken. Die kopierten Daten befinden sich in unseren Händen, die Zionisten werden ihr blaues Wunder erleben – Allah sei mit uns.» Anerkennend schüttelt er Hakims Hand. «Nuri, schildere mir die Verfolgung des deutschen Sicherheitsmannes in den Frachtraum, wir müssen sicher gehen, auch hier keine Spuren hinterlassen zu haben.» Nuri erhebt sich. «Unmittelbar nach dem Crash machte sich der Sicherheitsmann auf den Weg zum Frachtraum. Hakim und ich sind ihm unbemerkt gefolgt. Er verweilte einen Moment vor der verschlossenen Frachtraumtüre, wahrscheinlich erwartete er Wassereintritt in den Korridor. Im Frachtraum galt sein Interesse den sechs im ansteigenden Wasser stehenden Holzkisten. Im Rauschen der sich aufbauenden Wassermassen gelangten wir unbemerkt in einen nicht einsehbaren Bereich des Frachtraumes. Bei Kiste drei, es ist die Kiste, in welcher Hakim die Daten kopierte, schien ihn etwas zu irritieren. Er zog die Pistole, in diesem Moment traten wir aus der Deckung, und bevor er abdrücken konnte, brachen wir ihm das Genick. Weshalb er sich ausgerechnet für diese Kiste interessierte, war uns bei der anschliessenden Inspektion ebenfalls klar. Wir erkannten ein vorher nicht sichtbares, hervorstehendes Brett.» Hakim erhebt sich, seine Wangen sind errötet. «Beim Verschliessen der Kiste ist mir in der Hektik dieser Fehler unterlaufen. Wir sollten uns deshalb aber keine Sorgen machen. Es gelang Nuri und mir mit einem herumschwimmenden Gegenstand, das Brett wieder in die ursprüngliche Position zurückzuschlagen, niemand wird Kenntnis von meiner Anwesenheit in der Kiste erlangen.»

Totenstille herrscht in der Suite. Gebannt blicken die Männer auf Abdullah. Wird aus der Gratulation eine Rüge oder, viel schlimmer, erfolgt eine Strafaktion? Keine Regung in Abdullahs Gesicht, er lässt sich Zeit. «Den Zionisten wird es nicht gelingen, die Kisten zu bergen. Die Frachtraumtüre liegt auf der Küstenseite des gekenterten Schiffes, diese Türe wird niemand mehr öffnen – die andere Türe in den Passagierbereich wäre sowieso zu klein für die Kisten. Bis auf diesen Ausrutscher hast du den Auftrag perfekt ausgeführt, Hakim!» Erleichterung in den Gesichtern. Mit einem Lächeln berichtet Nuri weiter. «Den

Leichnam des deutschen Wachhundes trugen wir anschliessend in den Korridor vor dem Frachtraum und liessen ihn dort liegen.» «Die deutschen Medien berichteten vom Tod durch Ertrinken des aufgeblähten Dicksacks.» Jetzt erschallt schadenfreudiges Lachen aus Nuris Munde.

Aufgeräumt ist die Stimmung, Abdullah bestellt vier doppelte Espresso. «Das einzige Gesöff, welches man im Land der Hurensöhne hinunterschlucken kann.»

«Zarif, du hast dich an die Fersen des deutschen Weibes geheftet, ich will jedes Detail wissen.» «Unmittelbar nach der Kollision des Schiffs mit dem Felsen», beginnt Zarif, «sprang der uns nicht bekannte Mann vom Tisch auf und rannte an Deck. Bereits vor dem Aufprall schien er verwirrt, vielleicht auch durch die Anwesenheit des verführerischen Weibsbildes.» Nickend bestätigen seine Kollegen die Aussage. «Wir meinten zu erkennen, zwischen den beiden bahne sich etwas an.» «Entweder», mischt Nuri sich ein, «kannte der Mann den Kurs des Schiffes und war durch die nahe Vorbeifahrt an der Insel beunruhigt oder er entwickelte tatsächlich eine Leidenschaft für das Weib.» Zynisches Lachen auf Abdullahs Gesicht. «Da wird er die nächsten Jahre vergeblich seine Leidenschaft mit sich herumschleppen müssen. Interessant wäre zu wissen, welche Gründe diesen Mann an den Tisch der geladenen Gäste brachte. Glaubt ihr an eine vorher existierende Verbindung zum deutschen Wachhund und dem Weibsbild?» Die drei Herren sind sich einig. «Da bestand keine Verbindung. Die haben sich erst am Tisch kennengelernt – zu Beginn des Dinners hat sich jeder einzeln vorgestellt. Weshalb dieser Mann am Tisch sass und welche Nationalität er hat, ist uns nicht bekannt. Es gäbe hundert Möglichkeiten, was ihn an den Tisch geführt haben könnte.»

Zarif erhebt sich vom Ledersessel. «Die dunkelhaarige Schönheit blieb nach dem Crash mindestens zehn Minuten allein am Tisch sitzen.» Wohlwollendes Grinsen in Abdullahs Gesicht. «Der Speisesaal war inzwischen menschenleer, offensichtlich erwartete sie die Rückkehr des deutschen Wachhundes. Dann erhob sie sich und machte sich auf die Suche nach dem unbekannten Mann auf dem Deck. Längere Zeit beobachtete sie den an der Reling klammernden Feigling, er schien sich zu übergeben. Ich glaube, das Weichei hat sich vor Angst in die Hosen geschissen.» Schallendes Gelächter. Ein Klopfen an der Türe ertönt, der Kellner bringt die bestellten doppelten Espresso. Die Männer positionieren sich in der Suite, ihre rechten Hände verweilen auffallend angewinkelt oberhalb der Hosengurte. Durch das Türblatt geschützt, lässt Zarif den Kellner eintreten. Die fühlbare Anspannung verwirrt diesen. Normalerweise würde er ein Trinkgeld erwarten, jetzt scheint er froh, die Suite unbehelligt verlassen zu dürfen.

«Nach einer Weile», fährt Zarif fort, «verliessen die beiden die Reling und machten sich auf den Weg zur anderen Schiffseite. Beinahe wären wir zusammengestossen, sie haben mich aber nicht wahrgenommen. Anschliessend stiegen sie die Treppe hinab bis zum Deck Olanda. Unterwegs trafen sie im Gang zu den Kabinen auf einen weinenden Jungen und nahmen ihn mit nach unten. Ich bin ihnen bis zur Strickleiter und dann zum rettenden Fischkutter gefolgt. «Bist du sicher, dass sie dich nicht bemerkt haben, Zarif?», fragte Abdullah. «Einhundert Prozent sicher. Es herrschte ein unglaubliches Durcheinander auf der Kosta Konkordia. Auf dem Fischkutter blieb ich bis zum Hafen von Giglio an Deck, und auch am Hafen selbst, als sie den Jungen den Eltern übergaben, hat niemand von mir Notiz genommen. Der alte Mann muss die beiden am Hafen beobachtet haben, anscheinend akzeptierten sie seine Einladung, die Nacht in seinem Hause zu verbringen. Ich folgte ihnen und rief dich dann auf deinem Handy an.»

Abdullah lehnt am Fenster, sein Interesse gilt erneut dem Treiben auf dem Bahnhofvorplatz. «Unglaublich, die faulen Säcke.» Er zeigt auf die Bauamtsangestellten vor dem Bahnhof. «Leben auf Staatskosten und stehen untätig herum. Die Hälfte von denen würde genügen, um die Strassen und Plätze sauber zu halten. Es ist Zeit, dass wir den Ungläubigen das Arbeiten beibringen.» Teuflisches Grinsen. Er wendet sich erneut an seine Männer. «Nach dem Untergang der Kosta Konkordia habt ihr beide über eine Woche die Wohnung der dunkelhaarigen Schlampe beobachtet. Bis auf ein Ereignis am 20. Januar schien alles unverdächtig. Was genau geschah an jenem Freitag, Hakim?» Seinem Anführer Respekt zollend, erhebt sich Hakim. «Es war am späteren Nachmittag, als ein schwarzer Mercedes die Parkgarage verliess. An und für sich nichts Aussergewöhnliches – bis auf eine schreiende Frau, welche die Wegfahrt verhindern wollte. Der Fahrer trug eine tief ins Gesicht gezogene, wollene Damenmütze und eine grosse Sonnenbrille. Er wollte offensichtlich nicht erkannt werden.» «Es hätte auch eine Frau am Steuer sitzen können, weshalb seid ihr euch so sicher, dass es ein Mann war?», fragt Abdullah. Nuri meldet sich, auch er erhebt sich. «Wir versuchten dem Mercedes zu folgen, die professionelle Fahrweise liess auf einen Mann schliessen, und gegen die Power dieses AMG Mercedes hatten wir nichts auszurichten. Zurück bei der Garage trafen wir die Frau am Handy mit der Polizei telefonierend. Sie bestätigte uns, einen Mann am Steuer gesehen zu haben und zeigte uns den Grund ihrer Wut. An ihrem VW Polo fehlten die Kontrollschilder, sie waren am Mercedes montiert.» Abdullahs Stirne zeigt unnatürlich viele Falten. «Das gefällt mir überhaupt nicht. War er alleine im Fahrzeug?» «Das wollten auch wir wissen. Die Frau bestätigte unseren vorher schon gewonnenen Eindruck, er sass allein im Mercedes.»

Die Sorgenfalten werden tiefer. «Bei Allah, nach was suchte er in dieser Überbauung? Habt ihr auch den Wohnungseingang der Schlampe kontrolliert, war sie aufgebrochen oder fandet ihr Spuren eines Einbruchs?» «Nicht die geringste Spur. Jeden Tag kontrollierten wir die Türe, da war niemand in der Wohnung, die ganze Woche nicht.» Aus dem Schrank unter dem

Kühlschrank entnimmt Abdullah eine Aludose mit Honig- und Salznüssen. Gierige Hände vergreifen sich daran und wenig später steht die Schranktüre erneut offen, es folgt eine Tüte mit Pommes-Chips. «Am vergangenen Freitag besuchten wir die Modeagentur, in welcher die Schlampe arbeitete – wir wollten ihrer Chefin auf den Zahn fühlen, um herauszufinden, ob sie Wissen um das Verschwinden von Anna Steinmeyr haben könnte. Wir hatten Glück und trafen sie in der Agentur, übrigens auch ein verdammt schönes Weib. Nachdem wir das Modeldossier dieser Anna einzusehen wünschten, durchzuckte die Chefin ein heftiger Blitz, sie heulte wie eine angeschossene Hyäne. Sie meinte, Anna sei auf der Kosta Konkordia mitgereist und seither verschollen, sie rechne mit dem Schlimmsten. Abdullah, die Chefin hat keine Ahnung vom dem, was nach dem Untergang geschah, die weiss überhaupt nichts.»

Abdullah erhebt sich, gedankenversunken ist sein Blick in Richtung Bahnhof. Er sieht nichts, worüber er sich dieses Mal ärgern könnte. Kopfschütteln, kaum verständliche Worte. «Dieser Hurensohn im Mercedes, was wollte er?» Abdullah ist ein Kämpfer, hinter jeder nicht beantworteten Frage sieht er eine Falle, aufgeben kennt er nicht, ein spürbarer Ruck und verbissene Gesichtsmimik lassen erneut seine Bereitschaft erkennen, seinem Ruf als Allahs Rächer gerecht zu werden. «Ich werde den Gedanken nicht los, dass der Mann an der Reling der Kosta Konkordia und der Mann im Mercedes derselbe sein könnten. Weder seinen Wohnort noch seinen Arbeitgeber kennen wir. Ich will es wissen und werde es herausfinden und dann sei ihm Allah gnädig. In ein bis zwei Tagen bin ich wieder in Gaza. Ich weiss, wo ich ansetzen muss.» Kalter Hass leuchtet in seinen dunklen Augen. Abdullah konzentriert sich auf den eigentlichen Grund dieser kurzfristig einberufenen Sitzung. «Wir wollen jetzt den neuen Auftrag mit euch besprechen, Männer. Diese Mission ist noch riskanter als jene auf der Kosta Konkordia, sie ist hochexplosiv. Jeder Schritt muss sitzen und ein hervorstehendes Brett können wir uns dieses Mal nicht leisten.» Länger verweilt sein Blick auf Hakim. «Der Sprengstoff ist brandgefährlich. Mit verändertem Nitroglyzerin gelang es unseren Experten, die Sprengkraft des Dynamits massiv zu erhöhen. Eine Unachtsamkeit oder heftige Erschütterung beim Transport könnte verheerende Folgen haben. Von der Produktionsstätte in Heilbronn werden wir das Dynamit mit dem Nissan Kastenwagen …» Abdullah blättert nervös in seiner schwarzen Aktenmappe, Kopfschütteln, die gesuchten Dokumente lassen sich nicht finden. Es folgt ein kurzer Moment des Nachdenkens. «Verdammt, ich habe das Dossier in der zweiten Aktenmappe, sie liegt unter dem Beifahrersitz meines Mietwagens. Die Scheisskarre steht hinter dem Bahnhof, ich werde sie dort holen müssen. Verlasst die Suite auf keinen Fall, in zehn Minuten bin ich zurück.»

Abdullah zieht sich den am Flughafen Stuttgart heute Morgen im Billigshop erstanden dunkelblauen Regenmantel über und verlässt die Suite.

Nie den Lift benützen, er könnte zur Falle werden. Unschlüssig steht Abdullah vor der geschlossenen Lifttüre. Soll er oder soll er nicht? Die Zeit drängt. In dieser hektischen Phase taucht der Zeitungsbericht, den er in der Middle East Airline auf dem Flug von Beirut nach Stuttgart gelesen hat, vor sein geistiges Auge. Zwei Gleitschirmpiloten waren zu Fuss auf dem 1900 Meter hohen Barouk im Libanon unterwegs. Heftige Böen verhinderten einen sicheren Start – der Westwind sollte sich gegen Abend abschwächen und der zweistündige Aufstieg würde sie mit einem herrlichen Flugerlebnis entschädigen. Weitere zwei Stunden verstrichen, die Sonne stand bereits tief am Horizont und erste Schatten der Dämmerung legten sich über die Landschaft. Nur zögerlich wich der Westwind der sich aufbauenden Thermik. «Du willst doch nicht zwei Stunden mit dem Schirm am Rücken hinuntersteigen wollen?», ermahnte der erfahrene Gleitschirmpilot den Jüngeren. «Bald wird es dunkel, lass uns starten.» Dieser liess sich nicht überzeugen und nahm den beschwerlichen Abstieg zu Fuss in Angriff. Bei Dunkelheit, nach einer Wanderung auf teils steinigem und schroff abfallendem Pfad, erreichte er nach über zwei Stunden die Talsohle. Vergeblich wartete er am vereinbarten Landeplatz auf seinen Kollegen. Dieser würde nie mehr dort eintreffen. Eine Windböe mit Lee-Rotor hatte ihn an die Felswand prallen und 500 Meter in die Tiefe stürzen lassen.

Abdullah wählt den Weg über das Treppenhaus.

Von der Suite aus folgen die Blicke der Männer ihrem Anführer, der in Richtung Parkplätze auf der Rückseite des Bahnhofs marschiert. Mantelkragen hochgeschlagen, den Kopf nach vorne gebeugt, Rückenform in einer Linie mit dem ebenfalls nach vorne gebeugten Kopf, stapft er sichtlich genervt durch die nasskalte Witterung. Seine Körperhaltung lässt sein missliches Befinden erahnen. «Wenn Abdullah stinksauer ist», meint Nuri, «haben wir noch einiges zu erwarten. Das Abendessen können wir uns wahrscheinlich abschminken.»

Abdullah erreicht die Ecke des Bahnhofs, der Wind erfasst ihn nun von vorne und Regentropfen peitschen ihm ins Gesicht. «Wie kann man nur in einem solchen Scheissland leben?» Noch fehlen einhundert Meter bis zum abgestellten Mietwagen.

Dem Fahrer gebühren dreissig, nicht nur zwanzig Peitschenhiebe, denkt er, als ihm der erneut falsch geparkte, weisse Transporter ins Auge sticht. «Einrichtungen/Unterhalt», wahrscheinlich heisst dies Strassenbau oder so etwas Ähnliches, vermutet Abdullah, nicht zuletzt auch des Bauamtsangestellten wegen, der sich anschickt, die rückwärtige Treppe zu besteigen.

Einen winzigen Augenblick nur steht die Türe offen, lang genug, um Abdullah das Blut in den Adern gefrieren zu lassen. Im Zeitraum eines Herzschlages entdeckt er Bildschirme und elektronische Geräte. Das ist ein Überwachungsfahrzeug. Die müssen ihm und seinen Männern auf der Spur sein!

Abgeklärt, ohne erkennbare Hektik, läuft er weiter in Richtung seines Mietwagens, noch haben sie ihn, den Anführer von Al Traga, nicht entdeckt. Abdullah zieht sein Handy, der Anruf richtet sich an Nuri. «Verlasst sofort die Suite, wir sind aufgeflogen, alles Weitere regeln wir später, haut sofort ab», wiederholt er mit eiskalter Stimme. Die Bauamtsangestellten sind verschwunden, Abdullah weiss, wo sie zu finden sind. «Diese verfluchten deutschen Hunde!»


«Wir müssen sofort verschwinden, die deutsche Polizei hat uns entdeckt», schreit Nuri in die Suite. Trampelnde Stiefelgeräusche ertönen aus dem Gang. «Kommt mit erhobenen Händen heraus und ergebt euch!» «Verdammt, was machen wir?» Ein kurzer Blick aus dem Fenster. Kein Balkon oder Fenstervorsprung, über welchen man flüchten könnte. Alle Fluchtwege sind verbaut, es bleibt nur die Türe zum Gang. «Wir schiessen uns durch.» Nuris erste Salve durchschlägt die Zimmertüre. In der Hektik vergisst er überlebenswichtige strategische Massnahmen wie niemals frontal zur Türe zu stehen. Zu spät, Kugeln durchschlagen die Türe von der anderen Seite – an mehreren Stellen getroffen sinkt Nuri zu Boden. Er spürt keine Schmerzen. Regenbogenfarben bemächtigen sich seiner Seele, wunderschön ist das tiefblaue, im Abendlicht versinkende Meer vor seiner Heimatstadt Gaza, wohlige Wärme begleitet ihn in die Geborgenheit des erfüllenden Schlafes. «Es lebe Allah, Allahs Kämpfer ergeben sich nie – wir erledigen euch Hunde!»

Noch im Abwägen, wie sie in den Gang gelangen können, folgt ein heftiger Knall – das Türschloss bricht aus den Angeln, die Türe fliegt in die Suite. Beissender Rauch verbreitet sich rasend schnell. Die beiden Männer erkennen noch kurz hereinstürmende Männer mit Arbeitskleidung und Atemschutzgeräten. Arme und Beine der Terroristen werden schwer, sie versagen ihren Dienst, dann sinken Hakim und Zarif zu Boden.

Der weisse Kastenwagen steht noch immer falsch geparkt auf der Rückseite des Bahnhofs. Kein Aussenstehender würde vermuten, was sich in seinem Inneren abspielt. Unerträgliche Anspannung auf den Gesichtern der beiden Männer darin. Der Jüngere schiebt die Sprechgarnitur zur Seite. Den Ellenbogen auf der Tischplatte aufgestützt, wendet er sich seinem Kollegen zu. Auch der entledigt sich der Sprechgarnitur und drückt einige Tasten. Schweiss steht beiden Herren auf der Stirne. Nachdenkliche Blicke signalisieren ihren deprimierten Gemütszustand.

«Einige Minuten früher und wir hätten die ganze Bande erwischt. Einer dieser verfluchten Terroristen, wahrscheinlich sogar ihr Anführer, muss die Suite kurz vorher verlassen haben. Dieses Ungeziefer wuchert wild um sich – schlägst du der Hydra den Kopf ab, wächst sofort ein neuer nach. Immerhin kennen wir seinen Namen, Abdullah Beblawi, vielleicht kriegen wir ihn doch noch.» Einige Sekunden der Reflexion folgen. «Du glaubst doch nicht wirklich, dass dieser Terrorist unter seinem richtigen Namen abgestiegen ist? Die sind bestens organisiert, gefälschte Pässe gehören zur Standardtarnung.» «Natürlich weiss ich das», sagt er und fügt gequält lächelnd hinzu: «Ich denke dabei an die Videoaufzeichnung von der Rezeption. Solche Aufnahmen haben schon manchen Gangster zur Strecke gebracht. Ich bin gespannt, wie Herr Beblawi in Wirklichkeit aussieht.»

Klopfgeräusche an der Türe. Es ist der Sicherheitschef des deutschen Einsatzkommandos. Am Tisch sitzen sie sich gegenüber – unverkennbar ist ihre getrübte Stimmung. Der nur halbwegs gelungene Schlag gegen die Terrororganisation legt sich wie ein schwerer Schleier auf ihre Moral.

«Noch bevor wir die Türe der Suite aufsprengen konnten, eröffnete einer der Terroristen von innen das Feuer. Wir schossen zurück und es gelang uns, diesen zu eliminieren. Den beiden anderen wurden wir dank Einsatz des Betäubungsgases habhaft. Wir müssen davon ausgehen, dass uns der Anführer entwischt ist. Wir werden uns umso intensiver dieser beiden Terroristen annehmen.» Ein eigenartiges Leuchten flammt in den Augen des Sicherheitschefs auf, es lässt erahnen, was das für die beiden Männer bedeuten dürfte. «Die Auswertung der Fotoaufzeichnungen von der Rezeption sind im Gange, wir werden sie Ihnen unverzüglich zustellen. Laut noch nicht bestätigten Quellen planten die Terroristen den Transport eines hochexplosiven Sprengstoffs.» Nachdenklich ist sein Blick auf die Vis-à-vis-Sitzenden. «Sie müssen mit einem grösseren Sprengstoffanschlag in Israel rechnen. Offensichtlich wird dieser Sprengstoff in oder in der Nähe von Heilbronn produziert. Den Standort kennen wir noch nicht, auch den werden wir herausfinden und ausheben.» Der Leiter des deutschen Einsatzkommandos erhebt sich. «Wir werden Sie über unsere Nachforschungen auf dem Laufenden halten. Sie bleiben doch bis zur Klärung des Falles in unserem Land, nicht wahr?» Die Israelis drücken dem deutschen Kollegen die Hand. «Besten Dank für Ihren Einsatz.» Dann verlässt er die Kommandozentrale.

Über den Stuttgarter Strassenbahnnetzplan gebeugt suchen die beiden israelischen Geheimdienstmänner einen neuen Treffpunkt. Der Jüngere wählt Silvans Handynummer. «Hier 51, sind Sie noch in der Nähe?» «Meinen Sie den Standort von vorhin?» «Ja.» «Dann bin ich noch in der Nähe.» «Okay, dann bitte ich Sie, sich nochmals mit uns zu treffen. Nehmen Sie die Strassenbahn S2 und fahren bis Waiblingen. In der Nähe der dortigen Haltestelle erkennen Sie unser Fahrzeug. Sollte Ihnen jemand folgen, was wir jedoch bezweifeln, laufen Sie am Fahrzeug vorbei und warten auf weitere Anweisungen.»

Eine ältere Dame verlässt mit uns die Strassenbahn, von dieser droht bestimmt keine Gefahr. Regen peitscht in unsere Gesichter. Aneinander gedrängt, den Regenschirm tief haltend, nähern wir uns dem Fahrzeug mit der Aufschrift «Einrichtungen/Unterhalt». Leises Zittern fühle ich an meiner Seite. Regenschirm hin oder her, die Beobachtung der Gegend veranlasst mich mehrmals dazu, den Schirm anzuheben und uns den Regenattacken schutzlos auszusetzen. Wenig später betreten wir die Treppe zum Überwachungsfahrzeug. Franziskas vor wenigen Augenblicken noch luftig fallende Haare kleben an ihrem Gesicht – auch die beiden Herren im Inneren vermitteln den Eindruck, im Regen gestanden zu haben.

«Um Haaresbreite wäre uns mit deutschen Spezialeinheiten ein umfangreicher Schlag gegen eine uns noch nicht näher bekannte Terroristenorganisation gelungen. Einer der Terroristen entwischte uns, vermutlich der Kopf der Bande. Sie haben uns mit ihrer Information bezüglich der Männer in Ihrer Modeagentur trotzdem sehr geholfen, Frau Löwenthal. Wir werden auch diesen Terroristen noch zur Strecke zu bringen.» Aus einem Kuvert entnimmt er ein weiteres Foto, welches er mit der Bildseite nach unten über den Tisch schiebt. «Bitten sehen Sie sich diese Aufnahme an, Sie werden überrascht sein.» Wir blicken uns in die Augen, Hände verschränken sich ineinander, Blut weicht aus den Fingern, unser Atem geht heftig. Ohne es auszusprechen, hoffen wir beide auf ein Foto von der lebenden und unversehrten Anna.

Franziska fällt mir um den Hals, heftig ist die Umarmung, ein Schluchzen und Tränen des Glücks suchen den Weg über ihre Wangen. Jetzt zeigt sich sogar ein Lächeln bei den uns gegenüber sitzenden Männern. Die Aufnahme zeigt Anna, mit Kurzhaarfrisur, ohne Make-up, aber unverkennbar sie. Anna! Sie trägt einen schwarzen Burkini und ist im Begriffe, aus dem tiefblauen Wasser eines Meeres zu steigen. Ihr Blick ist nicht der Kamera zugewandt. Vielleicht vermeidet sie dies bewusst oder sie weiss tatsächlich nicht, dass in diesem Moment jemand den Auslöser eines Fotoapparats betätigt.

Wo mag diese Aufnahme entstanden sein, weshalb dieser züchtige Badeanzug und dann diese unvorteilhafte Frisur? Die beiden Herren scheinen unsere Gedanken zu lesen. «Diese Aufnahme wurde uns eine Woche nach der Havarie der Kosta Konkordia zugespielt. Sie stammt aus dem Gazastreifen; einer kleinen Enklave zwischen Israel und Ägypten, die palästinensisches Autonomiegebiet ist. Sie wird durch die islamistische Terrororganisation Hamas kontrolliert.»

Obwohl ich die Situation um Gaza kenne, unterbreche ich sie nicht in ihren Ausführungen und frage anschliessend: «Wir beide brennen darauf zu erfahren, weshalb Anna verschwunden ist und ob es ihr gut geht. Weshalb wird sie an einem solch gefährlichen Ort festgehalten?»

Zitternd klammert sich Franziska an meinen Körper. Hoffnung keimt in ihr, sie lechzt nach guten Nachrichten, sie will alles über Annas Verschwinden wissen. Diese Frauen müssen einander wirklich sehr mögen.

«Lassen Sie uns zuerst den Ablauf des Geschehens kommentieren, noch kennen wir nicht alle Details. Aber eines ist klar, Herr Aebischer, Sie hatten einen unglaublichen Schutzengel.» Trocknendes, blondes Haar verdeckt Franziskas besorgte, rot unterlaufene Augen. «An jenem Morgen, nach dem Untergang der Kosta Konkordia, verliessen Sie das Gebäude des alten Mannes in Giglio kurz nach zehn Uhr. Wenig später drangen Terroristen in das Haus ein. Sie wollten die schöne Frau. Alles, was sich ihnen in den Weg stellte, wurde beseitigt. Wahrscheinlich musste der alte Mann deshalb sterben. Auch Ihnen wäre dasselbe Schicksaal widerfahren. Die Anführer dieser Organisationen sind Trophäenjäger. Wenn ihre Beute weiblich und besonders schön ist, hebt dies ihren Stellenwert. Dass es sich um Terroristen handelt, wissen wir mit Sicherheit. Die laufenden Untersuchungen verbieten uns jedoch nähere Informationen über ihre Absicht preiszugeben – sie waren wirklich in grösster Gefahr, Herr Aebischer.»

Ich fühle Franziskas Hand auf meiner Wange, sanft ist ihr Kuss auf meinen Hals.

Die beiden israelischen Geheimdienstmänner scheinen sich die nächste Erklärung reiflich zu überlegen. «Herr Schildmann, Frau Steinmeyrs Begleiter ist nicht, wie in den Medien berichtet wurde, ertrunken, er wurde ermordet.» Diese erneute Hiobsbotschaft schlägt wie eine Bombe ein und wirft uns beinahe vom Stuhl. Erstmals wird mir die Gefahr bewusst, welche im Hause des alten Mannes auf mich lauerte. Fassungslos ist auch der Ausdruck in Franziskas Gesicht. Aneinander geschmiegt versuchen wir das in der letzten Minute Gehörte zu verstehen.

«Herr Schildmann arbeitete in unserem Auftrag – Frau Steinmeyr hatte keine Kenntnis über seine wirkliche Tätigkeit. Wie Sie uns bereits sagten, Herr Aebischer, kannte Frau Steinmeyr weder Ihren Wohnort, Ihre Telefonnummer, noch Ihren Arbeitsplatz in der Schweiz; nur Ihren Namen. Von ihr konnten die Entführer keine Informationen herauspressen. Dass Sie sich noch immer in Gefahr befinden, müssen wir im Moment bezweifeln. Bleiben Sie auf jeden Fall vorsichtig und melden Sie uns jede noch so unscheinbare Feststellung.» Erst einmal tief durchatmen. Kann ein normal denkender Mensch dies alles noch verkraften?

Besorgnis und Verblüffung bemächtigen sich meiner Gedanken. Je länger ich darüber nachdenke, wird mir eines bewusst und es fällt mir wie Schuppen von meinen Augen – in diesen Holzkisten befanden sich keine Gemälde, aber was zum Teufel wurde darin transportiert? Musste die Kosta Konkordia deshalb untergehen?

Angst spricht aus Franziskas Stimme, Angst, das zu hören, was sie niemals hören möchte. Entsprechend zaghaft ist ihre Frage: «Welche Möglichkeiten haben wir, um Anna aus dem Gazastreifen zu befreien?» Die beiden Herren schauen sich in die Augen. Sie sind sich einig und mit entschuldigendem Achselheben sagt der eine: «Mit uns dürfen Sie leider nicht rechnen, Frau Löwenthal. Eine Befreiung durch unsere Streitkräfte wäre möglich. Sie würde als Kriegserklärung dargestellt und das Pulverfass Gaza sofort zum Explodieren bringen – ein riesiges Blutbad wäre die Folge.»

Tränen verleihen Franziskas Augen jenen traurigen Glanz, welcher sie noch schöner erscheinen lässt. «Dann muss Anna bis an ihr Lebensende in Gefangenschaft leben.» Spuren ihres dunklen Augen-Make-ups folgen dem Weg über ihre Wangen. Franziska schmiegt sich an mich, sie sucht Trost und Geborgenheit an der Schulter des Mannes, bei welchem auch Anna schon Trost fand.

Die abgehärteten Männer zeigen Gefühle, sie lassen Franziska Zeit. «Wir sehen eine kleine Möglichkeit, Frau Steinmeyr aus den Fängen der Terroristen zu befreien – durch Sie selber, sie ist aber äusserst gefährlich, lebensgefährlich. Wir würden Sie unterstützen, wo wir nur können, besonders mit unserer Infrastruktur, aber das wäre dann wirklich schon alles.»

Die heftigen Regenschauer lassen Abdullah noch tiefer nach vorne gebeugt in Richtung Mietwagen marschieren. Nicht der Regen ist schuld an der gebrochenen Körperhaltung dieses Mannes, es ist das Ausbleiben einer erlösenden Handynachricht seiner Männer über die rechtzeitige Flucht aus der Hotelsuite.

Hasserfüllte Gedanken rasen durch sein Hirn. Der Regen wächst zur dunklen, nicht mehr überwindbaren Wand und die Fassaden der umliegenden Häuser nehmen bedrohliche, gefrässigen Raubtieren ähnliche Gestalten an, sie wollen ihn unter sich begraben und langsam auffressen.

Spöttisch lächelt ihm der Renault-Megane-Mietwagen entgegen. «Komm, steig ein, hol dir das Dossier unter dem Sitz, dir geschieht schon nichts. Du hast doch nicht etwa Angst, kleiner Mann?»

Abdullah spürt weder Kälte noch Nässe, nur Hass, endlosen Hass. Soll er die wenigen in der Januarnässe auf dem Bahnhofareal herumhetzenden Menschen wahllos abknallen? Seine Hand fasst das kalte Metall unter dem dunkelblauen Regenmantel. Wut führt Regie und steuert seine Handlung, welche ihm mehr und mehr zu entgleiten droht. Dann wieder wird ihm bewusst, dass seine Männer den Standort der Sprengstoffproduktion nicht kennen oder kannten und noch nicht alles verloren scheint. Er selber weiss nicht einmal, wo diese Produktionsstätte liegt, die Unterlagen dazu befinden sich in einer Aktenmappe und die liegt verborgen unter dem Beifahrersitz des Megane. Kontrolliertes Denken gewinnt Oberhand, es siegt über Abdullahs geladene Emotionen.

Wenige Meter fehlen bis zum Renault – wurde der Mietwagen bereits entdeckt? Warten Scharfschützen auf ihn oder ein Kommando, welches ihn überwältigen wird? Aus den Augenwinkeln beobachtet er die aus der Depression wiederauferstandenen Gebäudeformen und den nun nicht mehr als dunkle Wand erscheinenden Regen.

Einige Meter liegt der Renault Megane zurück. Nichts Verdächtiges zeigt sich hinter Fenstern oder auf Dachvorsprüngen, auch sämtliche Bauamtsangestellte sind wie vom Erdboden verschwunden.

Abdullah widmet seine Aufmerksamkeit, so scheint es wenigstens, dem Fahrplan an der Litfasssäule und den kulturellen Hinweisen der Stadt Stuttgart. Eine Minute dauert der Rundgang um die Säule. Unbarmherzig prasselt der Regen auf Kopf und Körper – letzte trockene Stellen zollen dem nassen Angriff Tribut. Abdullah ist es völlig egal, was auf der Litfasssäule angepriesen wird, aber er ist sich nun sicher, niemand, der ihm gefährlich werden könnte, befindet sich in der Nähe.

Zielstrebig verlaufen seine Schritte zurück zum Mietwagen und Augenblicke später, mit der Aktenmappe in der Hand, verlässt er zu Fuss die Parkfläche in Richtung Innenstadt.

Es beginnt ein Wettlauf gegen die Zeit. Seine Männer, sofern sie noch leben, werden den Verhörmethoden der deutschen Justiz nicht ewig standhalten können. Die gesamte Aktion um die Kosta Konkordia könnte sich als Rohrkrepierer herausstellen und in einem furchtbaren Gegenschlag der Israelis enden.

Scheinbar ziellos marschiert Abdullah durch die Innenstadt. Ein Flugzeug oder die Bahn zur Flucht bleiben ihm verwehrt. Das Risiko, deutschen Antiterroreinheiten bereits am Flughafen oder Bahnhof in die Fänge zu laufen, ist zu gross. Ancona heisst sein Ziel. Von dort wird er mit Hilfe von Verbündeten per Schiff nach Gaza gelangen.

Ist es Fügung des Schicksals oder ist sie einfach zur falschen Zeit am falschen Ort? Ihr Säugling liegt nach dem Einkauf wieder wohlbehalten eingebettet im Kindersitz auf der Beifahrerseite. Im Begriffe hinter dem Lenkrad Platz zu nehmen stellt sich plötzlich ein Mann zwischen sie und die noch offene Wagentüre. Sein Gesichtsausdruck lässt sie erstarren, er scheint zu allem entschlossen. Ein mattschwarz glänzender, auf sie gerichteter Gegenstand tritt unter dem dunkelblauen Regenmantel hervor. «Wenn du tust, was ich von dir verlange, werde ich dich und dein Kind nicht töten.» Kaum verständlich sein Englisch, doch die schockierte Mutter begreift seine Drohung. Es zählt nur, dass sie und ihre Tochter überleben. «Gib mir dein Handy!» Abdullah platziert es vor dem Hinterrad des Opel Astra Kombi. Er besteigt den Wagen durch die Hintertüre und setzt sich auf den Rücksitz hinter die Mutter. Diese Frau wird ihn nach Ancona fahren. Ihre Angehörigen werden das Verschwinden vorerst dem Umstand des hohen Verkehrs oder langen Wartefristen im Einkaufscenter zuschreiben und in den nächsten zwei Stunden kaum eine Vermisstenmeldung an die Polizei weiterleiten. Bis nach ihr gesucht wird, sind sie in Österreich oder wahrscheinlich bereits in Italien. Beim Anrollen des Opels vernimmt er das erwartete knirschende Geräusch, dieses Handy wird nie mehr eine Meldung senden oder empfangen.

Ausgangs Stuttgart stockt der Verkehr. Abdullah weiss, wem diese Polizeikontrolle gilt.

Im Schritttempo rücken die Fahrzeuge näher an die mit Maschinenpistolen bewaffneten Polizisten. Unüberhörbare Drohlaute dringen hinter dem Fahrersitz zur Frau am Steuer. Sie spürt den Lauf der Pistole an ihren Rippen, verkrampft hält sie das Lenkrad, alle Farbe ist aus ihrem Gesicht und ihren Händen gewichen. Sie weiss, in diesem Moment geht es um ihr Leben und das ihres Kindes. Der Beamte fordert die Frau auf, das Seitenfenster zu öffnen. Sein Blick gilt der hübschen Frau am Steuer und dem friedlich im Kindersitz schlafenden Baby.

Unbehelligt auf der A 7 über Ulm gefahren, sind sie nun kurz vor Innsbruck. Die Dämmerung schleicht durch die Landschaft und erste Lichter erhellen die Ortschaften zur Linken und Rechten der Autobahn. Der Säugling wird unruhig, unmissverständliche Düfte und das Verlangen nach Nahrung lassen das Kleinkind heftig schreien. Die Bitte der Mutter, einen Stopp einlegen zu dürfen, um Nahrungsmittel und Windeln einzukaufen, werden von Abdullah erhört. Nicht zuletzt auch der leuchtenden Tankanzeige wegen darf die junge Mutter den Opel an die Dieselzapfsäule der Autobahnraststätte steuern. Vollgetankt steht der Wagen auf einem Parkplatz in der Nähe des Eingangs zum Shop. Die Kamera im Eingangsbereich nimmt Abdullah achtlos zur Kenntnis. Auch diejenigen an der Hotelrezeption im «Graf Zeppelin» in Stuttgart heute Morgen und allfällige Kameras, welche er nicht einmal wahrgenommen hat, lassen ihn kalt. Die Auswertung dieser Aufnahmen benötigt Zeit, bis dann ist er längstens auf dem Schiff unterwegs nach Gaza. Sein Leben liegt sowieso in Allahs Händen und der erwartet von ihm noch viele heldenhafte Einsätze.

Mit entsicherter Pistole unter Abdullahs Mantel schreiten sie an den Regalen des Shops entlang. Sandwiches, Brötchen, Bananen, Käse, vier Flaschen Mineralwasser ohne Kohlensäure, zwei Schokoladen und zuletzt eine Packung Pampers wandern in den

Einkaufskorb. Die junge Mutter zieht ihre Kreditkarte, Abdullah ist schneller, er legt den Betrag in Form von Euro-Scheinen auf den mattglänzenden Glastresen.

Auf der Damentoilette findet sich der gesuchte Wickeltisch. Damentoilette hin oder her, Abdullah weicht nicht von der Seite der Frau. Eine junge Frau lächelt verständnisvoll, der arabische Vater hilft beim Wickeln seines Kindes. Bevor sie die Türe schliesst, wirft sie nochmals einen kurzen Blick zurück zum hellhäutigen Wickelkind. Patchworkfamilien sind doch heute fast so selbstverständlich wie normale Familien, denkt sie.

«Ich muss dringend auf die Toilette», fleht die junge Mutter. Abdullah öffnet ein WC-Abteil. «Hier, setz dich.» Er bleibt vor der offenen Türe stehen. Noch während die Spülung läuft, öffnet auch er seine Hosen. «Du bleibst hier.»

Eine Frau betritt den Toilettenraum, erschrocken zieht sie die Türe wieder zu. Ein dunkelhäutiger Mann pinkelt in die Kloschüssel, und seine Frau, mit dem Baby im Arm, muss ihm dabei zusehen. Frechheit, diese Perverslinge, bestimmt treiben sie es nun miteinander, und dies bei offener WC-Türe. Nicht auszudenken, wenn ein Kind die Toilette betreten würde.

In Begleitung des Geschäftsführers erscheint sie erneut in der Toilette. Das perverse Paar ist verschwunden – innerlich stolz, Anstössiges verhindert zu haben, gesellt sie sich zu ihrem Mann in der Cafeteria.

Abdullah sitzt am Steuer des Opel Astra, während die Frau auf dem Rücksitz ihr Kleinkind stillen darf. Er überlässt nichts dem Zufall, die hintere Innenbeleuchtung bleibt eingeschaltet, es ermöglicht ihm, das Geschehen auf dem Rücksitz über den Innenspiegel zu beobachten.

Endlos scheint die Fahrt nach Ancona. Heftige Regenfälle, Ölspritzer auf der Scheibe, schmierende Scheibenwischer und Regenbogenfarben vor seinem Gesicht zehren an Abdullahs Konzentration.

Die Mutter bemerkt, dass sie einen kurzen Moment eingenickt sein muss. Worte ihres Entführers holen sie zurück und
die schreckliche Gewissheit, nach wie vor wahrscheinlich mit
einem kaltblütigen Mörder im selben Wagen zu sitzen. Die
Hinweistafel «Milano 50 km» lässt sie erschauern, von wegen
kurz eingenickt. Mindestens zwei Stunden, wenn nicht länger,
muss sie auf dem Rücksitz gedöst haben. Glücklicherweise liegt
ihre kleine Prinzessin noch immer friedlich schlafend neben ihr.

Ihr Entführer ist müde und versucht mit seinem kaum verständlichen Englisch über den Dialog mit ihr wach zu bleiben. Sie könnte das Steuer wieder übernehmen und ihn nach
Ancona fahren, aber sie wagt es nicht, ihn danach zu fragen.

Er will vieles wissen. Zu welcher Religion sie sich bekennt,
was die arabische Welt für sie bedeutet und ob sie die Zionisten
ebenso hasst wie er. Vorsichtig wählt sie ihre Antworten, immer
darauf bedacht, den gefährlichen Mann nicht zu provozieren.

Ein heftiger Schwenker des Opels, Abdullah ist einen
Moment eingenickt. Eiskalt ist sein Blick im Rückspiegel. War
sie vorher unsicher wegen einer Ablösung am Lenkrad, ist es
Gewissheit, dieser Mann wird niemanden um eine Empfehlung
bitten.

Kurz vor der Umfahrung Mailand wieder ein Schwenker,
dieses Mal dermassen heftig, der Opel trifft die Mittelleitplanke, schert quer zurück über die Fahrbahn und schlägt hart
auf das Strassenbord. Die Mutter und das Kleinkind fliegen
nach vorne in die Rückenlehnen der Vordersitze – die Sitze
halten dem Aufprall stand. Gleichzeitig ein ohrenbetäubender
Knall des sich explosionsartig entfaltenden Airbags. Splittern-
des Glas und überall Rauch – Abdullah hängt benommen in
den Sicherheitsgurten. In schrecklicher Angst um ihr Kleinkind beugt sich die Mutter über ihr Mädchen, es beginnt zu
schreien, Gott sei Dank! Erleichtert und mit tränenden Augen
schliesst sie es in ihre Arme. Die Prellungen und Schürfungen
wie auch die vielen Glassplitter in ihrem Körper spürt die Mut-

ter nicht. Nur eins beherrscht ihre Gedanken, schnellstmöglich mit ihrem Kind aus dem demolierten Wagen zu kommen. Die linke Türe ist verklemmt und lässt sich nicht öffnen und die ebenfalls deformierte hintere Beifahrertüre gibt auch nur einen Spaltbreit frei – zu wenig, um hindurchschlüpfen zu können. In panischer Angst wendet sie sich an Abdullah – scheinbar unverletzt gelingt es ihm, die Fahrertüre aufzuwuchten. In diesem Moment hält ein roter Alfa Romeo, der Fahrer rennt zum Unfallauto und gleich wieder zurück. Fassungslos verfolgt die Mutter auf dem Rücksitz das Unglaubliche. Abdullah hat ein neues Opfer gefunden und lässt sie und ihr Kleinkind erbärmlich im Stich – unvorstellbar, diese Kaltblütigkeit. Ein Schuss fällt, wahrscheinlich ein Warnschuss, Abdullah setzt sich auf die Beifahrerseite, dann braust der rote Alfa Romeo davon.

«Vergiss dein hämisches Grinsen, das nächste Mal darfst du die Alte anhören und protokollieren. War es dieses Mal ein Nachbar, welcher die Musik zu laut aufgedreht hat?» Die beiden Polizisten im Polizeirevier von Heilbronn schmunzeln. Seit dem Personalabbau wächst ihnen die tägliche Arbeit über den Kopf. Die wiederholten Anzeigen der alten Nörglerin empfinden sie zwischenzeitlich als erheiternde Einlage in ihrem oftmals wenig erfreulichen Alltagsleben. «Das letzte Mal war es Kindergeschrei, jetzt stört sie offensichtlich, dass zwei polnische Lastwagen auf dem Gehsteig zu ihrem Wohnblock stoppten und Männer eigenartige Säcke in ein Wohnhaus trugen. «So wie die sich verhielten», meinte die aufgebrachte Frau, «hatten sie etwas zu verbergen. Denen würde ich jedes Verbrechen zutrauen. Sie müssen sofort eine Fahndung nach den Männern und den Lastwagen starten», gab sie zu Protokoll. War es vorhin ein Schmunzeln, überfällt die beiden Beamten jetzt ein herzhaftes Lachen.

Siebzehn Uhr, Rapport im Hauptquartier der Polizei von Heilbronn. Ein Überfall auf die Bijouterie beim Konzert- und Kongresszentrum, dann ein schwerer Autounfall mit zwei Schwerverletzten und eine Umleitung wegen Belagserneuerung an der Brüggemannstrasse sind die beherrschenden Themen heute.

Nachdenklich liest der Polizeikommandant eine soeben vom deutschen Staatssicherheitsdienst eingetroffene Mail vor: «Unser Staatsicherheitsdienst ist einer terroristischen Gruppierung auf den Fersen. Bei einer heute in Stuttgart durchgeführten Polizeirazzia wurden zwei mutmassliche Terroristen gefasst. Der Anführer konnte fliehen und einer der Terroristen wurde erschossen. Man vermutet Munitionsbeschaffung in Deutschland, eventuell sogar aus unserer Stadt. Die Munition soll bei uns veredelt werden mit dem Ziel, die Sprengkraft des Sprengstoffes zu erhöhen. Männer, diese Meldung müssen wir sehr ernst nehmen, haltet die Ohren steif und meldet mir jeden noch so kleinen Hinweis in diese Richtung.» Fragend schauen sich die beiden Beamten in die Augen, sollte die Beobachtung der alten Frau tatsächlich wichtig werden, etwas, worauf es sich lohnt näher hinzuschauen? Sie entscheiden sich, den Kommandanten vorerst nicht zu informieren – nicht bevor sie noch ein Gespräch mit der alten Dame geführt haben.

Die Nachricht erreicht mich am Mittwoch, dem 1. Februar 2012, um 14:00 Uhr. Die Sekretärin fragt mich am Telefon: «Ein Englisch sprechender Mann, seinen Namen nannte er nicht, willst du ihn annehmen?» Ich weiss, wer der Anrufer ist und melde mich mit «50». «Hier spricht 51, wir haben wichtige Neuigkeiten und müssen uns schnellstmöglich treffen. Am besten gleich morgen, Donnerstag. Sie sollten in Begleitung erscheinen, Sie wissen, wen wir meinen. Den Treffpunkt kennen Sie, es ist derselbe wie letztes Mal, um elf Uhr, geht das für Sie in Ordnung?» «Ich muss mich noch mit der anderen Person besprechen und werde mich in einer halben Stunde wieder melden.»

Mein Anruf erreicht Franziska offenbar während eines Beratungsgesprächs in ihrer Modeagentur. An ihre Kundschaft gewandt höre ich sie sagen: «Dürfte ich unser Gespräch kurz unterbrechen, dieser Anruf ist sehr wichtig.» Ich kann ihr Lächeln nicht sehen und sehe es trotzdem. «Toll von dir zu hören, Silvan. Ich will es einrichten, komm doch schon heute vorbei, auch wenn es spät wird. Ich freue mich so sehr, dich zu sehen und zu bekochen, du wirst bestimmt keinen Hunger leiden». Dieses «bestimmt keinen Hunger leiden» spricht sie mit einer Sinnlichkeit und Leidenschaft aus – mir läuft es heiss und kalt den Rücken hinunter.

Wie vergangenen Samstag, pünktlich um 19:42 Uhr, fährt der ICE in Stuttgart ein. Franziska erwartet mich am Bahnsteig. Sie trägt den edlen Kaschmir-Wintermantel. Ihr hellblondes, über den Mantel fallendes Haar schmeichelt der bezaubernden Frau noch mehr als das letzte Mal. Verunsicherte Gedanken jagen sich, liegt es an ihrer neuen Lippenfarbe, einem kräftigen Hellrot und als reizvollem Kontrast ein ebenso kräftiges Dunkelblau ihrer Lidschatten? Das Weiss ihrer Zähne, von verführerischem Rot umrandet, lächelt mir entgegen. Sie fühlt meine Ergebenheit, ich lächle wie ein Maikäfer und schmunzelnd sage ich: «Das nächste Mal werde ich auch als schöne Frau zur Welt kommen.» Wir stehen uns gegenüber, ein kleines erotisches Spiel, keiner wagt den ersten Schritt, dann treffen zwei leidenschaftliche Lippen aufeinander. Sie schmiegt sich an mich. Herrlich fühlt sich ihr weiblicher Körper an. Sie will mir gefallen und sie weiss, dass sie mir gefällt. «Scheinbar wechselst du nicht nur Lippenfarbe und Lidschatten, auch Yves Saint Laurent musste heute im Flacon bleiben.» Noch intensiver fühle ich die begehrenswerte Offenbarung.

«Speziell für dich trage ich heute Christian Dior, gefällt es dir, Silvan?

Es gibt Antworten ohne zu sprechen, Franziska fühlt, was ich ihr sagen möchte.


Sternenklar ist die Nacht und es herrschen tiefe winterliche Temperaturen. Franziska fährt sicher und zielstrebig durch den abendlichen Verkehr. Die Lichter der Stadt leuchten, sie scheinen wärmer, als sie eigentlich sind, unsere Sinne beflügeln die Seelen. Das Lächeln zweier glücklicher Menschen begleitet uns auf dem Weg zu ihrer Wohnung.

Adonis erwartet uns im Korridor, liebevoll schleicht er um Franziskas Beine.

Ich helfe Franziska aus dem weichen Kaschmir. Ihre glänzenden Augen haften an meinen. Der beige, sexy Pulli in Wickel-Optik mit goldenen Strasssteinchen und grossem V-Ausschnitt, ein zartes Goldkettchen um ihre Hüften und die Beine in schwarz glänzenden Treggings lassen mich meinen tatsächlichen Hunger beinahe vergessen. Ihren Mund leicht geöffnet und unschuldig lächelnd nimmt sie meine wehrlose Reaktion genussvoll in sich auf.

Zarte Hände führen mich in ihr Wohnzimmer. Herrliche Düfte aus der Küche schwängern schon bald ihr einladendes Zuhause. Auf dem Clubtisch stehen zwei Champagnergläser, eine kleine Glasvase mit drei roten Rosen sowie eine gläserne

Schale, in der kleine Kerzen in rosa, roten, beigen und orangen Farbtönen im Wasser schwimmen.

Franziska stellt einen Eiskübel auf den Tisch und Augenblicke später erscheint sie mit einer Flasche Veuve Clicquot erneut im Wohnzimmer. «Wow, da hast du dich aber in Unkosten gestürzt.» «Ich habe auch nicht jeden Abend einen solch attraktiven Mann bei mir zu Gast.»

Sie will den Champagner selber entkorken und beim Einschenken führt sie, völlig unbewusst natürlich, den reizvollen Inhalt ihres Wickelpullis nahe an mein Gesicht. Es ist nicht nur der berauschende Anblick, auch ihre fühlbare Wärme lässt meinen Testosteronhaushalt langsam in Wallung geraten.

Franziska geniesst meine Unruhe, sie spielt mit meiner und ihrer Erregung. Ein Lächeln und glänzende Augen zieren ihr Gesicht. Wir stossen an. Knisternde Erotik herrscht in ihrer Wohnung, bei Kerzenlicht und sanfter Musik.

Als Erstes serviert sie einen Salat aus feinen Avocadoscheiben, abgeschmeckt mit schwarzem Pfeffer und Olivenöl, und als Ergänzung, lieblich drapiert zwischen den Scheiben, sind Sonnenblumenkerne. Aus der Küche vernehme ich ein Brutzeln. Ich schenke einen edlen Chardonnay von Coppo aus dem Piemont in die Gläser.

Das gebratene Seezungen-Filet, garniert mit Spinat und einem kleinen Reishügel, serviert sie als Nächstes. Mit tiefgründigem Lächeln: «Ich habe auf Knoblauch verzichtet, Silvan, aber dafür Petersilie, Thymian, Pfeffer und etwas Parmesan zugegeben.» «Deine Seezunge ist umwerfend, verführerische Frau.» Franziska antwortet nicht. Schimmernder Glanz in ihren Augen lässt mich wissen, dass sie mein Kompliment verstanden hat.

Zum Nachtisch hat sich Franziska etwas Besonderes einfallen lassen. Ich soll erraten, welche Aromen in ihrer Süssspeise enthalten sind. Sie bittet mich, den Stuhl zur Seite zu drehen und einen kurzen Moment zu warten. Lächelnd, ein Seiden-

146

tuch in der Hand schwenkend, schwebt sie aus dem Schlafzimmer auf mich zu.

«Damit du ja nicht schummelst, werde ich dir die Augen verbinden.» Ich weiss nicht mehr genau, was mit mir geschieht. Ist es ihre kulinarische Kunst oder die prickelnde Erotik, die mich lähmt? Auf jeden Fall steigert sich meine Erregung ins kaum mehr Kontrollierbare.

Franziska tritt hinter mich, sie legt das Seidentuch um meine Augen, kreuzt es hinten am Kopf und verknotet es vorne. Es sind die leisen Berührungen, die mich aus der Fassung bringen. Einmal fühle ich sanft ihren Arm, dann streift ihr Körper an meinem und ein Hauch von Christian Dior aus ihrem Dekolleté entzieht mir mehr und mehr die Kontrolle.

Längere Sekunden verstreichen, sie muss sich im Schlafzimmer aufgehalten haben und ist auf dem Weg in die Küche. Aus der Küche zurück darf ich nun ihre Süssspeise erraten. Ich treffe ins Schwarze, es handelt sich um ein Himbeereis mit etwas Zitronensaft und Rahm. Die Weise, wie sie mir den Nachtisch anbietet, ist jedoch speziell. Bevor das Eis meinen Mund erreicht, fühlt meine Zunge etwas sehr Weibliches, den Nippel ihrer nackten Brust.

Franziska hat die Spitze ihres Busens ins Eis getaucht und serviert mir die exquisite Süssspeise auf fantasievolle Weise. Lustvoll sauge und lutsche ich an der süssen Versuchung.

«Möchtest du noch mehr Eis, lieber Silvan?» Ich möchte. Ihre Brustwarzen richten sich auf, heftig ihr erregendes Atmen. Die nächste die Sinne berauschende Süssspeise, ein Zitronensorbet Colonell mit reichlich Wodka, darf ich auf dem anderen Brustnippel verkosten. Ich schlürfe und lutsche das erregende Gemisch aus Sorbet und Wodka in meinen Mund.

Franziska ist nackt, sie muss sich, bevor sie die Küche betrat, im Schlafzimmer ihrer Kleider entledigt haben. Ihr Duft und ihre Wärme hüllen mich in einen erotisierten Zustand, dem ich nicht mehr entfliehen kann. «Erhebe dich kurz, Silvan.» Zarte

Hände öffnen den Gurt meiner Hose und gleiten über den Reissverschluss. Augenblicke später stehen zwei vor Erregung bebende Menschen einander nackt gegenüber.

Ich lasse mich nieder und Franziska setzt sich behutsam auf den Schoss ihres ergebenen Silvan. Sinnlich lässt sie ihre Hüften kreisen. Sie löst den Knoten am Seidentuch, ich schaue in zwei von Verlangen gerötete, wunderschöne Augen.

Jetzt bin ich an der Reihe, das Eis ihrem sinnlichen Munde zuzuführen – dieses Mal jedoch mit einem Löffel. Keine Chance, sie mit Eis von ihrem Lustzustand abzulenken. Bereits nach dem zweiten Löffel gilt ihr Interesse nur noch meinem Mund, leidenschaftliche Lippen erobern die meinen. Wodka-sorbet, Himbeereis und keuchender Atem verschmelzen ineinander – Liebende entschweben im Himmel der Lust.

Ihre kreisenden Hüftbewegungen werden heftiger. «Halte mich fest, unterwirf mich, ich will mich fallen lassen und nur noch dir gehören», haucht die wollüstige Frau in ihrer nicht mehr kontrollierbaren Erregung. Sie will kommen, ich erlaube es noch nicht. Ihre Arme auf dem Rücken festhaltend, ihre Brüste an meinem Körper flachpressend, bändige ich sie auf meinem Schoss.

Unerträgliche Erregung treibt auch mich an die Grenze des noch Steuerbaren. Keuchend ihr Atem, in immer kürzeren In-tervallen stösst sie quälende Laute aus ihrem lodernden Körper. Ich lasse ihr Raum, Franziska rast auf meinem Körper, sie reisst mich mit in den Abgrund eines nicht mehr enden wollenden Lustrausches.

Sternenklar war die Nacht. Das Thermometer sank auf minus sieben Grad und der Sternenhimmel präsentierte sich in der trockenen Februarluft in einem einzigartigen, die Sinne berauschenden Licht.

Grosser Wagen, Kassiopeia und Orion schienen zum Greifen nah. Beinahe unverfälscht war das helle Flackern ihres Sternenlichts, ich glaubte mich in die Ebene einer hohen Bergregion versetzt.

Ehrfurchtsvoll saugte ich dieses Naturspektakel in mich auf und es führte mir erneut vor Augen, welches Glück uns beschieden ist, in Geborgenheit auf unserem blauen Planeten leben zu dürfen. Franziska schlief längst, während mir meine Gedanken noch keine Ruhe liessen.

Was werden uns die beiden Geheimdienstmänner eröffnen, wird Anna noch am selben Ort festgehalten und haben wir überhaupt eine Chance, sie aus den Fängen der Terroristen zu befreien?

Irgendwann bin auch ich eingeschlafen und jetzt blinzelt die Sonne durch die Gardinensprossen. Die Lamellen filtern die Sonnenstrahlen. Der entstehende Hell-Dunkel-Kontrast zeigt sich besonders eindrücklich auf dem Hellgelb und Bordeaux von Franziskas Schlafzimmerwänden. Sie verleihen ihrem schönen Schlafzimmer zusätzlichen Charme. Er lässt mich Dinge erkennen, die mir bei meinem ersten Besuch völlig entgangen waren, zum Beispiel den lachsfarbenen Hocker mit weinrotem Sitzkissen in der Ecke. Eigentlich unpassend in der Farbenwahl, und trotzdem erzeugt diese Kombination viel Wärme, vielleicht auch deshalb, weil der mobile Spiegel diese Wärme wohltuend auf den ganzen Raum verteilt. Dann der lange, geschmiedete, auf drei Beinen stehende Kerzenständer mit roten Kerzen. Sie waren noch nie entfacht. Welche Gegebenheit braucht es, damit Franziska die Streichhölzer aus der Schublade hervorholt?

Sie liegt mir zugewandt, ihr schlankes Bein ist auf meinen Oberschenkeln angewinkelt. «Es war berauschend letzte Nacht,

Silvan.» Ein Lächeln und feine Fältchen um ihre Mundwinkel zeichnen ihr Gesicht. «Du verführerisches Frauenzimmer, lässt mich im Glauben, noch tief zu schlafen.» Franziska antwortet nicht, jetzt ziert ein schelmisches Lächeln ihre Mundwinkel.

Auf dem Rücken liegend, unsere Blicke nachdenklich über die schräg nach oben verlaufende Holzdecke mit den grossen Pendelleuchten schweifend, glaube ich zu wissen, welche Gedanken Franziska im Moment beschäftigen. Es dürften dieselben sein, die auch in meinem Kopf herumgeistern. Beinahe unerträglich ist das Warten auf den vereinbarten Termin, die Stunden wollen nicht vorrücken.


Jetzt ist es Viertel vor elf Uhr und wir stehen am Bahnhof Stuttgart in der Nähe der Unterführung. Wie letztes Mal meldet sich mein Handy und eine mir inzwischen vertraute Stimme gibt sich als 51 zu erkennen. Erneut folgt die Aufforderung zum Zwischenhalt in der Bahnhofunterführung und keine fünf Minuten später sitzen wir den beiden Herren gegenüber.

Freundlich ist ihr Händedruck und anerkennend ihr Nicken, die Atmosphäre wesentlich entspannter als bei unserem letzten Zusammentreffen. Der Ältere ergreift das Wort. «Seit der Fotoaufnahme von Frau Steinmeyr vor etwas über einer Woche haben wir keine weiteren Mitteilungen unseres Informanten erhalten. Wir gehen jedoch davon aus, dass sie sich noch immer am selben Ort im Gazastreifen befindet. Bestärkt wird unsere Vermutung durch Satellitenaufnahmen, auf welchen sich zur Mittagszeit die gleiche Anzahl Menschen am Strand aufhält.» Aus einer schwarzen Mappe entnimmt er ein Dossier mit Dokumenten. «Ein direktes Eingreifen unserer Armee ist aus bereits erwähnten Umständen nicht möglich. Unsere Regierung anerkennt jedoch Ihre Informationen, welche zur Sicherheit unseres Staates beitragen, und wir sind dazu bereit, Sie nach besten Möglichkeiten zu unterstützen.»

Eine grosse, aus dem All geschossene Schwarz-Weiss-Aufnahme schiebt er über den Tisch. Seine Hand zeigt auf eine Stelle am Strand. «Unter diesen Badegästen vermuten wir Frau Steinmeyr. Das Foto unseres Informanten vor einer Woche stammte genau von hier.»

Die Herren blicken in unsere fragenden Gesichter und lächeln. «Es mag Sie überraschen, in dieser Jahreszeit dort Badegäste am Strand zu beobachten. Die Meerestemperatur sinkt in Gaza auch im Januar kaum auf unter 20 Grad, und bei Sonnenschein steigen die Lufttemperaturen oftmals auf über 25 Grad – dies natürlich nur im Zeitfenster zwischen elf und zwei Uhr am Mittag.»

Seine Hand wandert zum Bildrand auf eine nächste Fotoaufnahme und bleibt auf einem Punkt stehen. Ich meine, ein Gebäude zu erkennen. «Was Sie hier sehen, ist ein Schuppen, zehn Meter vom Meer entfernt. Wahrscheinlich werden dort Geräte für den Fischfang oder die Landwirtschaft gelagert. Im Zeitraum der Überwachung konnten wir keine Menschen beim Schuppen selber oder in seiner Nähe beobachten. Dieser liegt genau fünfhundert Meter von der Stelle entfernt, wo Frau Steinmeyr ihre Mittagszeit verbringt. Von hier aus werden Sie operieren.»

Verblüffung zeichnet unsere Gesichter. Mit einer Selbstverständlichkeit, als ob wir beim Bäcker ums Eck Frühstücksgipfel kaufen sollten, verkündet er uns seine Absicht. Als müsste er noch einen Zacken zulegen, meint er: «Mit einer Tauchausrüstung werden Sie zu diesem Schuppen gelangen.» Franziska schluckt leer und sagt entgeistert: «Ich habe keine Ahnung von Tauchen, und wie stellen Sie sich das überhaupt vor, wie sollen wir zu dieser Stelle gelangen?»

Ein Lächeln zeigt sich auf den Gesichtern der beiden Geheimdienstmänner. «Wir machen keine leeren Versprechungen. Wenn Ihnen unser Staat die volle Unterstützung zusichert, dann halten wir uns auch daran», und im selben Atemzug «unser U-

Boot wird sie nahe an die Küste heranfahren. Von dort werden Sie auf einen Unterwasser-Scooter umsteigen und selbständig ans Ufer gelangen.»

Ein erstes Mal ist durchatmen angesagt. «Und wann sollte diese Aktion starten?», ist meine besorgte Frage. «Je schneller, desto besser. In einigen Tagen dürfte die Meerestemperatur auf unter zwanzig Grad sinken und die Lufttemperatur erreicht auch nicht mehr Werte, die zum Baden einladen. Ohne Hinweise unseres Informanten würden wir nichts mehr über den Aufenthaltsort von Frau Steinmeyr erfahren. Seit der Fotoaufnahme am Strand erreichten uns keine Nachrichten mehr aus Gaza, wir sind sehr beunruhigt. Der Terrorist, welcher beim Sturm auf das Hotel Graf Zeppelin entwischte, ist Chef dieser Terrororganisation. Auf dem Parkareal eines Warenhauses in Stuttgart bemächtige er sich einer Frau und liess sich von ihr mit ihrem Fahrzeug nach Italien fahren. Irgendwann übernahm er selber das Steuer. Kurz vor Mailand muss er eingenickt sein und prallte mit dem Fahrzeug zuerst auf die Mittelleitplanke und anschliessend aufs Strassenbord. Wahrscheinlich unverletzt verliess er den völlig demolierten Opel Astra Kombi und bemächtigte sich mit Waffengewalt eines weiteren Automobils mit Fahrer. Die hinteren Türen des Opel Astra liessen sich von innen nicht mehr öffnen. Kaltblütig, ohne sich um die Frau und ihren Säugling zu kümmern, überliess er sie ihrem Schicksal. Glücklicherweise fing der Wagen nicht Feuer. Abgesehen von einigen Schürfungen und Prellungen konnten die Frau und ihr Kind unverletzt aus dem Wagen geborgen werden. Sie wird seither psychologisch betreut. Die Spur des Terroristen verliert sich in Ancona. Von dort wird es ihm mit Hilfe von Helfershelfern gelungen sein, auf ein Schiff zu gelangen. Inzwischen dürfte er arabisches Gebiet erreicht haben. Noch sind uns die Terroristen einen Schritt voraus, aber wir werden sie fassen. Die beiden überlebenden Terroristen im Hotel Graf Zeppelin wollten für ein Attentat in Israel Sprengstoff besorgen. Der deutsche

Geheimdienst scheint die Produktionsstätte ermittelt zu haben. In den nächsten Tagen erwarten wir Resultate. Verstehen Sie, wenn wir auch in dieser Angelegenheit, auch zu Ihrem eigenen Schutze, kein weiteres Wissen an Sie weiterleiten.»

Nach dem Rapport mit dem Polizeikommandanten in Heilbronn treffen sich die beiden Polizisten nochmals im Polizeirevier mit der alten Dame. Kaffee und Gipfel heben ihre Stimmung. Triumphierend wiederholt sie die Beobachtung vom vergangenen Montag. «Ich habe doch gewusst, dass mit den polnischen Lastwagen auf dem Gehsteig zu meinem Wohnblock etwas faul sein musste.»

In einem zivilen Polizeifahrzeug befahren die beiden Polizisten mit der Dame im Fond die von ihr genannte Strecke. «Hier standen die Laster und in dieses Haus trugen sie die Säcke», erklärt sie. Eine im Fahrzeug mitlaufende Kamera hält den Ort bildlich fest. «Und wann genau haben Sie diese Beobachtung gemacht, Madame?» «Ich weiss es noch genau, es war am Montag, um Viertel nach zehn.»

Die deutsche Polizei arbeitet schnell. Kurz nach Mittag findet eine eilig einberufene Krisensitzung im Hauptquartier der Heilbronner Polizei statt. Der Kommandant begrüsst die Teilnehmer und kommt gleich zur Sache. «Unser Revier Süd meldet uns eine Beobachtung, welche im Zusammenhang mit dem vom deutschen Staatssicherheitsdienst gemeldeten Terrorverdacht stehen könnte.» Am Bildschirm erscheinen die vom zivilen Polizeifahrzeug heute Morgen aufgezeichneten Aufnahmen. «Wir vermuten», fährt der Kommandant fort, «dass in diesem von einem Ägypter gemieteten, aber nie bewohnten Haus terroristische Aktivitäten stattfinden. Diese Aufnahmen veranlassten uns zu weiteren Nachforschungen und zu meiner Überraschung fanden wir dies:» Jetzt erscheinen Bildausschnitte vom Kreisel zur Zufahrt in die Strasse der Wohnsiedlung. «Die

Aufzeichnungen werden jeweils nach sieben Tagen überschrieben. Was uns jedoch in dieser Woche vor Augen geführt wurde, stimmt uns nachdenklich. Vier Mal befuhren polnische Lastwagen diese Quartierstrasse, in welcher weder Gewerbe noch Industrie angesiedelt sind. Der deutsche Staatsicherheitsdienst ist ab sofort vor Ort und überwacht die Gegend. Beim nächsten Materialtransport in dieses Haus werden wir zuschlagen.

## GAZA

Wackligen Fusses betritt Abdullah den nach dem letzten israelischen Bombardement teilweise wieder aufgebauten Steg im Hafen von Gaza. Zehn Männer, alles ergebene Diener im Dienste seiner Terrororganisation Al Traga heissen ihren Anführer mit einem «Hoch lebe Abdullah, hoch lebe Allah» willkommen.

«Die Überfahrt war verheerend», meint ein sichtlich gezeichneter Abdullah. «Kurz nach Ancona erfasste uns der Sturm Alberta. Zweieinhalb Tage lag ich in der Koje und musste kotzen.

In seinem Hauptquartier versammeln sich die Männer zur Lagebesprechung. «Unsere erfolgreich gestartete Mission ist ins Stocken geraten.» Abdullahs fahles, von Frustfalten gezeichnetes Gesicht wirkt noch bedrohlicher als sonst. «Die Sprengstoffbeschaffung in Deutschland ist vermutlich missglückt. In Stuttgart wurden wir von deutschen Sondereinheiten im Hotel aufgegriffen. Welches Schicksal Nuri, Zarif und Hakim widerfahren ist und ob sie überhaupt noch leben, weiss ich nicht. Nur durch Zufall gelang es mir zu entkommen. Im Moment des Zugriffs der deutschen Schweinehunde war ich auf dem Weg zu meinem Mietwagen, um vergessene Dokumente abzuholen. Wohl kannten unsere drei Kämpfer den Auftrag zur Sprengstoffbeschaffung, nicht aber deren Produktionsstätte. Selbst wenn die deutschen Bastarde nun Wissen um unsere Sprengstoffbeschaffung erhalten – den Standort werden sie nicht

154

ausfindig machen. Er liegt gut getarnt in einem Wohngebiet in Heilbronn. Es bleibt uns noch etwas Zeit zur Sprengstoffbeschaffung. Zuerst wollen wir die Mission Kosta Konkordia erfolgreich zu Ende führen.»

Verführerische Düfte aus der Küche erhellen die Stimmung der Männer. Abdullahs Lieblingsspeise, ein Reisgericht mit gebackenem Lamm, Hühnerfleisch und Eiern, gewürzt mit Safran und Zwiebeln, stellt die verhüllte Frau auf den grossen Besprechungstisch. Getrunken wird Tee mit Minze, Melisse und Anis aus einer mit grossen Henkeln versehenen Kupferkanne. Genussvoll widmen sich die Männer dem fein mundenden Mittagessen. Mit jedem Bissen glätten sich Abdullahs Frustfalten, die angeborene Bräune nimmt wieder Besitz vom Gesicht von Allahs Rächer. Die verhüllte Frau reagiert erschrocken auf Wünsche der Männer. Jetzt wird nach Kaffee gerufen. Respektvoll giesst sie das schwarze Gebräu in die winzigen Kaffeetassen. Die Welt von Allahs Gotteskriegern scheint wieder in Ordnung.

Einer erhebt sich, er ist verantwortlich für die Umsetzung der Aktion Kosta Konkordia. «Die Arbeiten schreiten zügig voran, in wenigen Tagen sind wir so weit.» Abdullah wischt sich mit dem Handrücken Reste des Hähnchenfleisches von den Mundwinkeln und fällt ihm ins Wort. «Noch ist die Zeit nicht reif, die Israeli erwarten hohen Besuch aus dem Westen, erst dann schlagen wir zu.» Abdullah erhebt sich, eine drängende Frage verlangt nach einer Antwort, zudem begehrt er das weisse Weib.


Das Wenige, was in Annas Leben in der schrecklichen Gefangenschaft einen Hauch von Farbe zaubert, sind die Tage am Strand. Sie darf sich dort alleine bewegen, in der Sonne dösen, im tiefblauen Meer baden und von der schönen Zeit mit Günther träumen. Heute war ihr dies verwehrt, Abdullahs Rückkehr stand bevor. Sie weiss, was sie erwartet, sie sitzt nur mit Höschen und BH bekleidet auf dem Bett in Abdullahs Schlafgemach.

Sie erschrickt heftig, als er den Vorhang abrupt zur Seite reisst. Ein gefährlich aussehender Abdullah schiebt sich durch den Türbogen, sie meint, wutentbrannte Züge in seinem Gesicht zu erkennen. Kein Gruss, nichts, Abdullah setzt sich auf einen Stuhl vor Anna. «Wie hiess der Schweizer am Tisch auf der Kosta Konkordia?» «Ich weiss nicht, worauf du hinausw… »Anna gelingt es nicht, den Satz zu Ende zu sprechen. Heftig schlägt Abdullahs Hand in ihr Gesicht. «Silvan Aebischer», stottert Anna. «Wo wohnt er und was für ein Auto fährt er?» «Ich weiss es nicht, ich habe ihn ja erst am Tisch …» Erneut trifft Abdullahs Hand Annas Gesicht. Mit tränenerstickter Stimme sagt sie: «Ich weiss es wirklich nicht. Wir waren kaum am Tisch, als das Schiff auf Grund lief.» «Und im Haus auf Giglio, da hattest du genug Zeit zum Reden, oder warst du nur noch mit Ficken beschäftigt?»

Abdullah ergreift ihre kurzgeschnittenen Haare im Nacken und zieht Annas Kopf nach hinten. «Hast du dich ficken lassen, du Schlampe?» Anna weint. «Ich war total zerstört, und dann ist es einfach geschehen.» Sie erwartet den nächsten Schlag, er bleibt aus, Abdullah stösst sie zurück aufs Bett. «Jetzt sagst du mir, wo dieser Schweizer arbeitet», und nach einer kurzen Gedenksekunde, «fährt er einen Mercedes?»

In Erwartung des nächsten Schlages hält Anna schützend die Hand vor ihr Gesicht und heftig schluchzend sagt sie: «Ich kenne nur Silvans Namen, sonst gar nichts. Ich weiss nicht einmal, wo er arbeitet oder wohnt, und welches Fahrzeug er fährt ist mir auch nicht bekannt.»

Der Schlag bleibt aus, Abdullah wirft Anna aufs Bett. Ihre Hände erlauben wieder etwas Sicht auf ihren Peiniger. Abdullah ist erregt, ohne weitere Worte reisst er ihr das Höschen vom Leibe und dringt in sie ein.

Die Nespresso-Maschine tritt in Aktion. Franziskas Schreck des notwendigen Tauchganges wegen löst sich allmählich. Dampfende Kaffeetassen in unseren Händen haltend, fühlen wir erstmals so etwas wie Entspannung im Kommandofahrzeug.

«Wir werden die Planung und die Termine zur erhofften Befreiung von Frau Steinmeyr jetzt mit Ihnen besprechen», meint der jüngere Israeli. «Sie setzen sich grossen Gefahren aus, das Risiko müssen Sie selber tragen. Wir von unserer Seite werden alles unternehmen, um Sie wieder heil aus Gaza zurückzubringen.»

Die folgenden Worte fallen wohlüberlegt, die Blicke der beiden Herren sind unmissverständlich. «Sind Sie bereit dazu, dieses Risiko auf sich zu nehmen? Es gibt keine Garantie für das Gelingen, es könnte Sie das Leben kosten.»

Franziska ergreift meinen Arm, wir blicken uns in die Augen. Längere Zeit fallen keine Worte. Ich erkenne ihren Willen, auf das Abenteuer einzugehen. «Ja, ich bin bereit.» Die Blicke verweilen nun auf mir. Ein Lächeln huscht über mein Gesicht. «Ich bin ebenfalls bereit.» Beinahe feierlich ist dieser Moment. Feuchte und gerötete Augen lassen fühlen, wie viel Herzblut in diesem Moment fliesst.

«Als Erstes müssen wir Ihnen einen Peilsender implantieren. Durch diesen wissen wir immer, wo Sie sich aufhalten, ob in Gebäuden oder ausserhalb von Handynetzen. Der ambulante Eingriff dauert keine Viertelstunde – ein kleiner Einschnitt in der Armbeuge, nichts bleibt sichtbar.» Und an mich gewandt meint er: «Dann sollten Sie mit Frau Löwenthal einen kurzen Tauchlehrgang durchführen. Sie werden nie tiefer als fünf bis zehn Meter tauchen müssen. Also, eine kurze Einführung genügt. Der Unterwasser-Scooter, eine Art Mini-U-Boot, wird normalerweise von unseren Elitesoldaten verwendet. Er kann vier Taucher maximal zehn Kilometer weit tragen. Das Gefährt hat keine Druckkammer, die Taucher sitzen im Wasser. Um die eigenen Luftvorräte während der Fahrt zu schonen, atmen sie mit Hilfe des bordeigenen Systems. Fünfhundert Meter vor dem Strand werden Sie von unserem U-Boot auf den Scooter umsteigen. Die Navigation wird Sie in Richtung Schuppen am Strand leiten.»

Franziskas Gesichtsausdruck lässt ihr Unbehagen fühlen. Vieles scheint ihr absurd und unwirklich. «Wir sind doch nicht in einem Science-Fiction-Film, oder?» Ihre Reaktion bringt die beiden Männer zum Lachen. «Keine Sorge, Frau Löwenthal, das klingt alles viel komplizierter, als es tatsächlich ist. Wir werden Sie vor dem Einsatz nochmals genau instruieren. Der Scooter verfügt über eine Ankervorrichtung, mit welcher Sie ihn im Uferbereich unter Wasser sichern werden. In wasserdichten Boxen lagern Kleider und Unterwäsche für die beiden Damen und Sie, Herr Aebischer. Die mitgelieferten Niqab und Tschador erlauben den beiden Frauen einen gewissen Spielraum, um sich unerkannt unter der einheimischen Bevölkerung zu bewegen. Auf Sie, Herr Aebischer, wartet ein spezielles Make-up. Sie werden sich nicht wiedererkennen. Eine Tauchausrüstung für Frau Steinmeyr sowie Waffen, Werkzeuge, Schneidbrenner, Bohrmaschinen, alles unterwassertauglich, ist in den seitlichen Boxen des Scooters untergebracht. Sie beide werden die Tauchausrüstung unterwegs auf der Fahrt mit unserem U-Boot zum Küstenstreifen anziehen müssen. Getrennte Flüge sind für Sie geplant, weder am Flughafen Zürich noch in Tel Aviv darf man Sie gemeinsam sehen.» Welche Gefahren bereits zu Beginn der Befreiungsaktion auf uns lauern, wird uns mit diesen Erklärungen der Israelis schonungslos vor Augen geführt.

Wir sitzen beim Mittagessen im nahe gelegenen Restaurant. Aus Sicherheitsgründen verzichten die beiden Israelis darauf, uns zu begleiten. Die Penne Arrabbiata munden vorzüglich, dennoch vermögen wir kaum zu essen. Diese Woche noch müssen sämtliche Vorbereitungsarbeiten erledigt sein und der Flug nach Tel Aviv ist bereits für den nächsten Dienstag geplant. Höchstens zwei Tage wird uns für Annas Befreiungsaktion eingeräumt, wenn wir sie bis dahin nicht gefunden haben, müssen wir die Übung abbrechen. Ein ungutes Gefühl begleitet uns in diesen Tagen.

Franziska verlegt ihren Wohnsitz vorübergehend zu mir nach Zug. Meine kurzfristige Entschuldigung am Arbeitsplatz veranlasste meinen Chef zu einer hämischen Bemerkung: «Du kannst es einfach nicht lassen, Silvan, welches Weib hat dir jetzt den Kopf verdreht?»

Entsprechend unserer gedrückten Stimmung verlaufen unsere Nächte. Erotik und Sex sind in diesen Tagen mindestens so weit entfernt wie der Mond.


Wohlwollend lächelnd entlässt uns der Professor an der Uniklinik in Zürich. «Morgen werden Sie vom kleinen Eingriff nichts mehr spüren, das Entfernen des Senders verläuft später ebenso schnell und schmerzlos.» Er stellt keine Fragen. Die Israelis haben ihn, ohne das Weshalb und Warum erklären zu müssen, entsprechend informiert.

Franziska entpuppt sich als gelehrige Schülerin. In Kürze beherrscht sie die Grundregeln des Tauchens. Druckausgleich durch die Taucherbrille, Unterwasserentwässern der Taucherbrille, alles gelingt ihr bereits nach wenigen Versuchen. Ich meine zu fühlen, dass Franziska durchaus Freude bei diesem Sport empfindet, wer weiss, vielleicht wird sie mich einmal bei einem meiner Tauchgänge begleiten.


In der restlichen Zeit bis zum Flug finden wir uns jeweils früh am Morgen im Hallenbad in Zug ein. Nur wenige Menschen suchen um diese Zeit ihr Vergnügen im warmen Nass.

Den Empfehlungen der Israelis folgend, ohne einen Verdacht bei Annas Entführern zu wecken, sehen wir nur eine Möglichkeit, Anna ihren Häschern zu entreissen. Die ganze

Aktion muss in wenigen Sekunden ablaufen und es soll so aussehen, als sei Anna beim Schwimmen ertrunken.

Im Hallenbad übernimmt Franziska die Rolle von Anna. Sie schwimmt auf mich, das heisst auf den grossen Wasserball, zu. Einhundertfünfzig Meter vom Badestrand in Gaza entfernt befindet sich eine Wasserboje. Ihre Grösse entspricht der des Wasserballballes hier im Hallenbad. Diese Angaben wurden uns im Kommandowagen von den Israelis mitgeteilt. Hinter der Boje versteckt, in Tauchausrüstung, werde ich Anna erwarten. Vom Ufer nicht einsehbar, helfe ich Anna beim Hineinschlüpfen in das Geschirr der Tauchflaschen und schnalle ihr einen Bleigurt um ihre Taille. Das Gewicht des Gurtes wird sie beim Tauchgang in der Schwebe halten. Dann erfolgt der heikelste Punkt der Mission. Anna soll mit Handzeichen auf ein Unwohlsein aufmerksam machen. Ich werde Anna hinter die Boje leiten und ihr eine Taucherbrille übers Gesicht ziehen. Keine Zeit für eine Begrüssung, nur für den Hinweis, wie sie den Druckausgleich und das Entleeren der Brille bewerkstelligen soll. Mundstück mit Atemschlauch in ihren Mund und abtauchen.

Ich glaube, die Gedanken des Bademeisters, welcher versteckt hinter den Gardinen unser Tun beobachtet, erraten zu können: Was zum Teufel üben die beiden nun schon seit drei Tagen? Er ahnt nicht, dass der Spiegel an der Rückwand seines Büros seine voyeuristische Tätigkeit genau in mein Blickfeld projiziert.

Unvorhergesehene Ereignisse haben wir in unsere Planung mit einbezogen und mehrmals durchgespielt. Telefonisch kontaktierten uns die Israelis täglich. Ihre Tipps und der Zeitplan liessen so etwas wie ein Sicherheitsgefühl in uns wachsen.

Morgen Dienstag ist es so weit, wir werden nach Tel Aviv fliegen. Mein Flug mit Swiss von Zürich geht um 08:00 Uhr und Franziskas mit El Al um 09:45 Uhr.

«Lass uns diesen Abend geniessen, Franziska, wir haben uns das wirklich verdient.» Franziska trägt einen dunkelblauem Rollkragenpulli, einen bordeauxfarbenen Lammnappa-Lederrock und dunkelblaue Strumpfhosen, natürlich alles warm in beigem Kaschmir eingepackt. So machen wir uns zu Fuss auf zum Restaurant «Kaiser Franz» in Zug.

Endlich ist wieder einmal ein Lächeln in unseren Gesichtern. Sorgen, die uns beinahe stündlich beschäftigten, sind wie weggewischt. Die Zuversicht und der Glaube, dass sich alles zum Guten wendet, lassen uns die Champagner-Gläser heben.

Als Vorspeise gönnen wir uns eine Kartoffelsuppe mit Garnelen. Der herrliche Duft von heissem Butterschmalz, Zwiebeln und in Curry angedünsteten Garnelen lassen uns, bevor der erste Löffel in den Sud eintaucht, das Wasser im Munde zusammenlaufen. Wohlwollend entkorkt der Kellner den edlen Pomerol Château L'Evangile 1996. Erhaben und mit der Würde eines eingeübten Sommeliers giesst er den nicht alltäglichen Spitzenwein in die grossen Gläser, wobei er es auch versteht, der attraktiven Frau am Tisch vornehm seine Aufmerksamkeit zu schenken.

Auch ich sehe die attraktive, blonde Frau, ihren sinnlichen, rot geschminkten Mund, das Leuchten ihrer Augen, und mit jedem Bissen in das zarte Lammfilet steigt mein Wunsch, sie lustvoll irgendwo hineinzukneifen.

Franziska lächelt, sie kennt die mir Farbe ins Gesicht zaubernden Gedanken. Es sind dieselben, die auch sie von Minute zu Minute anmutiger erscheinen lassen. Einen letzten Schluck aus der Espressotasse, ich helfe Franziska in den Mantel, und im einladenden Licht der hellen Schaufensterauslagen empfängt uns die kalte Februarnacht.

Arm in Arm schlendern wir durch die Zuger Vorstadt in Richtung meines Appartements. Ihre unverhofften Schwenker hin zu den Schaufenstern von Modeboutiquen, Parfümerien und Schuhgeschäften lassen mich Franziskas Körper intensiv fühlen.

Dieses Mal gilt ihr Schwenker dem Schaufenster eines Rasenmäher-Anbieters. Jetzt ist es übermütiges Lachen, wir fallen uns in die Arme, zwei sinnliche Münder entfliehen der kalten Nacht.

Mein Appartement erscheint mir völlig verändert, die Wärme, das leise Rieseln sanfter Musik, die übermütigen Farben der LEDs und Glücksgefühle durch die Nähe dieser begehrenswerten Frau lassen meine Sinne ins Rosa entschweben. Welcher Wandlung wir Menschen durch ein Lächeln, durch eine zärtliche Berührung fähig sind, erlebe ich in diesen wonnevollen Momenten.

Ein Glas Moët & Chandon in ihrer Hand haltend, gleichzeitig den dunkelblauen Rollkragenpulli über den Kopf ziehend, benötigt sie einiges an Geschick und Zeit. Franziska lässt sich Zeit. Unter dem nach oben gleitenden Pullover erscheint ihr sinnlich schmunzelnder Mund und kurz darauf die von einem lustvollen Schimmer gezeichneten Augen. Franziskas Sehnsucht, wonnevolle Stunden mit mir zu geniessen, zeigt sie auf ihre eigene aufreizende Weise. Einen kurzen Augenblick entschwindet sie in der Garderobe, um gleich darauf lächelnd und in dunkelblauen High Heels an ihren eleganten Beinen vor mich zu treten.

Mein Testosteronspiegel entgleitet der Kontrolle. Die Hüfte schwingend, nur noch in BH, Strumpfhosen und eben diesem aufreizenden Schuhwerk, stakst sie ins Schlafzimmer. Prickelnder Champagner, Küsse, heftig pochende Herzen, wunderbar fühlt sich die an mich schmiegende, erregende Frau an. Hände überall, sie lösen den BH-Verschluss, öffnen die Gurtschnalle, streifen das Höschen über schlanke Beine.

Zwei wollüstige Menschen, die sich lieb haben, wollen sich nur noch dem Instinkt der Natur hingeben. Sanft lege ich Franziska aufs Bett, kuschle mich neben sie, eine unsichtbare

Kraft lässt uns keine andere Wahl, es gibt kein Zurück mehr, jede Pore unseres Körpers will nur noch das Eine, das Herrliche, das Erfüllende.

Reger Verkehr herrscht an diesem Vormittag. Konzentriert steuert der Chauffeur sein schweres Gefährt in den Kreisel. In diesem Moment biegt ein älterer Opel Astra unverantwortbar schnell in den Kreisel. «Dieses Arschloch!» Entgeistert ist der Ausruf des Chauffeurs, er versucht noch auszuweichen, doch trotz Vollbremsung kann er den Zusammenstoss nicht verhindern. Heftig knallt der Opel in die vordere linke Seite des schweren Lastwagens. Wären sie Scooter-Fahrer auf dem Rummelplatz, sie würden diesen Zusammenstoss geniessen, nicht so in diesem Moment. Ein Schutzengel steht ihnen Pate, trotz des seitlichen Aufpralls und ohne die Schutzwirkung des Sicherheitsgurtes bleiben sie unverletzt. Explosionsartig öffnet sich der Airbag des Opels, Rauch dringt aus dem Inneren des arg demolierten Fahrzeuges. Benommen, aber anscheinend auch unverletzt, entsteigt der Fahrer seinem Opel. Markante Gesichtszüge lassen auf einen durchtrainierten, ungefähr dreissigjährigen Mann schliessen. Im Gegensatz dazu stehen sein drahtiger Gesichtsausdruck und die massige Körperfülle. In dieser hektischen Situation nehmen die beiden Chauffeure den für sie verhängnisvollen Widerspruch nicht wahr.

«Dem werden wir eine Lektion erteilen.» Wütend entsteigen sie der Kabine des Lastwagens. Zuerst ein kurzer Augenschein an der Vorderachse des Lastwagens und die bange Frage «ist eine Weiterfahrt möglich?». Der Aufprall traf nicht wie von ihnen befürchtet die empfindliche Lenkungsgeometrie, sondern ausladendende vordere Carrosserieteile. Vermutlich mehrere tausend Euro dürfte die Schadensumme betragen, trotzdem sollte eine Weiterfahrt möglich sein.

Wo ist der Mann im Opel? Der Schweinehund macht sich aus dem Staub! Die Männer hasten auf die rechte Seite des Lastwagens und es gelingt ihnen, den flüchtenden Schadenverursacher festzuhalten. Mit Wut im Gesicht und die Hand zur Faust geballt, holt der Chauffeur zum Schlag aus. Blitzschnell ist die Reaktion des Opelfahrers, er weicht zurück und mit einer von den Männern nicht erwarteten Schnelligkeit zieht er eine Pistole aus seinem voluminösen Weston. Perplex weichen sie zurück und schlagartig wird ihnen bewusst, dass sie einem inszenierten Unfall zum Opfer gefallen sind.

Monatelang wurden sie für solche Situationen geschult – nie unüberlegte Handlungen vornehmen, zuerst analysieren, und das Fahrzeug nie ohne Waffe verlassen. Und jetzt, allen Schulungen zum Trotz, tappen sie in die Falle. Sie müssten ihre Kollegen im Versteck des soeben verlassenen Sprengstoffgebäudes warnen – alles umsonst. Umringt von Männern des deutschen Staatssicherheitsdienstes, die scheinbar aus dem Nichts auftauchen, schnappen Handschellen zu. Auch heftigste Gegenwehr nützt nichts, die Aktion dauert nur Sekunden und mit den beiden verhafteten Lastwagen-Chauffeuren fährt der als Sanitärtransporter getarnte Polizei-Van in Richtung Polizeihauptquartier von Heilbronn. Fünf Minuten später ist die Unfallstelle geräumt, ausser den Bremsspuren des polnischen Lastwagens weist nichts mehr auf den spektakulären Unfall hin.

Die eiligst einberufene Konferenz im Polizeihauptquartier verläuft zielstrebig und konzentriert. «Wir haben nun die beunruhigende Gewissheit», erklärt der Delegationschef vom deutschen Staatssicherheitsdienst. «Im Wohnhaus Nr. 316 in der Schwallstrasse wird Sprengstoff hergestellt oder zumindest veredelt. Spuren davon fanden sich auf der Brücke des polnischen Lastwagens. Eine ältere Dame beobachtete in den letzten Tagen mehrmals Lastwagen desselben Herkunftslandes beim Güterumschlag im Haus in der Schwallstrasse 316. Wir vermuten grosse Mengen Sprengstoff in diesem Hause. Die Aushebung der Terrorzelle wird äusserst riskant. Sollte es uns nicht gelingen, die Terroristen zu überrumpeln, müssen wir mit dem Schlimmsten rechnen. Eine Evakuierung der Nachbarhäuser dürfte die Aufmerksamkeit der Terroristen wecken, sie ist deshalb keine Option. Aus ähnlichen Fällen kennen wir das Verhalten der Terroristen, sie würden sich selbst in die Luft sprengen. Nicht auszudenken, welche Katastrophe eine Explosion mit der vermuteten grossen Menge Sprengstoff im dicht besiedelten Wohngebiet zur Folge hätte.»

Der dunkelhäutige Mann am Mischer hört es zuerst. Er stösst seinen Kollegen in die Seite und fordert ihn dazu auf, die Maschine zu stoppen. Nun wird das Geräusch intensiver, es stammt vom Martinshorn eines sich auf der Schwallstrasse schnell nähernden Feuerwehrfahrzeuges.

Versteckt hinter den Gardinen beobachten die beiden Männer den Grund des Feuerwehreinsatzes. Kaum fünfzig Meter vor ihrem Gebäude, auf dem Gehsteig, steht ein lichterloh brennender Personenwagen. Feuerwehrmänner springen vom Fahrzeug, Schläuche werden ausgerollt und erste Schaumlöscher treten in Aktion. Inzwischen gesellen sich aus dem Labor im hinteren Teil des Hauses zwei weitere Männer zu den Gardinen. Gebannt verfolgen sie die Löschaktion.

Obwohl wiederholt übers Megafon dazu aufgefordert, nicht näherzutreten, drängen Schaulustige gefährlich nahe zum brennenden Fahrzeug und behindern die Löscharbeit der Feuerwehr.

«Diesem disziplinlosen Saupack werden wir Gehorsam beibringen», meint einer der Männer hinter den Gardinen. «Zuerst jagen wir die Israelis in die Luft und dann nehmen wir uns dieser Gottlosen an. Lasst uns die Arbeiten zu Ende führen, auch ohne unsere Unterstützung wird diese Karre bis auf die Felgen abbrennen.» Hämisches Grinsen auf den von der südländischen Sonne gegerbten Gesichtern.

Müsste Rafael Kazienko eine passende Vorlage für seine düsteren Ölgemälde suchen, hier würde er sie finden.

Nicht mehr hämisches Grinsen, sondern Schrecken ist auf den Gesichtern der überrumpelten Männer zu sehen. Abgelenkt durch den Autobrand haben sie die von hinten ins Haus eindringenden Sondereinheiten des deutschen Staatssicherheitsdienstes nicht wahrgenommen.

Mindestens zehn mit Atemschutzmasken ausgerüstete Polizisten stehen ihnen gegenüber. Ein Terrorist versucht noch, die Pistole am Tisch zu ergreifen – der Taser ist schneller, er verkrallt sich in seinem Oberkörper, nur einen Wimpernschlag später geht der Terrorist zu Boden. Wenige Meter fehlen bis zur Mischwanne mit dem hochexplosiven Sprengstoff.

Ein kleiner Funke oder das Aufflackern eines Streichholzes würden genügen, um die Katastrophe in Gang zu setzen. Vergeblich versuchen die Attentäter in die Nähe der Wanne zu gelangen. Das Betäubungsgas wirkt blitzschnell und mit dem Gedanken, alles versaut zu haben, sinken die Männer zu Boden.

Es ist 16:00 Uhr, die Polizeioffiziere treffen sich erneut im Polizeihauptquartier von Heilbronn. Ernste Gesichter im Konferenzzimmer. «Wir wussten um die Bedrohung von Terroristen und Schläfern in Deutschland. Was wir jedoch heute hier in Heilbronn vorfanden, übersteigt unsere Befürchtungen bei weitem. Ein Netzwerk von bestens organisierten Terroristen setzt sich in unserem Lande fest. Allein schon die Menge an Sprengstoff und Sprengstoffgürteln hier in Heilbronn würde für mehrere verheerende Anschläge ausreichen.» Der hohe Sicherheitsbeamte aus Berlin nimmt ein Glas Mineralwasser. Ein leichtes Zittern seiner Hände lässt erahnen, wie sehr die riskante Aktion heute Morgen seine Nerven strapazierte. Zehn Polizisten und viele Zivilpersonen waren einem extrem hohen Risiko ausgesetzt. «Seit der Aktion in Stuttgart sind uns immerhin sechs Terroristen ins Netz gegangen.» Erneut wird der Glasinhalt um einen Bruchteil kleiner. «Leider ist uns der Drahtzieher und Kopf der Terroristen entwischt. Er nennt sich Abdullah Beblawi und ist Chef der Al Traga, einer uns bisher nicht bekannten Terrororganisation aus Gaza. Allahs Rächer, wie er von seinen Kämpfern genannt wird, verfolgt seine Ziele äusserst brutal.

Aus zuverlässigen Quellen des israelischen Geheimdienstes wissen wir, dass der Anschlag auf die Kosta Konkordia ebenfalls seine Handschrift trägt.»

Raunen erfasst die Männer im Konferenzzimmer. «Nicht wie in der Presse sensationslüstern berichtet infolge einer zu nahen Vorbeifahrt an Giglio, sondern durch einen gezielten Terrorakt ist der Luxuskreuzer gesunken.» Die Disziplin der Polizeioffiziere lässt in diesem Augenblick zu wünschen übrig. «Darf ich um Ruhe bitten, noch kennen wir nicht alle Details, aber, und das möchte ich Ihnen nochmals nahe legen, wir unterliegen der strengsten Geheimhaltung – auch im Falle der Kosta Konkordia. Unsere Bemühungen im Kampf gegen den Terrorismus wurden inzwischen auch von unserer Regierung erkannt und Massnahmen zur Abwehr abgesegnet. Überwachungen, Telefonabhörungen und Eindringen in das Online-Netzwerk von verdächtigten Personen eröffnen uns neue Möglichkeiten – bis vor kurzem in diesen Dimensionen nicht denkbar, nun gehören sie zu unserem Alltag. Wir werden die Terroristen zur Strecke bringen.»

Bizarrer könnte der heutige Tag nicht beginnen. Herrliches, Ferienstimmung suggerierendes tiefblaues Meer, Sonnenschein und gutgelaunte Passagiere an Bord der Swiss auf dem Flug nach Tel Aviv – im krassen Gegensatz dazu die letzten Anweisungen zur gefährlichen Befreiungsaktion von Anna am Bildschirm des auf meinen Knien ruhenden Laptops .

Bereits morgen, am Mittwoch, werden wir ins U-Boot steigen, und bis spätestens in zwei Tagen, also am Freitag, dem 10. Februar, muss die Aktion abgeschlossen sein.

Was erwartet uns im Feindesland, hinter der Frontlinie und nur auf uns allein gestellt? Mir läuft es kalt und warm über den Rücken. Wenn wir scheitern, dürften nicht nur Annas, sondern auch Franziskas und meine eigenen Tage gezählt sein.

Die Flight Attendant mag noch so freundlich lächeln, ihr vorsichtig auf das Tablett gestellter Orangensaft schmeckt in diesem Moment weder nach Orange noch nach Ähnlichem, er schmeckt einfach nach nichts.

Eine halbe Stunde später, mit einem Linienflug der El Al, wird Franziska um 15:15 Uhr am Flughafen von Tel Aviv eintreffen. Ein gedrängtes Programm erwartet uns. Nach einem kurzen Lunch und anschließendem Hotelbezug werden uns die Israelis im Umgang mit dem Unterwasser-Scooter einschulen und uns allerletzte Informationen über Annas Umgebung mitteilen sowie ihre Bewachung und die Fluchtmöglichkeit erörtern. Die alles entscheidende Frage, ob Anna noch am selben Ort lebt und ob sie auch weiterhin einige Stunden an der wärmenden Sonne verbringen darf, können auch die beiden Herren nicht beantworten.

Die bedrückendste Frage verdränge ich aus meiner Gedankenwelt, nämlich was geschehen könnte, sollten wir nicht auf Anna treffen und noch schlimmer, wenn man uns fassen würde?

Tel Aviv

Innig umarmen wir uns am Flughafen Tel Aviv. Die angespannte Situation lässt für Fragen nach Franziskas Flug oder wo wir heute das Abendessen geniessen möchten, keinen Raum. Zu sehr beansprucht die Mission unser Denken und Handeln.

Eine schwarze Limousine erwartet uns vor dem Flughafen. Wir fahren in eine Kantine des israelischen Militärs und anschliessend in unser Hotel.

Vor dem Carlton Hotel Tel Aviv stoppt die Limousine. Die Israelis lassen sich nicht lumpen. Der Aufzug hält im zehnten Stock. Es verschlägt uns die Sprache, für jeden von uns ist eine grosszügige Suite mit herrlicher Sicht auf das tiefblaue Mittelmeer und den malerischen Jachthafen von Tel Aviv reserviert.

Einen Moment lang entschwebe ich in die grenzenlose Gedankenwelt meines Universums. Wie schön die Welt doch sein könnte. Wieder zurück auf Erden, zehn Stockwerke tiefer, erkenne ich die schwarze Limousine, welche uns in fünf Minuten zur israelischen Militärzone chauffieren wird. Franziska und mich erwartet die nüchterne Realität.

Galant hält der Chauffeur die hinteren Türen für die beiden Gäste auf. Zwei silberfarbene Limousinen parken in unmittelbarer Nähe. An und für sich nichts Aussergewöhnliches, solange man die in den Fahrzeugen sitzenden und gelangweilt die Umgebung beobachtenden Männer als Touristen einstuft. Mein unterdrücktes Lächeln veranlasst Franziska zu der Frage weshalb.

«Siehst du die beiden Limousinen und die darin sitzenden Männer mit dunklen Sonnenbrillen? Bestimmt werden sie uns folgen, die sind wegen uns hier, sozusagen als Geleitschutz.»

Weitere Möglichkeiten um meine Vermutung zu bestätigen werden vom Chauffeur unterbunden. In bestem Englisch: «Würden Sie diese Augenmasken tragen? Wir fahren nun in eine geheime Militärzentrale.» Viele Kurswechsel, einige Stopps, vermutlich an Verkehrsampeln, und kaum eine Viertelstunde später ein letzter Halt an einem Kontrollposten prägen die Reise. Es gibt ein Geräusch, es stammt von der herunterfahrenden Seitenscheibe, dann folgt ein Wortwechsel und anschliessend kommt das Okay vom Kontrollposten. Nach einem nochmaligen Stopp, ich vermute vor einem Tor und einer kurzen weiterfahrt, steht das Fahrzeug ein letztes Mal. Wir dürfen die Augenmasken entfernen. Erstaunen in unseren Gesichtern – eine riesige Betonhalle wölbt sich über uns. Panzerfahrzeuge, Raketenwerfer, schwere Geschütze und Armeelastwagen belegen einen Grossteil der Halle.

Grinsen in den Gesichtern der beiden auf uns wartenden Männer; als ob wir uns schon Jahre kennen würden, reichen uns die beiden Israelis die Hand. Von Ehrfurcht erfüllt stehe ich vor dem Gerät, welches sie Unterwasser-Scooter nennen. Bedrohlich und viel grösser als in meiner Fantasie empfinde ich dieses zylinderförmige, einem Torpedo ähnelnde Monster.

Mattschwarz ist die Lackierung, alles wirkt düster und unheimlich. «Und mit diesem Ungetüm sollen wir morgen an Land setzen und, wenn möglich, Anna aus den Fängen der Terroristen befreien?» Innerlich schüttle ich den Kopf, hoffentlich nehmen die beiden Herren meine negative Reaktion nicht zur Kenntnis. «Hier ist Ihr Kommandoplatz, Herr Aebischer. Für die beiden Damen sind die Plätze zwei und drei vorgesehen. Ein Atemschlauch mit Mundstück für jeden Passagier können Sie direkt vor sich aus der Halterung ziehen.»

Lange zwei Stunden dauert die Einführung. Wasserdichte und abnehmbare Kammern befinden sich seitlich des Rumpfes. «In dieser», fährt er fort, «finden Sie Wärmedecken, Schlafunterlagen, Kleider, Wäsche und für die Damen zusätzlich zwei Nikab, dem Islam sei Dank!»

Ebenfalls seitlich, auf Höhe des Fahrersitzes, sitzt die Waffenkammer. Pistolen, Leuchtraketen, leichte Schnellfeuerwaffen und Sprengmunition mit Zündern sind dort zu finden.

Entgeistert gleiten Franziskas Hände zu ihrem Gesicht. «Was um Himmels willen sollen wir mit diesem gefährlichen Zeugs, wir wollen Anna befreien und keinen Krieg führen.» Den Israelis gelingt es nicht mehr, ihr Lachen zu unterdrücken. «Nur für den Notfall, Frau Löwenthal. Herr Aebischer ist Offizier der Schweizer Armee. Bei Bedarf dürfen Sie sich ungeniert an ihn wenden.» Nun ist ihr Lachen noch herzhafter.

Eine nächste Kammer, vollgestopft mit Werkzeugen, Drähten, Kabeln, Zangen, Bohrmaschine mit Bohrern und einem Schneidbrenner. «Alles funktioniert auch Unterwasser. Natürlich sind wir uns bewusst, dass Sie diese Gerätschaften kaum benötigen werden, aber sie gehören zur Grundausstattung unserer Scooter. Und in dieser letzten Kammer» – mit dem Öffnen des Verschlusses schwingt der Deckel nach oben – «liegt die Apparatur, welche die Befreiung von Frau Steinmeyr erst ermöglichen wird.» Wohlwollend hebt er die Sauerstoffflasche mit Lungenautomat, Taucherbrille und Ausgleichsgewichten aus dem Behälter. Aus einer grauen Tasche entnimmt er zwei Armbanduhren. «Diese werden Sie nun tragen müssen, beide funktionieren synchron, vielleicht erweisen sie sich noch als nützlich. Und diese» – er hält eine dritte in Richtung des Hallenscheinwerfers – «ist für Frau Steinmeyr überlebenswichtig. Sie funktioniert ebenfalls synchron mit den anderen beiden. Mit dieser Taste setzen Sie den Peilsender in Funktion. Ab diesem Moment kennen wir auch den Standort von Frau Steinmeyr. Die Uhr darf auf keinen Fall verloren gehen, tragen Sie sie deshalb an ihrem zweiten Handgelenk.» Als wäre es ein unbezahlbares Juwel, legt der Israeli das Hightechgerät um Franziskas rechtes Handgelenk.

Schier endlose Stunden sind verflogen, endlich dürfen wir in der Limousine Platz nehmen. Das Überziehen der Augenmasken empfinden wir in diesem Moment nicht einmal als störend.

Franziska fühlt sich erschlagen, bei mir macht sich Müdigkeit bemerkbar und beim Eintreffen im Hotel leuchten bereits die Strassenlampen und das Hotellogo «Carlton Tel Aviv».

Alles verlief bisher nach Plan. Eigentlich müssten wir jetzt vor Freude jubeln, trotzdem fühlen wir uns niedergeschlagen und leer. Entsprechend verläuft das Abendessen im Speisesaal des Hotels. Auf eine Nachspeise verzichten wir ebenso wie auf den Espresso zum Abschluss. Franziskas Bedürfnis nach Nähe fühle ich in diesem Moment stärker denn je. «Darf ich in deiner Suite übernachten, Silvan, bitte? Ich brauche dies jetzt so sehr.» «Natürlich, liebe Franziska.» Sie lächelt. Es ist das erste Mal, dass ich für sie das Wort «liebe» gebrauche – bisher war sie immer nur schön, attraktiv, begehrenswert und sexy.

21:00 Uhr, ein letzter Blick aus dem Hotelfenster auf das Paradies auf Erden. Ich glaube fest daran, dass die Zeit für uns beide noch nicht reif ist, sich von diesem schönen Planeten zu verabschieden. Franziska ist eng an mich geschmiegt, ich ziehe das weiche Duvet über uns.

Franziska erging es diese Nacht wie mir, unruhig wälzten wir uns im Bett, zählten die Stunden, und nun, ohne erholsamen Schlaf, ertönt das Wecksignal, die Uhr zeigt 03:45 Uhr. In nicht einmal einer Dreiviertelstunde wird das Frühstück im Hotelzimmer serviert. Um fünf Uhr werden wir abgeholt und nach einem nochmaligen Briefing an Bord wird das U-Boot um sechs Uhr mit uns in See stechen.

Sternenklar und empfindlich kalt empfängt uns die Einfahrt vor dem Carlton Hotel. Ein einziges Fahrzeug steht auf dem reservierten Parkplatz für ankommende Gäste. Es ist die uns bereits bekannte Limousine. Das gleiche Prozedere, Augenmasken anziehen, erst dann setzt sich der Wagen in Bewegung. Alle

Verkehrsampeln scheinen auf Grün geschaltet, flüssig verläuft die Fahrt durch das noch schlafende Tel Aviv.

In einer unterirdischen Anlage hält die Limousine. Unmittelbar vor uns, festgemacht mit Tauen zwischen zwei betonierten Stegen, dümpelt das dunkle Ungeheuer. Einzig der Turm und ein Teil des oberen Rumpfes ragen aus dem Wasser. Ich sehe zum ersten Mal in meinem Leben ein solch gefährliches Kriegsgerät und bin von Ehrfurcht erfüllt. Ob es wohl mit Atomwaffen bestückt ist? Mich schaudert. Ein Matrose bittet uns an Bord des U-Bootes. Mit jedem Schritt näher zum Ungeheuer schnellt mein Puls in die Höhe. Franziska hält meinen Arm, ich fühle ihr heftiges Zittern.

Ein Offizier heisst uns willkommen. Ohne Umschweife bittet er uns an Bord seines Schiffes. Zuerst geht es eine Treppe hinauf zum Turm und dann, ich hole tief Luft, folgt der Abstieg in den für mein Empfinden stählernen Sarg. Schritt um Schritt tiefer in ein Labyrinth von Rohren, Kabelsträngen und engen Wänden. Ein dumpfes Hallen erfolgt mit jedem Tritt in die Tiefe. Das Zittern hinter mir mündet in einem heftigen Schlottern. Wir erreichen einen Gang, welcher sich in Richtung Bug und Heck erstreckt.

Matrosen in weissen Uniformen hantieren an Geräten, und was uns auffällt ist, dass kaum ein Wort gesprochen wird. Pflichtbewusstsein und eiserne Disziplin herrschen in diesem stählernen Rumpf, Fehler sind nicht erlaubt. Jeder Handgriff wurde hundert Mal geübt, die Abläufe greifen ineinander wie das Räderwerk einer komplizierten Uhr.

In der Kommandozentrale empfängt uns der Kapitän des Schiffes. «Herzlich willkommen an Bord unseres U-Bootes. Wir werden alles daran setzen, diese Mission mit Ihnen erfolgreich durchzuführen. Mit Ihren Sendern sind Sie stets mit uns verbunden, Sie dürfen auf uns zählen, wir sind immer in Ihrer Nähe.»

Kommandos hallen durch den schlanken Rumpf, an einem mit Zählern und Instrumenten vollgestopften Pult übernehmen zwei Matrosen die Führung des Schiffs. Zeiger beginnen über die Skalen zu wandern. Auf grossen Farbdisplays erkennen wir sich bewegende digitale Zahlen, und auf einem Kartenplotter die israelische Küste und den sich nun verändernden Standort unseres U-Bootes. Fünfzig Meter unter der Meeresoberfläche nehmen wir Kurs auf die Küste Gazas. Es herrscht eine unheimliche Ruhe an Bord, ich meine ein kaum wahrnehmbares dumpfes Grollen, leichte Vibrationen der Propeller und vereinzelte Wassergeräusche zu erkennen, wahrscheinlich spielt meine Fantasie verrückt. «Sag mir, dass ich nicht träume, Silvan, alles ist so unwirklich und absurd.» Wir atmen heftig und schmiegen uns aneinander, die Zeit scheint stillzustehen.

«Bitte folgen Sie mir.» Ein Offizier begleitet uns in eine kleine Kammer in Richtung Bug. «Wir werden jetzt die notwendige optische Veränderung an Ihnen durchführen, Herr Aebischer.» Warum erst jetzt? Die Antwort gibt er gleich selbst. «Wir wollten verhindern, dass bereits vorher jemand Verdacht bezüglich ihrer Mission schöpfen könnte.» «Bitte setzen Sie sich.» Ein auf dem Boden festgeschraubter Metallstuhl dient als Arbeitsstätte. Ein Matrose, vermutlich im Zivilleben Hairstylist oder Maskenbildner, setzt sich auf den Stuhl gegenüber. Aus einer grossporigen, dunkelbraunen Ledertasche entnimmt er einen Haarschneider, um mir wenig später das Resultat seines Könnens mit dem Spiegel vor meinem Gesicht zu präsentieren. Mein erstes Grinsen seit langem, sogar Franziska vergisst für einen Moment ihre Sorgen. Ein Silvan Aebischer mit kurzgeschorenen Haaren. Seit meiner Rekrutenschule war dies nie mehr der Fall und ich hätte geschworen, vorausgesetzt die Natur habe ein Nachsehen mit mir, dies auch nie mehr der Fall sein würde.

Pinsel und Wattepads in Farbtöpfe mit dunkelbrauner Farbe getaucht, verbannen den letzten Rest Silvan Aebischer aus dem realen Leben. «Die Farbe hält eine Woche», meint der sichtlich stolze Maskenbildner. Hände und Arme bis zu den Ellenbogen, auch Füsse und Unterschenkel fallen nun der dunkelbraunen Farbe zum Opfer, die mir ein arabisches Aussehen verleiht.

«Bei Ihnen, Frau Löwenthal ist diese Farbveränderung nicht vorgesehen, Sie werden sich mit dem Nikab tarnen. «Immerhin ein kleiner Lichtblick.» So etwas oder Ähnliches lese ich aus Franziskas gestressten Gesichtszügen.

«Nun sollten Sie die Tauchausrüstung anziehen.» Ein kurzer Hinweis zu den Neoprenanzügen folgt, dann verlassen die beiden den Raum. Wortlos, mit nachdenklichen Blicken, entledigen wir uns der Kleider und schlüpfen in das schwarze Neopren.

Auf unser Klopfzeichen hin betrit der Offizier erneut die Kammer. «In einer Viertelstunde sind wir am vorgesehenen Ort, bitte begleiten Sie mich.»

Auf dem schmalen Stahlkorridor, beengt durch mehrere massive Stahlspanten, bewegen wir uns in Richtung Bug. Ich meine, bereits die Rundung des Buges zu erkennen, als uns der Offizier vor einem grossen, seitlichen Schleusentor bittet, zu warten. «Hinter dieser Schleuse liegt unser Unterwasser-Scooter. Ich werde Sie hineinbegleiten und bei den Startvorbereitungen helfen. Infolge der herrschenden Dunkelheit müssen Sie sich bei der Unterwasserfahrt zum Strand auf die beleuchteten Instrumente konzentrieren, nur durch sie ist eine Orientierung im tieferen Wasser möglich.»

Inzwischen ist unser U-Boot auf nur noch zehn Meter unter Meeresspiegel aufgestiegen. «Der reduzierte Wasserdruck wird es Ihnen erlauben, ohne Dekompressionszwischenhalt ans Ufer zu gelangen.» Bei der Schulung wurde uns diese Information mehrmals eingetrichtert, jetzt, in diesem extrem stressigen Moment, empfinde ich diese Erinnerung doch beruhigend, wenn man den Begriff «beruhigend» in dieser Situation überhaupt gebrauchen darf. Auch der wiederholte Hinweis, wegen Satellitenverbindung nie tiefer als zehn Meter zu tauchen, stärkt den

Glauben, nicht als Opfer für ein aussichtsloses Himmelfahrtskommando bestimmt zu sein.

Das Schleusentor öffnet sich, schaudernd nehme ich die einem Verlies ähnliche, schmale Stahlkammer zur Kenntnis. Der Scooter liegt auf Metallstützen, bereit für unsere hoffentlich nicht letzte Reise. In der wasserdichten Box für Wärmedecken und Schlafunterlagen entschwinden auch unsere vorher getragenen Kleider.

Aus einem nicht sichtbaren Lautsprecher ertönt das Kommando: «Noch fünf Minuten bis zum Countdown.» Franziskas letzter Rest Farbe ist aus ihrem Gesicht gewichen. Mit Unterstützung des Offiziers schafft sie es, die schwere Sauerstoffflasche an ihren Rücken zu wuchten. Auch das Hineinschlüpfen in die Schwimmflossen fällt ihr sichtlich schwer. Täusche ich mich oder sehe ich tatsächlich ein wohlwollendes Lächeln im Gesicht des hilfsbereiten Offiziers?

Nun heisst es Aufsitzen auf den Scooter. Eine letzte Hilfestellung des Offiziers. Er kontrolliert den perfekten Sitz unserer Taucherbrillen und das korrekte Einführen des Atemschlauches in unsere Münder.

Mit zuversichtlichem Augenzwinkern und den Daumen nach oben gerichtet verlässt er das kalte Stahlverlies, das Schleusentor schliesst sich.

Verstummt ist das uns während der Tauchfahrt begleitende leise Wummern, es herrscht eine unheimliche Ruhe. Eine Maus in der Mausefalle dürfte ähnlich empfinden wie wir beide in diesem Moment. Franziskas Hände liegen auf meinen Schultern. Ich fühle ihr heftiges Zittern, meine eigenen Stresshormone lassen Raum für Horrorszenarien in meinem Gehirn. Erbärmlich ertrinken, auf den Meeresgrund absinken, die Orientierung verlieren oder von den Propellern des losfahrenden U-Boots zermalmt werden – schrecklicher kann es nicht mehr kommen.

Das Wasser beginnt im Schleusenraum zu steigen. Beine, Unterschenkel, Hüften und Oberkörper versinken im Meerwasser. Obwohl ich viele Tauchgänge in meinem Leben bewältigt habe, empfinde ich den jetzigen Moment beim Eintauchen unserer Gesichter im kalten Nass bedrohlicher als je zuvor.

Die Aussenwand öffnet sich, den Vortrieb auf erste Stufe geschaltet, gleitet unser Scooter wie von Geisterhand geschoben weg von der Schleusenkammer, weg vom Stahlmonster in die rundum finstere Nacht. Erhellte damals bei meinem Tauchgang zur Kosta Konkordia noch Tageslicht die Szene, befinden wir uns jetzt im Dunkeln eines ungeheuerlich anmutenden Meeres.

Ein heftiger Rumpler, Schrecken lähmt meine Bewegungen, wir sind gegen den Rumpf des U-Bootes geprallt. Die aneinander schürfenden Metallkörper lassen einige Sekunden Kratzgeräusche erkennen, dann herrscht, abgesehen vom leisen Summen unseres Propellers, wieder Totenstille. Franziskas Hände liegen unverändert auf meinen Schultern. Ich bin ihr Fels in der Brandung. Gott sei Dank weiss sie nicht, auf welch rutschigem Sandboden ihr Felsen steht.

Durchatmen und konzentrieren, nie die Übersicht verlieren, es gibt immer eine Lösung. Mir selber Mut machen, heisst jetzt die Devise. Die Anzeige am Display bestätigt den korrekten Kurs zur Küste. Sieben Meter unter dem Meeresspiegel, Geschwindigkeit sechs Knoten, entspricht ungefähr elf Kilometern pro Stunde, nähern wir uns der Küste. Noch reagiert das Echolot nicht. Jetzt ein Flackern der Anzeige, einhundertfünfzig Meter unter uns erscheint erstmals Grund und mit schwindender Distanz zum Ufer steigt auch der Meeresgrund. Erneut überfallen mich Horrorgedanken. «Was wäre, wenn die Instrumente falsch anzeigen und wir aufs offene Meer abdriften oder uns das in voller Fahrt befindliche U-Boot rammt?

Einhundertzwanzig Meter über Grund, nun sind es noch einhundert Meter, die Anzeige muss stimmen. Wir sind auf dem Weg zum angepeilten Ufer. Was erwartet uns dort? Werden wir von der Al Traga bereits erwartet und dann kaltblütig umgebracht?

Siebzig Meter, fünfzig Meter Tiefe, das Ufer rückt näher. Noch immer ohne Sichtverbindung steuern wir der Küste entgegen. Infolge der herrschenden Dunkelheit könnte sich ein nicht sichtbarer Felsvorsprung oder sonst ein Hindernis verheerend auf unsere Aktion auswirken.

Ich drossle die Geschwindigkeit auf zwei Knoten. Noch zwanzig Meter Tiefe, fünfzehn Meter, zehn Meter, die Küste muss direkt vor uns liegen.

Rabenschwarze Nacht, ausser den Instrumenten auf dem Display kann ich noch immer nichts erkennen. Mehrmals wurde uns eingetrichtert, die Scheinwerfer nur im Notfall zu benutzen, und wenn, dann nur diejenigen in Richtung Meeresgrund. Mit dieser Bodenbeleuchtung wäre der Scooter für Menschen am Ufer kaum wahrnehmbar.

Gänsehaut versucht sich vergebens gegen das Neopren zu wehren. Jetzt im Licht der Bodenscheinwerfer erkenne ich Details am Meeresgrund. Dunkle Macchia, hellere Sandstellen, einige Meter voraus erneut etwas Dunkles; es entpuppt sich als grösserer Felsblock. Erstaunlich, wie einfach sich das Hindernis mit dem Scooter umfahren lässt. In einer Tiefe von sechs Metern trifft unser Scooter auf sandigen Boden. Der Bohrer tritt in Aktion und lässt das Ankergewinde zwei Meter tief in den sandigen Grund eindringen – unser Unterwasser-Scooter liegt gesichert am Anker. Ich drehe mich vom Sitz. Hinter den beschlagenen Gläsern der Taucherbrille erkenne ich zwei von Angst und Fragen gezeichnete Augen.

Im Hallenbad von Zug bis zur Perfektion eingeübt, vollziehen wir nun den Tausch des Atemschnorchels auf die eigene Sauerstoffversorgung. Vorsichtig nähern wir uns der Wasseroberfläche. Unerträgliche Spannung herrscht in diesen

Augenblicken beim Auftauchen. Hoffentlich erwarten uns keine mit Maschinenpistolen bewaffneten Männer. Eigentlich völlig überflüssig, diese Befürchtung, niemand ausser uns und dem israelischen Geheimdienst kennt unsere Mission. Weshalb ereilen mich solch verfluchte Horrorgedanken?

Taucherbrille nach oben, wir atmen ein erstes Mal frische Meeresluft. Vor uns in rund zwanzig Metern Entfernung erkennen wir die Umrisse des angepeilten Schuppens. Hier müssen wir unsere Basis einrichten und die Zeit abwarten, bis Anna um die Mittagszeit am Strand erscheint. Sollte Anna nicht eintreffen oder unvorhergesehene Ereignisse eine Planänderung erfordern, wäre es möglich, noch einen weiteren Tag und eine zusätzliche Nacht hier auszuharren. Ich ziehe das dünne Drahtseil aus dem Scooter und verankere es mit dem angehefteten Hering am Ufer. Dieses Drahtseil hilft uns, den Scooter jederzeit schnell wiederzufinden. Im Falle einer überstürzten Flucht würden wir entscheidende Sekunden gewinnen.

«Ich werde nun den Schuppen inspizieren, Franziska. In fünf Minuten bin ich wieder zurück. Bleib solange in der Deckung des Wassers. Sollte ich aufgegriffen werden, hättest du noch Zeit unterzutauchen und mit dem Scooter zu fliehen.» «Und wenn sie auf mich schiessen?» «Im Wasser bist du vor Gewehrkugeln geschützt.» Kopfschütteln. «Auf was habe ich mich nur eingelassen, Silvan?»

Einzig das leichte Plätschern der Brandung unterbricht die gespenstische Stille. Auf jedes Geräusch achtend, nähere ich mich dem düsteren Schuppen. Was erwartet mich dort? Sicherheitshalber trage ich noch immer die Tauchausrüstung. Wer weiss, vielleicht müsste ich mich überstürzt im Wasser in Sicherheit bringen. Dies ist auch der Grund, weshalb ich mich am Strand der behindernden Flossen entledigt habe.

Beim Schuppen angelangt, treffe ich auf eine dem Meer zugewandte Türe. Ich lausche ins Dunkel, kein Geräusch, absolute Stille. Die Türe ist nicht verschlossen. Quietschend gibt sie den Weg ins Innere frei. Erneut überzieht eine Gänsehaut meinen Körper. Wenn nun jemand in der Hütte schliefe? – Es schläft niemand in der Hütte. Im Licht der Taschenlampe tauchen Fischernetze, Kübel, Fischreusen, Bojen, Seile und weitere für den Fischfang benötigte Gegenstände in den Lichtstrahl. Der Boden ist trocken und von einer dünnen Staubschicht bedeckt. Beruhigendes zeigt sich auch auf meinen Fingern, als ich sie über die Netze und Reusen gleiten lasse – ebenfalls Staub, hier drinnen war schon lange niemand mehr.

Fünf Minuten habe ich für die Erkundung einkalkuliert, nun sind es zehn geworden. Hoffentlich ist Franziska noch nicht mit dem Scooter geflüchtet. Ich verlasse den Schuppen und renne zum Meer. Laut scheppern die Schläuche und der Lungenautomat an den Flaschen. Die Flossen liegen am von mir deponierten Ort – aber Franziska? Fehlanzeige! Gedämpft, aber in einiger Entfernung noch hörbar, rufe ich ihren Namen. Keine Antwort. Mit äusserster Willensanstrengung gelingt es mir, nicht in Panik zu geraten. Im Feindesland, nur mit Tauchausrüstung ausgestattet, ohne Waffen und ohne Fluchtmöglichkeit, da stehen meine Überlebenschancen sehr schlecht. Nochmals rufe ich ihren Namen. Keine Antwort.

Zwanzig Meter vom Ufer entfernt meine ich ein schwaches Glitzern zu erkennen. Hoffnung macht sich breit. Eventuell Franziskas sich im Sternenlicht spiegelnde Taucherbrille? Erneut erkenne ich dieses schwache Leuchten, dieses Mal näher am Ufer. Eine Hand taucht aus dem Wasser, eine Riesenlast fällt von meinen Schultern. Es ist Franziska, die mir zuwinkt.

«Im Schuppen befinden sich nur Fischerei-Gegenstände, Franziska. Wir werden nun den Behälter mit Kleidern und Schlafutensilien vom Scooter holen.»

Regenbogenfarben erheben sich aus grenzenlosem Schwarz, sie verkünden den baldigen Tagesbeginn. Erschöpft vom Stress der letzten Stunden und der vorhergehenden schlaflosen Nacht sinken wir im Innern des Schuppens auf die weiche Schlafunterlage. «Es ist bereits 10:00 Uhr, Silvan. Wir sollten uns doch vorbereiten.» Erschrocken schnelle ich empor. Verdammt, das Zeitfenster, in welchem wir Anna am Strand vermuten, beginnt in weniger als einer Stunde.

Die israelischen Satellitenaufnahmen lieferten gestochen scharfe Bilder über die Topografie und die ins Meer auslaufende Felsformation zwischen dem Schuppen und der Badestelle. Eine direkte Sichtverbindung zur Badestelle ist wegen des Felsens nicht möglich. «Ich werde mich kurz orientieren, Franziska.»

Der Kiesweg hinter dem Schuppen ist von Schlaglöchern übersät und dürfte nur mit Geländefahrzeugen befahrbar sein, er führt in Richtung Badestelle. Sand, Steine und flache Gebüsche säumen diesen Weg. Keine Möglichkeit, sich hier irgendwo zu verstecken. Als Ausweg bleibt mir nur die Strecke die Küste entlang, das sind vielleicht zweihundert Meter bis zum Felsen. Nach einigen Hindernissen in Form von grösseren Steinbrocken stehe ich an dessen Fusse. Über die letzte Felserhöhung spähe ich zum Badestrand. Eine Gruppe Menschen hält sich dort auf, immenser Stress in diesem Moment. Hoffentlich befindet sich Anna unter ihnen. Luftringend ziehe ich mich zurück. Der Blick durch das Fernglas bringt die Bestätigung.

Anna sitzt auf einem Liegestuhl, sie trägt einen Ganzkörper-Badeanzug, ihre Haare sind kurz, aber es ist unverkennbar Anna.

Ich brauche einen Moment, um mich zu besinnen. Erinnerungen werden wach, Anna gegenüber beim Dinner auf der Kosta Konkordia, verlegen streifte sie ihre dunkelbraunen Haare zurück, unsere Blicke trafen sich und wie es das Schicksal wollte, fanden sich in dieser Unglücksnacht zwei leidenschaftliche Menschen. Trauer und Niedergeschlagenheit raubten mir nach ihrem unerklärlichen Verschwinden jegliche Lebensfreude.

Zurück im Schuppen ist Franziska und mir ums Lachen und ums Weinen zugleich. Keine fünfhundert Meter von hier entfernt und zum Greifen nah sitzt Anna ahnungslos auf einem Liegestuhl.

Der schwerste Teil zur Befreiung Annas steht erst noch bevor. Es geht um alles oder nichts. Bleierne Lähmung, dann wieder heftige Nervosität bemächtigen sich unser, mehr kann man einem Menschen nicht zumuten. Bis zur Erschöpfung haben wir Annas Befreiung durchexerziert und unverhoffte Situationen mitberücksichtigt. Die Stunde der Wahrheit ist jetzt und hier – erbarmungslos.

Tschador und Nikab verhüllen Franziska, niemand wird unter der Verschleierung eine schöne, westliche Frau vermuten. Ihr gegenüber steht ein Mann mit Neoprenanzug und Tauchausrüstung. Wir umarmen uns – wird es das letzte Mal sein?


Franziska macht sich auf den Weg über die Kiesstrasse. In diesen Minuten durchlebt sie Himmel und Hölle. Zuerst war es leises Zittern, nun befällt Franziska unkontrolliertes Schlottern. Dutzende Male stand sie auf dem Laufsteg. Prominenz aus der Modewelt, einflussreiche Geschäftsleute und Politiker befanden sich meistens unter den Gästen. Sie war zu Beginn der Shows jedes Mal nervös – heute ist sie gelähmt vor Angst.

Franziska erreicht die Stelle hinter dem Felsen, welche den Blick auf den Badestrand freigibt. Auch ohne Fernglas erkennt sie Anna auf dem Liegestuhl sitzend, deren Blick ist dem Meer zugewandt. Welche Trauer und Sorgen sie seit ihrer Entführung wohl durchlebt hat?

Fünf Männer und drei weitere Frauen mit dunklen Burkinis zählt Franziska. Die jungen Männer um die dreissig dürften für Annas Bewachung zuständig sein. Annas Liegestuhl steht etwas abseits, aber noch immer in unmittelbarer Nähe zu den anderen

Badegästen. Der heikelste Moment ihrer Aktion beginnt jetzt. Sie muss unauffällig in Annas Nähe gelangen. Sie beginnt mit dem Sammeln von Muscheln und nähert sich vorsichtig Annas Liegestuhl. Zwei Männer beobachten sie argwöhnisch. Weshalb wohl, vielleicht ihrer Grösse wegen?

Das darf doch nicht wahr sein, Franziska bleibt wie angewurzelt stehen. Anna erhebt sich vom Liegestuhl und bewegt sich genau in Richtung der muschelsuchenden Frau. Jähe Gedanken und tausend Fragen jagen gleichzeitig durch Franziskas Kopf. Anna kann unmöglich Kenntnis von ihrer Anwesenheit haben. Annas Blick ist leer, sie nimmt Franziska nicht wahr, ihr Ziel gilt einem der kleinen Badehäuschen im Hintergrund. Reiner Zufall, vielleicht auch eine schicksalhafte Eingebung, lässt sie ihre Wege kreuzen.

Franziskas Beine versagen, sie stolpert und kommt zu Fall. Reflexartig gelingt es ihr noch, sich mit den Armen abzustützen. Franziska vermutet, was jetzt geschehen wird, und tatsächlich eilt Anna auf sie zu und streckt ihr die Hand entgegen.

Ihre beste Freundin, wochenlang totgeglaubt und tagelang beweint, reicht ihr helfend die Hand. Franziska möchte ihr Glück in den Himmel hinausschreien, Anna umarmen und nie mehr loslassen. In diesem Moment des unsäglichen Glücks wird ihr auf dramatische Weise bewusst, dass Leben und Tod noch nie so nahe beieinander standen wie jetzt. Ruhe bewahren, Gefühle auf später verschieben und nur keine überstürzten Handlungen in dieser kritischen Phase ihrer Begegnung.

«Erschrick nicht Anna, wir werden dich retten.» Anna fällt in eine kurze Schockstarre, die verschleierte Frau spricht Deutsch und will sie retten. Ungläubig schüttelt Anna den Kopf. Ist sie noch bei Sinnen oder erwacht sie aus einem unwirklichen Traum? Erst nach und nach erkennt sie die Stimme der verschleierten Frau. In diesem erlösenden Augenblick und im Freudentaumel nimmt sie die sie aufmerksam beobachtenden Männer wahr. Jäh wird auch ihr die tödliche Gefahr bewusst, sollten die Männer mitbekommen, was sich zwischen den beiden Frauen abspielt. Franziska hält ihr Gesicht von den Männern abgewandt und flüstert: «Schwimm zur Boje hinaus, Anna. Wenn du verstanden hast, nicke sanft mit dem Kopf.» Ihre Blicke begegnen sich. Was die vier Augen im Augenblick ausdrücken, ist in Worten nicht zu fassen. Das erlösende Nicken folgt mit einer kleinen Verzögerung.

Franziska sammelt die aus der Tasche gefallenen Muscheln ein und setzt die Muschelsuche fort. Aus den Augenwinkeln verfolgt sie die ihr unberechenbar erscheinenden Männer. Der Nikab verdeckt nun auch diese letzte Möglichkeit einer Orientierung nach hinten. Sie weiss nicht einmal, ob Anna den Sinn ihrer Worte wirklich begriffen hat und sich auf dem Weg zum Meer befindet.

Franziskas abrupte, im rechten Winkel erfolgte Drehung werden die sie beobachtenden Männer dem Auffinden einer besonders schönen Muschel zuschreiben. Franziskas Absicht ist eine andere, sie erhält wieder Sichtkontakt zu den Männern und mit grosser Erleichterung erkennt sie die auf das Meer zuschreitende Anna.

In dieser brandgefährlichen Situation erlebt Franziska ein erstes Mal so etwas wie Entspannung, es gelingt ihr, die Schritte wieder zu koordinieren, das beklemmende Beineschlottern weicht einem schwachen Zittern.

Männerblicke verfolgen Anna auf dem Weg zum Meer. Auch mit unvorteilhaftem Burkini, ohne Make-up und mit kurz geschnittenen Haaren bleibt Anna, was sie ist: eine bildschöne Frau. Annas Füsse erreichen das Wasser und nach einigem Zögern schickt sie sich an, tiefer ins Wasser vorzudringen.

Gebannt verfolgen die Männer die in Richtung Boje schwimmende Anna. Kopfschüttelnd und heftig diskutierend können sie offensichtlich nicht begreifen, weshalb dieses verrückte deutsche Weib so weit ins Meer hinausschwimmt. Vergessen ist die verschleierte, grossgewachsene Frau. Es entgeht ihnen auch, dass Franziska keine Muscheln mehr einsammelt und im Schutze der Badehäuschen den Weg zurück eingeschlagen hat. Heftig geht ihr Atem, noch fehlen fünfzig Meter, bis der rettende Felsen den Blick zu den Männern verdeckt. Eine letzte Kopfdrehung zurück, sie erkennt die schwimmende Anna wenige Meter vor der Boje.

Dem dünnen Drahtseil folgend, dringe ich tiefer ins Wasser. Normalerweise würde der Anblick des türkisblau schimmernden Meeres Freudengefühle in mir auslösen. Heute nicht. Mein Blick gilt dem ins Meer hinausragenden dunklen Felsen. Ein ungutes Gefühl begleitet mich auf diesen ersten Metern. Vom Schuppen bis ins Wasser besteht keine Deckungsmöglichkeit. Hoffentlich sucht im Moment niemand einen Sonnenplatz auf dem Felsen oder hat sich bereits dort niedergelassen. Meine Tauchausrüstung könnte Aufmerksamkeit erwecken und die ganze Mission scheitern. Ein erstes Mal darf ich aufatmen, mein Körper liegt nun vor Blicken geschützt im Meer, einzig die Augen ragen über die Wasserlinie.

Nichts scheint sich beim Felsen zu rühren, die Menschen ziehen es vor, am bisherigen Ort zu verweilen. Gespenstische Ruhe herrscht in dieser scheinbar menschenleeren Gegend. Hie und da vernehme ich das Geräusch eines in grosser Höhe fliegenden Flugzeuges und vereinzelt Motorengeräusch eines Autos oder Motorrades.

Wie eine sichere Burg erscheint in einer Tiefe von sechs Metern mein Unterwasser-Scooter. In diesem Moment erfasst mich ein eigenartiges Sicherheitsgefühl, alles scheint selbstverständlich. Erliege ich in diesem Moment einer trügerischen Sicherheit? Dann wieder bemächtigen sich Zweifel meiner ob dem Gelingen unseres gefährlichen Planes. Meine Gedanken kreisen um Franziska, schafft sie es, ohne die Aufmerksamkeit der Badegäste zu wecken, Kontakt mit Anna aufzunehmen?

Diese und ähnliche belastende Gedanken nisten sich nun hartnäckig in meinen Geist.

Das Betätigen der Einschalttaste am Scooter bringt Erleichterung. Hörbar dreht sich der Gewindeanker aus dem Sand und nach dem Einlegen des Vortriebes setzt sich der Scooter in Richtung Felsvorsprung in Bewegung.

Eigentlich ein wunderbares Gefühl, auf einem Unterwasser-Motorrad zu reiten, wäre da nicht diese schreckliche Ungewissheit. Von der hochstehenden Sonne beleuchtet, erscheint die Meeresfauna in traumhaften Farben. Nach zweihundert Metern treffe ich auf erste Ausläufer des Felsvorsprunges. Ich umfahre den Felsen und lasse den Scooter vorsichtig an die Oberfläche steigen.

Wie im Hallenbad Zug hundert Mal mit dem Gummiball geübt, finde ich die echte Boje, sie ist kaum dreihundert Meter von mir entfernt. Der Felsvorsprung verhindert jedoch den Blick zum Strand und zu den dortigen Menschen. Ich muss die Boje im Lasergerät anpeilen und in sechs Metern Tiefe nimmt der Scooter erneut Fahrt auf. Nur dank dieser Navigationshilfe ist es überhaupt möglich, das dünne Seil, an welchem die Boje befestigt sein dürfte, zu finden.

Endlose Sekunden verstreichen, nur das Geräusch des Propellers und der austretenden Luftblasen des Lungenautomaten ist zu hören – die beinahe unerträgliche Anspannung lässt mich heftig vom Sauerstoffreservoir des Scooters zehren.

Das Seil liegt nun direkt vor mir, im Schatten oberhalb erkenne ich die an der Wasseroberfläche im leichten Wellengang wiegende Boje. Auf drei Metern Tiefe verankere ich den Scooter am Seil und tauche hinauf auf die dem Festland abgewandte Seite der Boje. Am Strand sehe ich eine verschleierte Frau beim Einsammeln von Muscheln, alles verläuft nach Plan. Anna erhebt sich vom Liegestuhl und wählt den direkten Weg in Richtung der Muscheln sammelnden Franziska. Mein Blut will in den Adern gefrieren. Was zum Teufel geht hier vor? Hat Franziska ihr etwa zugerufen? Laufen die beiden Frauen direkt ins Verderben? Es kommt noch schlimmer, Franziska stolpert und fällt hin. Anna eilt zu ihr und streckt ihr hilfsbereit die Hand entgegen, alles unter den gebannten Blicken der anwesenden Männer und Frauen. Ich erwarte eine Reaktion der Männer, eine Reaktion, welche für Franziska und Anna verhängnisvoll sein würde.

Wir sind in einem arabischen Land, Frauen sind minderwertig, ihrem gesellschaftlichen Stellenwert entsprechend, fühlt sich keiner der Männer dazu berufen, wegen diesen Weibern auch nur den Hintern zu heben.

Einen kurzen Moment stehen die Frauen einander gegenüber. Jetzt begreife ich auch, weshalb Anna sich vom Liegestuhl erhob – sie war auf dem Weg zu den Badehäuschen im Hintergrund. Eine Zentnerlast fällt von meinen Schultern, noch wage ich nicht aufzuatmen, welche Bedrohung erwartet uns wohl als Nächstes? Die wichtigste Frage ist ebenfalls nicht geklärt: Gelang es Franziska, ihre Mitteilung anzubringen und hat Anna begriffen, was sich hier unter der warmen Mittagssonne abspielt?

Während Franziska mit dem Einsammeln von Muscheln weitermacht, tritt Anna aus dem Badehäuschen und schreitet zielstrebig dem Meer entgegen. Sie muss Franziskas Worte verstanden haben, weiss aber bestimmt nicht, weshalb sie zur Boje hinausschwimmen soll.

Gebannt verfolgen die Männer die ins offene Meer hinausschwimmende Anna mit den Augen. Keiner nimmt in dieser für uns stressigen Situation den Rückzug von Franziska wahr.

Anna schwimmt, sie schwimmt um ihr Leben. Noch fehlen fünfzig Meter bis zur Boje. Zwei Männer erheben sich, ich meine, einen mit einem Fernglas zu erkennen.

Von der Boje verdeckt und nur mit einem Auge aus der Deckung hervorschauend erkenne ich die angstverzerrten Gesichtszüge der auf mich zu schwimmenden Anna.

Jetzt sieht sie den Mann mit Taucherbrille hinter der Boje. Sie erschrickt offensichtlich und vergisst für einen kurzen Moment die Schwimmbewegungen.

«Erschrick nicht, Anna, ich werde dich retten. Mach genau, was ich dir jetzt sage. Du hältst dich mit der linken Hand an der Boje fest und blickst in Richtung Strand. Wenn du verstanden hast, nicke.» Anna nickt. «Ich werde dir eine Tauchausrüstung umschnallen, dann tauchen wir zusammen ab, hast du verstanden?» Das Nicken erfolgt zögerlich – sie, die Frau ohne Taucherfahrung, soll mit diesem unbekannten Mann in die Tiefe tauchen. Keine Minute ist verstrichen, seit sie sich an der Boje festhält. Anna trägt nun die Tauchflasche und den Bleigurt an ihrem Körper. Vom Strand aus konnte niemand erkennen, was unter der Wasserlinie geschah.

Noch immer im Schutze der Boje erkläre ich Anna in langsamen und deutlich gesprochenen Worten das weitere Vorgehen. «Auf mein Zeichen hin wirst du um Hilfe rufen und dies mit winkenden Bewegungen unterstützen. Dann führe ich dich hinter die Boje, werde dir die Taucherbrille anziehen und den Atemschlauch in den Mund schieben.» Ich wiederhole mich. «Wenn du verstanden hast, nicke.» Anna nickt. «Wir werden nur auf drei Metern Tiefe tauchen. Wenn der Druck im Ohr zunimmt, klemmst du den weichen Gummiteil bei der Nase zu und übst Druck auf die Nase aus. Hast du begriffen?» Erneut folgt ein Nicken. «Bist du bereit zum Tauchen?» Anna nickt. Ich glaube, sie hat inzwischen erkannt, welcher Mann sich hinter der Taucherbrille versteckt. «Jetzt rufe um Hilfe und winke heftig mit der Hand.» Da die Boje meine Sicht verdeckt, habe ich keine Ahnung, welche Reaktion ihre Hilferufe an Land auslösen. Ich ziehe sie hinter die Boje und in weniger als zehn Sekunden sitzt die Taucherbrille auf Annas Gesicht und der Atemschnorchel in ihrem Mund. Wir tauchen ab. Anna atmet heftig, aber immerhin, sie atmet. Meine Handzeichen geben ihr zu verstehen, wie sie sich auf den Unterwasser-Scooter setzen muss und wo sie sich festhalten soll.

Ich entferne die Halteschnur an der Boje und sofort setzt sich der Scooter in Richtung Felsen und Schuppen in Bewegung. Vielleicht zwanzig Meter liegen hinter uns. Ein Motorengeräusch, im Wasser über grosse Distanzen gut hörbar, kommt schnell näher. Vermutlich besitzen die Männer von Al Traga einen Jet-Ski und machen sich auf die Suche nach Anna. Sie werden bei der Boje, wo sie Anna zuletzt gesichtet haben, nach ihr zu suchen beginnen. Mit sechs Knoten entfernen wir uns weiter von der Boje. Das Motorengeräusch ist verstummt, wir befinden uns inzwischen hundert Meter von der Boje entfernt. Schwache Motorengeräusche lassen darauf schliessen, dass der oder die Männer in langsamer Fahrt mit dem Wasser-Motorrad in einem grösseren Kreis um die Boje nach Anna suchen. Keiner von ihnen kann wissen, was sich in den letzten beiden Minuten bei der Boje abspielte. Sie werden davon ausgehen, Anna sei ertrunken.

Mindestens dreihundert Meter liegen zwischen uns und der Boje. Meine Aufmerksamkeit gilt nun der dunklen Felsmasse und deren Umfahrung. Meine Atmung wird ruhiger und beim Blick nach hinten meine ich, Ähnliches bei Anna zu erkennen. Täusche ich mich oder sehe ich tatsächlich ein Lächeln in ihren Augen?

Wir erreichen die Stelle auf Höhe des Schuppens, an welcher der Unterwasser-Scooter bereits einmal vor Anker lag. Ich bedeute Anna, auf dem Scooter sitzen zu bleiben und tauche an die Oberfläche. Alles scheint ruhig, ob Franziska wohl schon zurück ist?

Den Männern auf dem Jet-Ski ist die Sicht zum Schuppen durch den Felsen verdeckt, von ihnen droht kaum Gefahr. Für sie besteht auch kein Grund, weiter als fünfzig Meter von der Boje entfernt nach Anna zu suchen.

Gemeinsam steigen Anna und ich an die Oberfläche. Taucherbrille zurück, Atemschnorchel aus dem Mund, Anna klammert sich an ihren Retter. Sie lacht und weint.

Noch ist die Gefahr nicht beseitigt. Jetzt folgt ein besonders kritischer Moment. Wir müssen unbeobachtet zum Schuppen gelangen. Den letzten Meter Wasser ausnützend, schieben wir uns bäuchlings an den Strand und eine Minute später gelangen wir ins Innere des Schuppens.

Zwei Frauen fallen einander in die Arme. Aufgestaute Sehnsucht, Trauer, Leid, alles bricht in diesem Augenblick über sie herein. Freudentränen des Glücks und des wiedergewonnenen Lebens lassen die beiden Frauen ineinander verschmelzen.

Annas Weinen verändert sich, waren es bisher Freudentränen, entwickelt sie nun ein tiefes Schluchzen. «Sie werden uns alle umbringen.» Franziskas Hände streicheln über Annas Wangen. «Weshalb diese Angst, Anna? Wir haben es doch schon fast geschafft.»

Inzwischen sitzen wir auf einer aus Körben und Fischernetzen zusammengefügten Sitzgruppe. Gebannt folgen zwei Augenpaare Annas deprimierenden Ausführungen. «Ich musste mitansehen, wie ein Junge erschossen wurde. Abdullah, der Chef der Bande, schoss ihm von hinten in den Kopf. Er sei ein Verräter gewesen. Er habe für die Israelis spioniert, und er sagte, wenn ich mir die leiseste Verfehlung erlaube, werde er mich auf dieselbe Art bestrafen.» Anna hält einen Moment inne. «Wenn die Männer uns jetzt erwischen, ereilt uns alle das gleiche Schicksal.» Behutsam gleitet meine Hand über ihre kurz geschnittenen Haare. «Sie werden uns nicht erwischen, Anna, das garantiere ich dir. Noch bis zum Eindunkeln müssen wir hier ausharren, dann fliehen wir unter Wasser in die Freiheit. Alles ist organisiert.»

Anna schlottert, die Kälte unter Wasser hat ihr zugesetzt und auch der Schock der letzten halben Stunde hat Spuren hinterlassen. Franziska hilft Anna aus dem Burkini und beim Anziehen der mitgebrachten warmen Kleider. «Danke schön, ihr seid so lieb.» Erneut fliessen Tränen aus ihren dunklen Augen.

Anna sitzt uns gegenüber, Trauer spricht aus jeder Pore ihres Gesichtes. Was sie wohl alles durchgemacht hat? Franziska reicht ihr ein Sandwich, Orangensaft und einige Aufbaupräparate.

Ein sanftes Lächeln und ein leises Nicken lassen ihre wiederaufkeimende Hoffnung, alles werde sich zum Guten wenden, erahnen. Minuten verstreichen, nur langsam löst sich Annas Lethargie und immer wieder sagt sie: «Ich kann es nicht glauben, ihr seid verrückt. Träume ich oder sitze ich wirklich hier mit euch beiden in diesem Schuppen?»

Ein nochmaliges tiefes Seufzen, dann sagt Anna: «Weisst du, Silvan, deine Überzeugung, keinen Fehler bei der Kursberechnung der Kosta Konkordia gemacht zu haben, war völlig richtig. Der Schiffskurs wurde von meinen Entführern manipuliert – das Schiff musste in Giglio auf Grund laufen und sinken. Verantwortlich ist Al Traga, eine Terrororganisation aus Gaza, ihr Führer heisst Abdullah. Menschenleben spielen keine Rolle, ganz im Gegenteil, je mehr ungläubige Tote, umso besser. Die Al Traga hatte es einzig auf die mitgeführten elektronischen Bauteile israelischer Abwehrraketen abgesehen.»

Franziska ist ebenso sprachlos wie ich. Tagelang haben wir uns mit Gedanken herumgeschlagen, warum der Schiffskurs manipuliert wurde und was in den grossen Holzkisten transportiert wurde, und nun klärt uns Anna, als wäre es die selbstverständlichste Sache der Welt, ohne Emotionen in einem kurzen Satz über den wahren Sachverhalt auf. Anna erzählt weiter: «Ein Terrorist wurde in einem unbeobachteten Moment in Civitavecchia in eine der Holzkisten eingeschleust. Er war mit Messgeräten ausgerüstet und es gelang ihm, den Code aus dem Abwehrsystem auszulesen.» «Etwas begreife ich nicht», sage ich. «Weshalb liessen sie dann die Kosta Konkordia trotzdem auf das

Felsenriff auflaufen, sie hatten ja die Informationen?» «In den elektronischen Bauteilen war eine Speicherfunktion eingebaut, welche den Israelis erlaubt hätte zu erkennen, ob die Geräte manipuliert wurden – diese Informationen aus einem gesunkenen und teilweise zerstörten Schiff herauszulesen, schien den Terroristen nicht mehr möglich.» Ich sinne hörbar vor mich hin: «Skrupellos nahmen die Terroristen in Kauf, Tausende Menschen zu opfern.» Ich schüttle den Kopf, «Wie weit es die Menschheit doch gebracht hat.»

Der Getränkebecher hat sich geleert. Franziska giesst nach, einen, zwei kräftige Schlucke, auch der letzte Bissen Sandwich verschwindet in hungrigem Munde.

Anna kämpft erneut mit den Tränen. «Ein riesiges Blutvergiessen steht uns bevor. In ein, zwei Tagen sind die Kassam-Raketen der Hamas umgerüstet, mindestens zweihundert Stück sollen innerhalb weniger Stunden auf Israel abgefeuert werden. Die israelischen Abwehrraketen sind durch die veränderte Software der Kassam-Raketen nicht mehr dazu in der Lage, diese abzuschiessen. Ihr könnt euch denken, wie die Antwort der Israelis ausfallen dürfte. Die werden alles kurz und klein bombardieren.» Annas Augen sind gerötet. «Die letzten Wochen waren furchtbar, das Drama begann an jenem Morgen auf Giglio, in welchem du nochmals auf den Polizeiposten musstest. Vielleicht zehn Minuten warst du ausser Hause, als die Männer in das Haus eindrangen, mich überwältigten und mit einer Spritze betäubten. Erwacht bin ich hier in Gaza, wo ich nun Abdullah als Lustobjekt diente. Ich durfte mit niemandem sprechen und wusste auch nie, was um mich herum geschah – einfach schrecklich.» Tränen suchen den Weg über ihre Wangen.

Es ist nicht der Moment, um Anna über den Tod des alten Mannes in Giglio aufzuklären. Ähnliche Überlegungen meine ich aus Franziskas fragendem Gesichtsausdruck zu entnehmen. Wahrscheinlich behalte ich dieses Wissen sowieso für immer für mich.

«Ist diese Armbanduhr jetzt so wichtig, Silvan?» Verunsichert streckt mir Anna den Arm entgegen. Mein Lächeln irritiert die gezeichnete Frau. «Diese Armbanduhr ist vor allem ein Signalgeber. Wenn du nun die blaue Taste drückst, wissen unsere Retter auf den Meter genau, wo sie dich finden werden.

«Abdullah, Abdullah!» Völlig ausser Atem ringt der Terrorist seine Worte aus sich heraus. «Die Deutsche ist ertrunken.» Keine Reaktion. Die Stimme des Terroristen überschlägt sich. «Sie ist ertrunken, hörst du mich, Abdullah, verdammt nochmal, die Deutsche ist ertrunken, wo bist du?» Er hält sich am Türrahmen fest, ihm wird schwindlig. Die Gardine wird zur Seite geschoben, unrasiert und mit grimmigem Gesichtsausdruck erscheint Abdullah unter dem Türbogen und sagt schlaftrunken: «Was faselst du da?» Es gelingt ihm nicht, die Worte seines Komplizen zuzuordnen. Dieser hält sich noch immer am Türrahmen fest, jede Farbe ist aus seinem Gesicht gewichen, und Abdullah fixierend sagt er: «Die Deutsche ist ertrunken.» «Sag das nochmal.» Abdullah stottert, dermassen aufgewühlt hat ihn noch nie einer seiner Kämpfer erlebt. «Wo ist das passiert und wo habt ihr sie hingebracht?» «Am Ort, wo wir jedes Mal um die Mittagszeit verweilen. Ihre Leiche haben wir noch nicht gefunden.» Abdullah kämpft, er dreht sich zur Seite, Allahs Rächer zeigt Gefühle. «Bring mich sofort hin, ich will wissen, was geschehen ist.» Wenige Minuten später springt Abdullah vom Sozius des Motorrades. Die Staubfahne legt sich erst allmählich. Heftiges Husten. «Was zum Teufel ist geschehen, wo soll sie ertrunken sein?» Alle stehen herum, es herrscht riesige Nervosität. Abdullah ist unberechenbar, hoffentlich sucht er nicht nach einem Schuldigen. «Ich will alles wissen, von eurem Eintreffen hier bis zu jenem Augenblick.» Er hält inne, Blicke begegnen sich, ihnen ergeht es wie ihrem Mitkämpfer, Abdullah ist aufgewühlt von menschlichen Gefühlen!

Derjenige mit dem umgehängten Fernglas ergreift das Wort. «Wie immer trafen wir kurz vor 11:00 Uhr hier ein. Wir holten die Liegestühle aus den Häuschen und positionierten uns.» Seine Hand weist auf den Liegestuhl am Rande. «Dieser wurde von der Deutschen benutzt. Kurz vor 13:00 Uhr erhob sie sich und ging, wie sie das immer tat, zum Badehäuschen und begab sich anschliessend ins Wasser. Dieses Mal schwamm sie viel weiter hinaus – bis zur Boje. Offensichtlich mit schwindenden Kräften klammerte sie sich daran fest, wir alle haben dies beobachtet und sind der gleichen Meinung, sie war erschöpft. Bestärkt wurden wir auch durch ihre Rufe und ihr hilfloses Winken.» «Glaubt ihr, dass sie sich umbringen wollte?» «Das haben wir auch diskutiert, es könnte sein, weshalb sonst ist sie so weit hinausgeschwommen?» Abdullah sinnt vor sich hin. «Habt ihr etwas Aussergewöhnliches an ihrem Verhalten festgestellt, war sie anders als sonst, vielleicht nervös, wütend oder weinte sie?» Alle Anwesenden schütteln des Kopf. «Da war vielleicht etwas», meldet sich eine der Frauen. «Als sie sich erhob und zum Badehäuschen lief, begegnete ihr eine Frau.» Adullah fragt hellwach: «Was wollte diese Frau?» «Sie war mit dem Sammeln von Muscheln beschäftigt.» «Haben sich diese beiden Frauen gekannt, suchten sie den Kontakt zueinander?» Einheitliches Kopfschütteln. «Das war wirklich Zufall, die Deutsche wusste nichts von dieser Frau, ihr Blick galt die ganze Zeit vorher dem Strand und dem Meer.» «Wie sah diese Frau aus?» «Sie war verschleiert, wir wissen nur, dass sie grossgewachsen war.» «Und warum wisst ihr, dass es eine Frau war?» «Es war eindeutig eine Frau», äussern sich alle anwesenden Frauen gleichzeitig. «Sie ist gestolpert und beim Hinfallen konnte man ihre Fussgelenke und den unteren Teil ihrer Beine erkennen. Die Deutsche half ihr beim Aufstehen.» Abdullah reibt sich den Bart. «Haben diese Frauen miteinander gesprochen?» Wie auf Kommando tönt es aus mehreren Mündern: «Das glauben wir nicht, vielleicht zehn Sekunden dauerte diese Begegnung, da war ein Gespräch nicht möglich.»

«Ich glaube erst an Annas Tod, wenn wir ihre Leiche gefunden haben. Holt mir meine Tauchausrüstung, ich werde nach ihr suchen.» Erstaunen in den Gesichtern, Abdullah nennt die Deutsche mit Namen. Gefühlsregungen bei Allahs Rächer – noch vor wenigen Tagen undenkbar. Abdullahs Hand gleitet noch intensiver über den Bart. «Sie weiss alles, sie kennt auch unsere Absicht mit den Raketen und vielleicht noch den Standort ihrer Umrüstung. Ab sofort werdet ihr die Wachen am Eingang verdoppeln.» Und mehr zu sich selbst: «Dieser Schweizer Hurensohn mit dem Mercedes, vielleicht hat er die Hände im Spiel. Sucht den Strand ab, mindestens einen Kilometer in jede Richtung, da vorne steht ein Schuppen mit Fischfanggeräten, durchsucht auch diesen.»

Nachdenklich streift meine Hand durch das Haar. «Meine Informationen über Abdullah lassen nicht nur auf einen kaltblütiger Killer, sondern auch auf einen gewieften Strategen schliessen. Es würde mich nicht überraschen, wenn er trotz deinem vermeintlichen Tod eine Suchaktion nach dir startet. Wir können uns nicht erlauben, länger im Schuppen zu bleiben. Packt eure Ware und zieht euch ins Macchia-Wäldchen zurück. Inzwischen werde ich den Scooter mit der Kleiderbox tiefer im Meer verankern.»

Zehn Meter Tiefe zeigt das Lot, der Gewindeanker tritt in Aktion. Das Seil mit dem Hering werde ich dieses Mal nicht mehr verwenden. Am Strand ist der Scooter nicht erkennbar und zur Wiederauffindung dienen zwei grössere, von mir in einer Linie ausgerichtete Steine. Letzte Kontrolle im Schuppen.

Aua, das hätte ins Auge gehen können. Die beiden Frauen haben vergessen, die behelfsmässige Sitzgruppe mit den verräterischen Abdrücken unserer Hintern wieder zurechtzurücken. Bei einer Kontrolle müsste dies auffallen, und auch über die Anzahl der Personen, die im Schuppen waren, wüsste man sofort Bescheid.

Ich atme auf, die letzten zweihundert nicht geschützten Meter zurück zu den Frauen bis zum Macchia-Wäldchen habe ich unbehelligt überstanden. Erleichterung auf Annas und Franziskas Gesichtern, ein weiterer Schritt zur erfolgreichen Befreiungsaktion scheint uns gelungen.

Franziska erkennt sie zuerst. «Da, die zwei Männer vom Felsen rennen in Richtung Schuppen.» «Es sind Abdullahs Männer», bestätigt Anna. Sie drückt mir das Fernglas in die Hand. «Man weiss nie, vielleicht hilft es dir, sie später wiedererkennen zu können.»

Fünf Minuten sind verstrichen, noch halten sie sich im Schuppen auf. Meiner Meinung nach viel zu lange für eine routinemässige Kontrolle. Haben sie etwas entdeckt, was mir entgangen sein könnte und uns nun in Schwierigkeiten bringt? Den Schuppen habe ich genau inspiziert, kein Sandwich-Papier oder sonst verräterische, auf unsere Anwesenheit hinweisende Gegenstände haben wir zurückgelassen. Es sei denn – jetzt läuft es mir kalt über den Rücken – sie fanden Fingerspuren auf den staubigen Geräten und Fussabdrücke am Boden. Die Männer laufen um den Schuppen und nehmen den Strand näher ins Visier. Den Unterwasser-Scooter können sie nicht sehen, aber, und dies frage ich mich in diesem Moment, eventuell unsere Flossenabdrücke vom Strand bis zum Schuppen. Der Strand ist steinig und es sollten keine verräterischen Spuren hinterlassen werden – trotzdem bin ich verunsichert. Die Männer sind auf dem Rückweg, ich täusche mich nicht, sie laufen schneller als vorhin. Denen traue ich zu, den Meeresgrund vor dem Schuppen untersuchen zu wollen. Sollten sie mit einer Tauchausrüstung zurückkehren, wovon ich ausgehe, wird es brenzlig.

«Ich muss den Scooter umparken, bleibt solange im Versteck, hier sucht niemand nach Anna. Eine sanfte Umarmung, zwei Küsse und aus sorgenvollen Gesichtern: «Pass auf dich auf, Silvan, bitte. Die Männer sind soeben hinter den Felsen entschwunden.»

Mit Tauchflasche am Rücken und Taucherbrille auf dem Kopf, aber ohne Flossen und Ausgleichsgewicht, renne ich zum Strand. Wenn meine Befürchtungen zutreffen, dürften sie in zehn Minuten zurück sein, bis dann muss ich den Scooter am neuen Standort verankert haben. Vom hiesigen Standort bis ungefähr fünfhundert Meter in Richtung Gaza-Stadt reicht das Macchia-Wäldchen. Dort, in fünfzehn Metern Tiefe, wird bestimmt niemand nach einem Unterwasser-Scooter suchen – ich werde den Scooter dort vor Anker legen. Im Schutze des Wäldchens wird es mir gelingen, unbehelligt zurück zu den beiden Frauen zu gelangen.

«Was soll mit dem Schuppen nicht stimmen?», lautet die emotional geladene Frage einer der wartenden Männer. Ausser Atem erklären die Zurückgeeilten ihre Beobachtungen. «Im Schuppen müssen sich vor kurzem Menschen aufgehalten haben. Wir fanden Handabdrücke auf den Staubschichten und Fussspuren am Boden, die sind vollkommen frisch.» «Wir sollten Abdullah informieren, wo zum Teufel ist er wieder?» «Der sucht noch immer nach der Deutschen.» Mehrere Hände zeigen in Richtung Boje.

Die Rufe gelten dem Fahrer des Jet-Skis bei der Boje. Er scheint begriffen zu haben, dass die Aufregung mit dem Verschwinden der Deutschen zu tun haben muss und versucht nun seinerseits, den am Meeresgrund tauchenden Abdullah auf sich aufmerksam zu machen. Bange fünf Minuten verstreichen. Abdullah taucht an die Oberfläche. «Was zum Teufel soll deine Winkerei?» «Die scheinen etwas entdeckt zu haben.» Er macht eine Kopfbewegung in Richtung Strand.

Mit heulendem Motor rasen die beiden den gestikulierenden Menschen am Strand entgegen. Abdullah ist aufgebracht. «Verflucht, was wollt ihr mir mitteilen?»

Die Männer wiederholen ihre Beobachtungen mit den Spuren im Schuppen. «Vermutlich sind Menschen vom Meer her zum Schuppen gelangt. Im Sandstreifen zwischen Wasser und Kiesbereich fanden wir ebenfalls frische Spuren, sie müssen von Flossen stammen.» Wütend und mit hochrotem Kopf schreit Abdullah: «Ich glaube zu wissen, weshalb die Deutsche bei der Boje nicht auffindbar ist. Die ist abgetaucht! Dieses verschleierte Weibsbild gab ihr einen Hinweis. Führe mich zum Schuppen, ich werde den Meeresgrund vor dem Schuppen absuchen.»

Abdullah springt beim Schuppen vom Jet-Ski. «Nur noch für zehn Minuten Sauerstoff in der Flasche, das sollte reichen.» Kaum abgetaucht, erscheint er erneut an der Oberfläche. Wortlos setzt er sich auf den Jet-Ski. In gereizter Tonlage sagt er: «Fahr mich zurück zu den anderen.»

Es herrscht Aufregung. Niemand hat mit der schnellen Rückkehr Abdullahs gerechnet. Die wutverzerrte Mimik Abdullahs spricht Bände. «Warum habt ihr nichts unternommen, als die Deutsche dermassen weit hinausschwamm?», schreit er wütend. «Ihr habt es vermasselt, die hat uns verarscht, keine Spur von Erschöpfung, die musste zur Boje hinausschwimmen, weil sie dort erwartet wurde.»

Keiner wagt eine Bemerkung, jeder weiss, dass kein Boot bei der Boje vor Anker lag, mit welchem Anna hätte flüchten können. Man widerspricht Abdullah nicht, vor allem nicht in dieser explosiven Situation. «Hast du geschlafen?» Abdullahs Hand zeigt auf den Mann mit dem Fernglas am Hals. «Jedes Kind hätte den Taucher bei der Boje sehen müssen, was bist du für ein unbrauchbarer Versager.» In Erwartung einer Strafaktion verfallen die Männer und Frauen in Schockstarre. Totenstille, nur die Brandung ist zu hören. Irgendwo zieht ein Flugzeug seine Bahn. Abdullah greift sich einen Liegestuhl. «Setzt euch. Ich weiss, wie die Deutsche abgehauen ist. Der Abdruck in der Meeresfauna vor dem Schuppen bestätigt meine Vermutung. Sie stammen von einem Unterwasser-Scooter, wie ihn die Israelis verwenden. Diese Aktion muss von langer Hand vorbereitet gewesen sein.» Nachdenklich und nur zu sich selbst sagt er: «Dieser Schweizer Hurensohn mit dem Mercedes hat bestimmt seine Hände im Spiel. Die werden versuchen, mit dem Scooter ins offene Meer zu flüchten. Noch können sie nicht weit sein – wir nehmen unsere Schnellboote und suchen in einem Korridor von einem Kilometer die Küste entlang bis in einer Tiefe von fünf Kilometern ins Meer hinaus. Das Meer ist ruhig und die Sicht bis dreissig Meter Tiefe hervorragend. Tiefer können die mit dem Scooter nicht tauchen, wir werden sie erwischen und dann Gnade ihnen Allah.»

Ungefähr eine halbe Stunde beanspruchte die Verankerung des Scooters am neuen Standort und der Weg zurück zu den beiden Frauen. Diese haben sich eine mit Macchia-Zweigen und Blättern gepolsterte Sitzgelegenheit auf einem grossen Steinbrocken geschaffen. Ich setze mich ihnen gegenüber. «Komm, setz dich doch zu uns, wir haben extra einen Platz für dich bereitgemacht, Silvan», sagt Franziska mit einladendem Handzeichen. «Lass es gut sein, Franziska. Ich fühle mich euch gegenüber auch sehr wohl.»

Stress und Hektik beherrschten die letzten Stunden, die gesamte Aufmerksamkeit galt der Befreiung Annas und unserem eigenen Überleben. Raum für Gefühle fanden nicht einmal in den hintersten Ecken unseres Denkapparates einen Platz. Jetzt sehe ich die beiden Frauen zum ersten Mal wieder als Menschen, weiblich und bildschön. Annas Trauer lässt sie noch anmutiger erscheinen. Schulter an Schulter, die Hände ineinander verschränkt, sitzen sie auf dem gepolsterten Stein. Ich fühle, wie sehr sich die beiden Frauen mögen.

Mit Anna wollte ich nach der Havarie der Kosta Konkordia und einer stürmischen Nacht zurückreisen. Ich war angetan von ihr, und wenn ich ehrlich bin, ist es noch immer so. Ob sie weiss, was sich zwischen Franziska und mir entwickelt hat? Warme Blicke wandern zwischen den Frauen hin und her. Ich vermute, welche Gedanken die beiden beschäftigen. Es sind dieselben, welche meinen Geist in Wallung versetzen. Ein sanftes Lächeln, auch Franziska lächelt, Anna scheint alles zu wissen. Die beiden Frauen haben sich in meiner kurzen Abwesenheit ausgetauscht. Ich habe Franziskas Worte noch in bester Erinnerung. «Wir könnten uns vorstellen, den gleichen …»

Ein lautes Motorengeräusch holt uns in die Realität zurück. Ein Jet-Ski braust in Richtung Schuppen. Auf dem Sozius sitzt ein Mann mit Tauchausrüstung und Sauerstoffflasche. Hilflos hebt Anna ihre Schultern, sie übergibt mir das Fernglas. «Ich weiss nicht, ob Abdullah hinten sitzt, ich weiss nur, dass er in seiner Wohnung eine Tauchausrüstung hatte.»

Der Schuppen verdeckt die Sicht auf das Geschehen. Ein paar Meter seitlich gelingt mir wieder Sichtkontakt. Der Mann mit Tauchausrüstung sucht die Stelle ab, in welcher noch vor einer halben Stunde der Scooter ankerte. Gänsehaut überzieht meinen Körper, ich muss Gott für die Eingebung danken, Al Traga könnte, wegen Annas unerklärtem Verschwinden, noch andere Möglichkeiten in Betracht ziehen.

Die folgende Szene beunruhigt mich nun sehr. Kaum abgetaucht, erscheint der Taucher erneut an der Oberfläche. Er gibt dem Fahrer des Jet-Skis heftig gestikulierend zu verstehen, sofort umzukehren.

Er muss Hinweise auf den Unterwasser-Scooter entdeckt haben, vielleicht das Bohrloch vom Gewindeanker am Meeresgrund, oder, und dies scheint mir wahrscheinlicher, einen Abdruck des Rumpfes auf der Meeresfauna. Anna und Franziska sind durch den kurzen Tauchgang des unbekannten Mannes ebenso verunsichert. «Diese überstürzte Rückkehr gefällt mir überhaupt nicht, die haben etwas entdeckt. Ich sehe nur zwei Möglichkeiten. Die eine ist, Al Traga vermutet uns auf der Flucht ins offene Meer. Sie wissen um die langsame Fahrgeschwindigkeit der Unterwasser-Scooter und sehen eine Chance, uns dort zu stellen. Die zweite, und das wäre für uns die schlechtere, sie glauben uns noch immer in einem Versteck hier an Land. Wenn Al Traga tatsächlich im Meer nach uns sucht, könnten sie uns bei Tageslicht auch in einer Tiefe von 20 Metern entdecken. Es bleibt uns keine andere Wahl, als die Dunkelheit abzuwarten. In drei Stunden setzt die Dämmerung ein, dann können wir die Flucht riskieren. Wir werden uns mit dem Scooter an der Oberfläche halten und nur bei Gefahr abtauchen.»

Inzwischen ist es 14:00 Uhr. Die Sonne steht flach am Horizont, kein Lüftchen, nichts rührt sich, die Zeit scheint stillzustehen. Vorbei der Anflug von Lebensfreude. Annas und Franziskas Gesichtsausdrücke lassen ihre wiederkehrenden Ängste erkennen.

Schaudern überfällt mich beim Gedanken, ins offene Meer hinauszufahren und nicht zu wissen, ob die Israelis uns dort erwarten. Die Kapazität der Scooter-Batterie würde nicht mehr für eine Rückkehr reichen.

«Wirf doch bitte einen Blick auf die Aufnahme.» Ich halte Anna eines der hochauflösenden Satellitenbilder vors Gesicht. «Hier befinden wir uns, Anna. Mein Finger zeigt auf die Stelle im Macchia-Gebüsch. Erkennst du auf dem Foto den Um-rüstungsstandort der Kassam-Raketen?» «Warum willst du das wissen, Silvan? Du wirst doch nicht etwa versuchen, gegen die Bande vorzugehen?» War Anna zuerst verunsichert, spricht nun blankes Entsetzen aus ihrem Inneren. «Du bist doch nicht lebensmüde, Silvan? Die Halle wird von Abdullahs Männern streng bewacht. Oberhalb der Halle, bei der Strasse nach Gaza, liegen schwere Betonblöcke. Nicht einmal ein Lastwagen käme zum oberen Tor durch. Nur der Eingang auf der Unterseite ist befahrbar, er ist jedoch mit einer Nagelsperre gesichert und auf jeder Seite lauern Männer mit schweren Waffen – also lass es sein, bitte, bitte.» Franziska teilt Annas Bedenken. «Wir haben Anna befreit, unsere Mission ist erfüllt, lass uns bei Dunkelheit mit dem Scooter in die Freiheit fahren.» Franziska erhebt sich und legt den Arm um meine Schultern. Erinnerungen an meine Jugend werden wach – meine Mutter lässt grüssen.

Hin- und hergerissen zwischen Zweifel und Hoffen, ihr Silvan werde nicht versuchen, gegen den übermächtigen Geg-ner vorzugehen, führt Anna das Foto trotzdem näher an ihr Gesicht. Ihr Finger verweilt auf einer bestimmten Stelle. Ich erkenne eine zerschossene Halle. «Hier meinst du?» Überrascht nehme ich ihr ja zur Kenntnis. Niemand würde vermuten, was sich in dieser vom Krieg zerbombten Ruine abspielt. «Bist du dir sicher?» Ihr Nicken ist von einem tiefen Seufzen begleitet. «Ganz bestimmt, das ist die Halle. Sie steht an einem leichten Abhang am Rande von Gaza-Stadt. Die Strasse nach Gaza verläuft oberhalb, und der Eingang ist, wie ich schon sagte, mit schweren Betonklötzen gesichert», ihr Finger gleitet weiter über das Foto. «Und hier, diese Sackgasse führt zum unteren Eingang.» «Ist das obere Tor aus Holz oder Metall und der Boden zur Strasse nach Gaza asphaltiert oder aus Kies?», möchte ich wissen. «Der Belag, so meine ich, dürfte asphaltiert und das schwere Tor vermutlich aus Holz sein. Aber warum willst du dies wissen? Silvan, da wirst du nie einen Weg hinein finden.» «Es interessiert mich einfach so», gebe ich ihr ausweichend zur Antwort. «Wo haben Al Traga ihre Fahrzeuge parkiert und wo werden sie betankt?» «Nun machst du mich wirklich neugierig. Die Fahrzeuge und Motorräder lassen sie überall herumstehen, meistens in der Nähe ihrer Behausungen. Eine Tankanlage im eigentlichen Sinne gibt es nicht.» Sanft ergreife ich Annas Hände. «Ich werde dich nicht länger mit Fragen löchern. Nur noch eine letzte Frage: Wie funktionieren dann diese Tankstellen?» Seufzen, leises Kopfschütteln, Anna möchte schnellstmöglich aus Gaza fliehen – der Gedanke an den tragischen Tod des Jungen nistet sich in ihr Bewusstsein und ihr Retter scheint nur daran interessiert zu sein, wie die Tankstellen funktionieren.

«Allah ist gross, Allahs Sieg ist unser.» Wütend und mit erhobener Faust hetzt Abdullah seine Männer zur Steganlage bei den Schnellbooten. «Die Ungläubigen sind auf dem Weg aufs offene Meer, noch können sie nicht weit sein, wir werden sie schnappen, Allahs Zorn wird sie vernichten.»

Vier Männer pro Boot, zwei auf jeder Seite, halten Ausschau nach dem vermutlich wenige Meter unter dem Meeresspiegel fahrenden Unterwasser-Scooter.

«Auf dem offenen Meer, in fünf Kilometern Distanz zum Schuppen, werden wir mit der Suche beginnen. In einem Korridor von einem Kilometer und parallel zum Strand fahren wir hin und her und zurück. Zwischen jedem Boot halten wir einen Abstand von fünfzig Metern, die Sicht im Wasser ist ausgezeichnet, sie werden uns nicht entwischen.»

Abdullah startet als Erster. Zwei starke Aussenbordmotoren mit je 250 PS verhelfen den Booten zu enormen Fahrleistungen. Einhundert Stundenkilometer erreichen sie bei ruhiger See – und die See ist heute flach wie ein Binnengewässer. Vier Minuten sind verstrichen – die fünf Kilometer Uferabstand sind erreicht, drei Boote pflügen nun mit den vorgegebenen Zwischenräumen nebeneinander in Richtung Küste durch das tiefblaue Wasser.

Ein Wettlauf gegen die Zeit ist im Gange. Inzwischen ist es halb vier Uhr, die Sonne steht bereits tief am Himmel. Obwohl das Wasser glasklar ist, verschlechtert sich durch die nur noch flach einfallenden Sonnenstrahlen die Sicht in die Tiefe, und noch wollen zwei Kilometer bis zum Strand kontrolliert werden. Unaufhaltsam schleicht sich die Dämmerung über das tiefblaue Meer. Ein Riesenfrust erfasst Abdullah und seine Männer. «Es ist zwecklos, weiter nach dem Scooter zu suchen», meint ein resignierter Abdullah.

In langsamer Fahrt gelangen die drei Boote zurück zum Steg. «Wir hätten sie im Meer entdecken müssen, wahrscheinlich sind sie doch noch nicht abgehauen, die halten sich hier irgendwo versteckt, verdammt noch mal. Ich gehe davon aus, dass sie erst bei Dunkelheit das Weite suchen, möglicherweise sind sie erst jetzt unterwegs. Irgendwo draussen im Meer werden sie erwartet, vielleicht steigen sie um, auf ein unbeleuchtetes Kriegsschiff oder ein Unterseeboot der Israelis.» Laut sinniert Abdullah vor sich hin. «Die Deutsche wird alles Wissen um unsere Raketen an die Feinde weiterleiten. Vermutlich kennt sie den Umrüstungsort nicht mehr, aber das dürfte nur eine Frage der Zeit sein, bis ihn die Israelis ermittelt haben. Die Antwort kennen wir, ein heftiger Luftschlag wird die Halle und die nähere Umgebung in Schutt und Asche bomben. Es bleibt uns nicht viel Zeit, die Raketen abzutransportieren. Wir werden alle, auch die noch nicht umgerüsteten, bei Tagesanbruch wegschaffen.» Und teuflisch lächelnd sagt er: «Die Israelis werden ihr blaues Wunder erleben, wenn die vermeintlich zerstörten Kassam-Raketen in wenigen Tagen Tel Aviv umpflügen.»

Anna und Franziska klammern sich aneinander, jegliche Farbe ist aus ihren Gesichtern gewichen. «In die Halle vorzudringen ist reinster Selbstmord. Schlag dir bitte dieses hoffnungslose Unterfangen aus dem Kopf. Wir brauchen dich, Silvan, nur mit dir gelingt uns die Flucht, lass uns einfach abhauen, bitte, bitte Silvan.» Ein lautes Motorengeräusch löst uns aus dem belastenden Gespräch. Gebannt verfolgen wir die drei Schnellboote auf ihrem Kurs ins offene Meer.

«Die Terroristen gehen davon aus, dass wir bereits einige Kilometer geschafft haben und beginnen mit der Suche weit draussen», erkläre ich. «Wir wären ja unter Wasser, für ihre Waffen nicht erreichbar und somit nicht in Gefahr», meinen die besorgten Frauen. «Eigentlich habt ihr Recht, aber sie könnten uns mit den Booten folgen und warten, bis wir wegen Sauerstoffmangels auftauchen müssten.»

Langsam, noch immer im selben Korridor parallel fahrend, nähern sich die Boote unserer Küste. Mein Blick in den Himmel bestätigt meine Vermutung, auch die Männer in den Booten scheinen die gleiche Feststellung zu machen. Die Strahlen der nun knapp über dem Horizont stehenden Sonne erlauben kaum mehr Sicht in die Tiefe. «Da haben wir unglaubliches Glück, vielleicht sind die Männer der Meinung, uns verfehlt zu haben, oder aber, wenn sie uns noch immer an Land vermuten, müssen sie einsehen, uns bei Dunkelheit nicht finden zu können.»

Eine Stunde ist inzwischen vergangen. Bei völliger Dunkelheit brechen wir auf. Schwer, schwerer als sonst, lasten die Tauchausrüstungen auf unseren Rücken. Unter ihrem Gewicht und begleitet von der lauernden Gefahr, erwischt zu werden, begeben wir uns vorsichtigen Schrittes in Richtung des neuen Ankerplatzes des Unterwasser-Scooters.

Unheimlich ist diese Stille, unheimlich ist es auch, nicht zu wissen, ob wir trotz meiner Vorsichtsmassnahme nicht in einen Hinterhalt geraten. Das macht die Sache für mich beinahe unerträglich. Glücklicherweise erraten die beiden Frauen meine

Gedanken nicht. Mit einer Geste veranlasse ich sie dazu, still zu stehen. Wir sind am Standort des im Meer verankerten Scooters eingetroffen. «Lasst mich noch kurz etwas vom Scooter holen», flüstere ich ihnen zu.

Ich sehe ihre Gesichtsausdrücke nicht, trotzdem vermute ich zu wissen, wie sie aussehen. Verzweifelt werden sie sich aneinanderklammern. Der verrückte Silvan verbeisst sich in den Glauben, sich Eingang in die Raketenhalle verschaffen und etwas an den Raketen manipulieren zu können.

Im Lichtkegel der auf den Meeresgrund gerichteten Taschenlampe erkenne ich den in fünfzehn Metern Tiefe verankerten Scooter. Wenige Handgriffe genügen, mit der Pistole und Leuchtraketen, in Plastik wasserdicht verpackt, gelange ich an die Wasseroberfläche und zurück zu Anna und Franziska. Ich halte ihre zitternden Hände. «Silvan, bitte vergiss es, lass uns jetzt mit dem Scooter in die Freiheit fahren.» Fünf Minuten einfühlsames Zureden ist notwendig – wenigstens ein bisschen Verständnis für meinen Plan konnte ich gewinnen.

Wenige hundert Meter von hier befindet sich mein erstes Ziel, die improvisierte Tankstelle. Ich weiss um das Risiko meiner Kamikaze-Aktion und trotzdem glaube ich an das Gelingen meines Plans. Inzwischen ist es kurz vor Mitternacht, vereinzelte, in der letzten halben Stunde noch hörbare Motorengeräusche sind verstummt. Gaza schläft – schlafen auch die Männer von Abdullah? Wahrscheinlich nicht. Ich umarme die verängstigten Frauen und mache mich auf den Weg in Richtung Tankstelle.

Es ist eine sternenklare Nacht, kein Mond wirft sein verräterisches Licht auf den Mann im Neoprenanzug und seine am Rücken angehängten Schwimmflossen. Im spärlichen Sternenlicht, kaum erkennbar, sehe ich geparkte Kleinlaster auf der gegenüberliegenden Strassenseite.

Annas Hinweise mit der improvisierten Tankstelle und den Benzinkanistern auf den Ladebrücken der Kleinlaster scheinen zu stimmen. Es herrscht eine absolute Ruhe. Ich warte. Vielleicht halten sich Al-Traga-Kämpfer an dieser strategisch wichtigen Stelle versteckt. Noch wage ich es nicht, die Strasse zu überqueren. Auf der langen Geraden wäre ich von Weitem zu sehen. Meine innere Stimme liess mich noch nie im Stich, sie lässt mich weiter die Strasse entlanglaufen. Im Schutze des Gebüsches erreiche ich eine erste Strassenbiegung. In vermeintlicher Sicherheit und eben im Begriff, die Strasse zu überqueren, lässt mich ein herannahendes Motorengeräusch Deckung suchen.

Ein Motorrad fährt in langsamer Fahrt in Richtung Gaza Stadt. Der Fahrer scheint es nicht eilig zu haben. Was sucht er hier um diese Zeit? Das Motorrad ist aus dem Blickfeld verschwunden. Stille, trügerische Stille? Augenblicke später erreiche ich die gegenüberliegende Strassenseite.

Jederzeit bereit mich ins Gebüsch zu werfen, nehme ich den Rest des Weges unter die Füsse. Noch fehlen einhundert Meter bis zum ersten Kleinlaster. Weitere lange fünf Minuten lasse ich verstreichen. Keine Menschen oder verdächtige Bewegungen sind feststellbar, alles bleibt ruhig. Zehn Kleinlaster zähle ich auf dem Kiesplatz. Beim nächstgelegenen, einem alten Dreirad-Piaggio, stehen zwei Kunststofffässer auf der Ladebrücke. Der Zündschlüssel steckt. Gänsehaut überzieht meinen Körper, Annas Worte holen mich ein: «Wer in Gaza stiehlt, wird mit dem Tode bestraft.»

Mir selber Mut einreden heisst es in dieser brenzligen Situation. «Die wenigen Kilometer bis zur Betonhalle sind in Kürze zu schaffen, die Strasse führt nahe am Meer vorbei – bei Gefahr würde ich das Piaggio zum Wasser lenken und mich ins Wasser retten.»

Benzingeruch weist auf den vermuteten Inhalt der beiden Kunststofffässer auf der Ladebrücke hin. Auf ungefähr fünfzig

Liter pro Fass schätze ich den Inhalt. Mit einer mir selbst bisher nicht bekannten Kaltblütigkeit setze ich mich auf den knappen Sitz hinter das beinahe senkrecht stehende Lenkrad und drehe am Zündschlüssel.

Zweitakter-Knattern durchdringt die Stille. Mehrere hundert Meter weit muss dieses Motorengeräusch hörbar sein. Der zweite Gang lässt sich nicht mehr einlegen. Der Wechsel direkt zum dritten bringt die Maschine beinahe zum Stillstand.

Mit maximal vierzig Kilometern pro Stunde rückt das Ziel näher. Wo ist der Motorradfahrer? Wenn er mich kreuzen sollte, würde er wissen wollen, welche Absicht der Fahrer des Kleinlasters hegt.

Ein abgelegenes, freistehendes Betongebäude taucht aus der Dunkelheit auf. Es ist die von Anna beschriebene Halle. Schweiss läuft mir im Neoprenanzug den Rücken hinunter. Meine Hände zittern – nicht nur meine Hände.

Al Traga sichert den unteren Eingang, so lautete Annas Aussage. Wenn die Terroristen nun das Konzept geändert haben und auch den oberen Eingang, auf welchen ich zusteuere, bewachen? Es muss Fatalismus sein, welcher mich leitet.

Einhundert Meter vor der Halle lasse ich das Piaggio ausrollen. Nichts rührt sich, auch keine Taschenlampenlichter oder menschliche Schatten sind auszumachen. Direkt oberhalb der Halle halte ich mit dem Piaggio. Schwere Betonklötze schützen die Halle vor Fahrzeugen jeglicher Art, aber nicht vor dem, was ich nun in kaum dreissig Sekunden vollziehe. Hinterer Ladebalken hinunter, Deckel der Fässer losschrauben und mit kräftigem Schieben von der Ladebrücke rollen die Fässer laut polternd das Gefälle in Richtung Halle hinunter. Der Lärm muss die Bewachungsmannschaft aufgeschreckt haben. Sich schnell bewegende Lichtkegel nähern sich von unten der oberen Hallenseite. Sie stammen von Taschenlampen der nach oben rennenden Männer.

Das erste Fass schlägt an das Hallentor. Gleichzeitig trifft mein gezielter Schuss aus der Leuchtpistole den unteren Teil des grossen Tores. Es bleibt mir keine Zeit, den Erfolg meines Schusses abzuwarten. Schüsse fallen in Richtung des nun erneut mit dem zweiten Gang kämpfenden Piaggio. Immerhin zweihundert Meter sind heil überstanden, nach fünfhundert Metern halte ich kurz an. Meterhoch schiessen Flammen am Gebäude empor. Ein gestresstes Geräusch entweicht meinem Inneren.

Bestimmt nehmen die Terroristen die Verfolgung auf. Ihre Fahrzeuge sind auf der unteren Seite der Halle geparkt. Sie müssen zuerst den Weg zurück aus der Sackgasse fahren, dann nochmals ungefähr einen halben Kilometer, bis sie die Strasse nach Gaza erreichen. Eines ist mir jedoch klar. In Kürze würden sie den langsam fahrenden Piaggio eingeholt haben. Ich muss mich seiner sofort entledigen, und zwar so, dass er nicht entdeckt wird. Würden sie ihn entdecken, wüssten sie auch, wo nach dem Fahrer zu suchen ist. Endlich treffe ich auf einen unbefestigten Weg in Richtung Meer. Wenige Meter weiter verzweigt er sich links und rechts das Meer entlang.

Laut knatternd fährt das Piaggio in die Richtung, in welcher Anna und Franziska auf mich warten. Das Glück steht mir dieses Mal nicht zur Seite. Bereits nach wenigen hundert Metern ist Schluss mit der holprigen Staubstrasse. Vor mir ist das weite Meer. Ich stelle die Schaltung auf neutral, Handbremse los und der kleine Laster rollt bereits über erste Felsbrocken in Richtung Wasser. Ein grosser, vorstehender Stein hat etwas gegen mein Ansinnen, das Piaggio unsichtbar zu entsorgen. Er sitzt zwischen den grossen Steinen fest. Ihn von dort freizubekommen ist nicht möglich, mir bleibt nur die Hoffnung, Al Traga wird nicht zuerst hier nach dem flüchtenden Piaggio suchen, und wenn sie ihn in einer Stunde finden, sind wir über alle Berge.

Flackerndes Leuchten erkenne ich aus Richtung der Betonhalle. Vom Ufer aus ist mir der direkte Blick versperrt. Ich schwimme hinaus aufs offene Meer. Einhundert Meter liegen nun zwischen mir und dem Strand. Noch kann ich nur das Flackern des Feuers, nicht aber die Halle selbst erkennen. Ich will wissen, was dort oben am Hang geschieht und schwimme weiter aufs offene Meer. Jetzt erkenne ich das Gebäude und die lodernden Flammen an dessen Fassade. Parallel zum Strand, den Blick auf das Gebäude gerichtet, schwimme ich den wartenden Frauen entgegen. Frust macht sich breit, alle Bemühungen scheinen umsonst. Das brennende Benzin sollte unter dem Tor hindurch in die Halle dringen und diese in Brand stecken.

Bilde ich es mir ein, oder sehe ich tatsächlich ein schwaches Leuchten oberhalb des Hallendachs? Nichts geschieht. Wurden die Raketen bereits abgezogen oder hat sich Anna in der Halle geirrt? Ihr Hinweis mit der Halle muss stimmen, weshalb sonst sind dort Männer positioniert? Hoffentlich zerstören die Flammen die Halleninfrastruktur, vielleicht auch Steuerelemente der Raketen. Solche oder ähnliche Gedanken begleiten den im Neoprenanzug mit Flossen schwimmenden Mann im endlosen Meer.

Wenige Meter trennen mich von den am Strand auf mich wartenden Frauen. Plötzlich schiessen helle Flammen aus dem Hallendach. Ich zucke zusammen. Ein gewaltiger Lichtblitz, gefolgt von einer noch gewaltigeren Detonation und Druckwelle, zerreisst die Stille. Ein infernalisches Feuerwerk erhellt den Hügelzug.

Erst allmählich löst sich meine momentane Blindheit. Dort, wo das Gebäude stand, steht kein Gebäude mehr – es brennt lichterloh. Explosionen folgen im Sekundentakt und glühende Metallteile schiessen in alle Himmelsrichtungen. Erschüttert und fasziniert zugleich lasse ich dieses nicht enden wollende Feuerwerk auf mich einwirken.

Abdullah und seine Männer sind in höchster Alarmbereitschaft. «Wenn diese Verräter noch nicht abgehauen sein sollten, können wir uns nicht sicher fühlen. Diesem Schweizer Hurensohn traue ich jede hinterhältige Schandtat zu. Ich persönlich werde heute Nacht bei der Bewachung unserer Raketenhalle dabei sein. Von oberhalb der Halle droht keine Gefahr, aber beim unteren Eingang werden wir die Wachen verstärken.»

Es ist Mitternacht, der Mann auf dem Motorrad ist von seiner Patrouille zurück. «Nichts Beunruhigendes, keine Menschen auf der Strasse. Alles ist ruhig, diese Nacht wird nichts geschehen.» Die zur Wachablösung auf Pikett stehenden Männer schlafen in der Halle, auch Abdullah weilt unter ihnen. Kurz nach Mitternacht ist das Geknatter eines Zweitaktmotors hörbar, dann herrscht Stille, und nun dringen rumpelnde Geräusche aus Richtung Strasse. Einer der Wachmänner schlägt Alarm: «Achtung, vor dem oberen Eingangstor höre ich verdächtige Geräusche.»

Abdullah, sowieso nicht im Stande Schlaf zu finden, schnellt zum Eingang und rennt mit seinen Männern nach oben. Sie erkennen die Schlusslichter des sich in Richtung Gaza Stadt flüchtenden Piaggio und eröffnen das Feuer.

Lichterloh brennt die Fassade beim oberen Eingang. Abdullah erkennt die Zwecklosigkeit eines Löschversuchs. Das heftige Geräusch der sich rasend ausbreitenden Flammen und das Knacken des sich entzündenden Holztores zwingen Abdullah dazu, seine Befehle schreiend zu erteilen. Wutentbrannt und fluchend ruft er: «Keine Chance, gegen das Feuer anzukommen. Bald fliegt alles in die Luft. Verlasst sofort den Ort, wir treffen uns bei meiner Wohnung.»

Noch haben sie den Wohnort nicht erreicht, als eine erste gewaltige Explosion die Halle zerreisst. Immerhin sind sie weit genug entfernt, um nicht noch von den herumfliegenden Trümmern und glühenden Teilen erschlagen zu werden.

Die Männer gelangen zu Abdullahs Haus, ein erstes Aufatmen, sie sind vollzählig, alle haben überlebt.

«Macht euch auf die Suche nach den Bastarden. Wenn sie noch hier sein sollten, dann bestimmt in Meeresnähe, wenn ihr sie sieht, knallt sie ab!»

«Diese letzten Minuten waren schrecklich, Silvan. Wir glaubten, du wärst in eine Falle getappt und jetzt diese Explosionen – wir wähnten dich bereits tot.» Als ob unser letztes Stündlein geschlagen hätte, umarmen wir drei im Moment kleinen und verletzbaren Menschen uns am endlosen Strand im Feindesland.

Ein nicht kontrollierbares Zittern erfasst meinen Körper; eine Folge der sich lösenden Anspannung? Anna und Franziska ergeht es ebenso, heftige Emotionen lassen sie sich schluchzend aneinander kuscheln.

Noch immer, von heftigen Explosionen begleitet, fliegen Raketenteile durch die Luft. «Wir dürfen keine Zeit verlieren», sage ich. «Einige Al-Traga-Männer werden die Explosionen überlebt haben, was die anderen mit uns anstellen werden, daran wage ich nicht zu denken. Ich werde nun den Scooter holen, wir fahren an der Wasseroberfläche und nur bei Gefahr gehen wir auf Tauchstation.»

Ein unglaubliches Glücksgefühl erfasst mich beim Tauchen zum Unterwasser-Scooter. Ich habe die Raketen zerstört, viel Leid verhindert und in wenigen Augenblicken trägt uns der Scooter in die Freiheit. Ein leises Unbehagen kann ich doch nicht ganz von der Hand weisen: Was wäre, wenn wir fünf Kilometer von der Küste entfernt das U-Boot verfehlen? Die Scooter-Batterie würde kaum für die Rückkehr ausreichen, und dann an Land … – ich verdränge die belastenden Gedanken.

Im Licht der Taschenlampe erkenne ich in fünfzehn Metern Tiefe den friedlich vor sich hin dümpelnden, mattschwarz glänzenden Rumpf des Scooters. Mein Herz frohlockt. Beinahe mit Routine schwinge ich mich auf den Sitz beim Führerstand. Taste Hauptstrom ein – nichts rührt sich. Habe ich die richtige Taste gedrückt? Ich drücke noch einmal, nichts geschieht.

Jäh durchzuckt mich die Erkenntnis. Ich habe gestern beim überstürzten Wechsel an den neuen Standort nach dem Betätigen des Ankerbohrers vergessen, den Hauptstrom auszuschalten. Die Batterien müssen sich entladen haben. Bleierne Schwere lässt mich nach vorne über die Instrumente sinken. Bedeutet dies das Ende unserer Tage? Der Lungenautomat ist dafür verantwortlich, dass ich überhaupt noch atme. Wie überbringe ich diese verheerende Nachricht Anna und Franziska?

Langsam gleite ich an die Oberfläche. Knietief stehen die beiden auf mich wartenden Frauen in ihren Neoprenanzügen im Wasser. «Wo hast du den Scooter, Silvan?» Besorgte Worte aus den Mündern der sichtlich verunsicherten Frauen.

Zögerlich steige ich am ansteigenden Ufer Anna und Franziska entgegen. «Wir müssen eine neue Lösung finden». «Ich verstehe nicht», sagt Franziska, «hast du Bedenken, dass die Israelis nicht auf uns warten?» Eigentlich liegt mir «viel schlimmer» auf den Lippen. Ich lasse es sein, stattdessen erwidere ich: «Die Batterien vom Scooter haben sich entladen. Wir werden einen Ausweg finden.» «Heisst das», schiesst es aus ihren Mündern, «wir sind hier gefangen?» Ich begleite die erneut heftig zitternden Frauen zurück ins Gebüsch. «Wenn sie uns erwischen, werden sie uns töten», sind sich die schockierten Frauen einig. Sie klammern sich an ihren Retter, der selber keine Ahnung hat, ob noch eine Möglichkeit besteht, aus der Hölle Gaza zu entkommen.

Inzwischen ist es 03:00 Uhr morgens. In spätestens dreieinhalb Stunden beginnt es zu tagen. Wenn wir bis dahin keine Lösung für das Problem gefunden haben, wird es brenzlig.

«Als ich mit dem Piaggio in Richtung Halle fuhr, sah ich nicht weit entfernt mehrere Fischkutter an einer Steganlage. Wenn es uns gelingt, dort einen Kutter zu stehlen, schaffen wir auch ohne Scooter den Weg aufs offene Meer. Natürlich sind wir an der Wasseroberfläche angreifbar, aber vielleicht können wir einen entscheidenden Vorsprung herausholen.» Anna ist dem Weinen nahe. «Keine Chance, Silvan. Die Schnellboote liegen nur wenige Meter vom Hafen entfernt, die würden uns in Kürze eingeholt haben.» Verzweiflung spricht aus ihrer Stimme.

Meine Gedanken rasen, sie konstruieren und verwerfen gleichzeitig und trotzdem reift ein Plan. Flüsternd weihe ich die beiden Frauen in mein Vorhaben ein. Sie sind dagegen, alle Überzeugungsversuche scheitern an den mehr und mehr in Panik geratenden Frauen.

Der Glauben versetzt Berge, warum soll mein Vorhaben nicht gelingen, rede ich mir ein. Umso stärker sich Anna und Franziska dagegen wehren, umso mehr wächst meine Überzeugung, dass mein Plan von Erfolg gekrönt sein wird.

«Sagt mir eine bessere Lösung, wie wir hier wegkommen sollten, bitte.» Sie haben keine. Zögerlich willigen sie schliesslich ein, meinen Plan mitzutragen. «Lasst mich den Zylinder mit den Waffen holen, dann schwimmen wir in Richtung der Kutter. Wenige Handgriffe genügen, um den Waffenbehälter am Scooter auszuklinken, mit dem Luftauftrieb im Inneren des Zylinders schwebe ich an die Oberfläche.

Der Neoprenanzug leistete in den letzten Stunden hervorragende Dienste zum Warmhalten unserer Körper. Ich helfe den Frauen beim Anziehen der Sauerstoffflaschen. Vielleicht werden wir diese nicht benötigen, aber sicher ist sicher.

Zweihundert Meter vom Ufer entfernt schwimmen wir in Richtung rettende Kutter.

Jetzt erkennen auch die Frauen den Ort, wo einst die Halle stand. Noch immer brennen Gegenstände. Kleine Feuerfontänen schiessen in alle Himmelsrichtungen, letzte Lebenszeichen der ausgebrannten Raketen.

Schwermut erfasst mich beim Gedanken an diejenigen Terroristen, welche die Explosion nicht überlebt haben. Sie wollten Menschen töten und nun, da ich sie selber tötete, bedrücken mich heftige Schuldgefühle. Nur kurz plagen mich solche Gedanken, vor uns liegen im Sternenlicht kaum erkennbar die drei Schnellboote. Mit jedem Meter näher an den Booten steigt mein Pulsschlag. «Lasst uns einen grossen Bogen um die Schnellboote schwimmen. Wir müssen zu hundert Prozent sicher sein, nicht entdeckt zu werden.»

Eine weitere Viertelstunde ist verstrichen, der Steg liegt hinter uns. Ungefähr fünfhundert Meter zwischen den Fischkuttern und den Rennbooten treffen wir an Land. Erschöpft sinken Anna und Franziska am Kieselstrand nieder. Die letzten Energieriegel der Israelis finden den Weg in hungrige Mägen.

«Jetzt müsst ihr besonders tapfer sein, ich werde die Boote ausschalten, in einer Viertelstunde bin ich zurück.» Sie sind zu schwach, um Widerstand zu leisten und lassen diese für sie nicht nachvollziehbare Aktion mit hörbaren Seufzern über sich ergehen. «Bitte, Silvan, hol uns hier heraus. Wenn du nicht zurückkommst, sind wir den Terroristen ausgeliefert.» Beide wissen, auch meine Anwesenheit würde an unserem Schicksal nichts ändern, aber der Glaube an mich schafft wenigstens ein wenig Hoffnung auf unser Überleben.

Eine letzte Umarmung, dann schwimme ich los in Richtung Schnellboote. Vom offenen Meer her nähere ich mich den nun gut sichtbaren Rümpfen. Menschen sehe ich keine, die Bewacher müssen sich im Hintergrund versteckt halten oder es sind gar keine positioniert. Die Ungewissheit macht die Situation noch unerträglicher. Würde ich tauchend unter die Boote gelangen, bliebe ich unsichtbar, dafür könnte das Geräusch der aufsteigenden Luftblasen aus den Sauerstoffflaschen mich verraten. Ich entscheide mich für die Variante schwimmend. Lautlos, nur die Nasenspitze ragt aus dem Wasser, erreiche ich den Bug des ersten Bootes. Nichts rührt sich. Ich erschrecke heftig, ein sich bewegender Schatten zeigt sich im sich leicht kräuselnden Wasser zwischen dem ersten und zweiten Boot. Er verharrt eine Weile am selben Ort. Jetzt ist er verschwunden, man hat mich nicht entdeckt. Ist das Aufatmen zu früh und die Terroristen warten auf eine bessere Gelegenheit, um mich zu fassen oder zu erschiessen?

Im Sichtschutz unter der Bugspitze lasse ich wichtige Minuten verstreichen. Alles bleibt ruhig, auch der Schatten kommt nicht wieder. Mein Vorhaben gleicht einem Selbstmordversuch. Ein Griff nach hinten und ich halte die vom Scooter entnommene Bohrmaschine nun in meiner Hand. Ich will Löcher in das Gelcoat bohren, hinten, wo die schweren Motoren den Rumpf am meisten belasten, soll das Boot zuerst absinken. Sind die Motoren erst einmal unter Wasser, ist das Boot verloren. Tief einatmen, unter dem Rumpf zum Heck tauchen und wenige Sekunden später frisst sich der Bohrer beinahe widerstands- und geräuschlos durch den Rumpf. Erneut verharre ich am Bug und hole tief Luft. Alles bleibt ruhig, der Schatten zeigt sich nicht mehr.

Beim zweiten Boot nochmal dasselbe, jetzt nicht mehr mit zwei, sondern mit vier Löchern, und beim dritten – hier muss ich zweimal zum Bug schwimmen, um Luft zu holen – dringt der Bohrer sechs Mal durch die Rumpfhülle. Die Boote sollen nicht zu schnell sinken, dann aber gleichzeitig. Die berechnete Viertel- bis halbe Stunde, bis man das Sinken der Schiffe erkennt, muss uns genügen, die Fischkutter zu erreichen.

Erneut schwimme ich in einem grossen Bogen von den Schiffen weg und den wartenden Frauen entgegen. Mehrmals blicke ich zurück. Nichts scheint sich an der Wasserlage der Boote verändert zu haben. Nun bin ich definitiv zu weit entfernt. Die Dunkelheit frisst den letzten Sichtkontakt.

Unerträgliche Gedanken nisten sich in meinem Hirn fest: Habe ich tief genug in die Rümpfe gebohrt oder verfügen die Boote über einen zweiten Boden und die riskante Aktion war vergebens?

Kräftige Flossenbewegungen lassen mich schnell vorwärts gleiten. Heftig atmend erreiche ich den Strand mit den verzweifelt auf mich wartenden Frauen. «Was hast du dieses Mal

Verrücktes angestellt, Silvan?» Ich werde mit vorwurfsvollen Fragen überhäuft. Noch immer atemlos erkläre ich ihnen meine Aktion mit der Sabotage an den Schnellbooten. «Und sind sie gesunken?» «Sie dürfen nicht zu schnell sinken», versuche ich sie zu beschwichtigen. «Jetzt müssen wir uns beeilen. In einer Stunde beginnt es zu tagen, dann sollten wir weit ins Meer vorgestossen sein.»

Eine scheinbare Ewigkeit dauert die Viertelstunde bis zum Erreichen des äussersten Fischkutters. Unter dem Steg horchen wir in die Nacht. Nichts rührt sich, auch bei der Landestelle der Schnellboote ist keine Hektik feststellbar.

«Wartet einen Moment. Ich will mich vergewissern, dass ein Schlüssel im Zündschloss steckt.» Ohne die Sauerstoffflasche am Rücken gleite ich geräuschlos auf den Steg, dann an Bord des Kutters. Nur das leichte Aufprallen der Wellen auf den Schiffsrumpf ist zu hören. Gott meint es gut mit uns, ein Schlüssel baumelt an einem Haken direkt neben dem Schloss. Ist es der richtige? Meine zitternden Hände haben etwas gegen mein Unterfangen, den Schlüssel in das Schloss zu zirkeln. Nach einigen Versuchen gelingt es mir doch. Er lässt sich drehen und gleichzeitig beginnen die Positionslichter zu leuchten. Sofort drehe ich den Schlüssel in die ursprüngliche Position. Nur eine Sekunde leuchteten die Lichter, hoffentlich keine zu lange Sekunde.

Angespannt warte ich hinter der Bordwand auf eine vielleicht verhängnisvolle Reaktion aus der Ufernähe. Anna und Franziska haben das kurze Aufflackern der Positionslichter ebenfalls bemerkt. Wir verständigen uns flüsternd. Nichts rührt sich, auch beim Steg der Schnellboote nicht.

Wir helfen uns gegenseitig an Bord. Der Metallzylinder mit den Waffen findet Platz auf einem Stapel Fischernetze. Eine halbe Stunde noch, dann wird die Sonne den Horizont zum Leuchten bringen.

Direkt neben dem Zündschloss befindet sich eine Druck-taste. Darunter auf dem schwarzen Emaille-Schild und in weisser Schrift steht: «Engine».

Leinen los. Lässt sich die Maschine starten? Mein Puls rast. Ihre Gesichter einander zugewandt klammern sich die Frauen aneinander, lauter als das Aufschlagen der Wellen an den Schiffsrumpf hallt unser heftiger Atem.

Ich drehe den Zündschlüssel, die Positionslichter leuchten erneut und mein Druck auf die Engine-Taste lässt den Anlasser drehen. Zwei, drei Kurbelwellenumdrehungen, laut hämmernd nimmt der schwere Diesel den Betrieb auf. Vorwärtsgang einlegen, der Kutter, unser Kutter, unser Rettungsanker, nimmt Fahrt auf in Richtung Überleben.

Am Hafen bleibt alles still. Wahrscheinlich war er unbewacht. Dafür entsteht Hektik bei den Schnellbooten. Sich wild bewegende Lichtkegel dringen durch die noch immer finstere Nacht. Ihre Lichter gelten den Schnellbooten. Das neben dem Steuerstand deponierte Fernglas liegt nun an meinen Augen und was ich sehe, lässt mich ein erstes Mal durchatmen. Drei Schiffsbuge ragen steil nach oben – die Motoren sind bereits abgesoffen. Schüsse aus Schnellfeuerwaffen durchdringen die Nacht. Wahllos und ohne eigentliches Ziel knallen die Terroristen auf alles, was sich im Wasser bewegen könnte. Ein Lichtkegel weist in unsere Richtung, nun sind es mehrere. Die Terroristen haben den von der Steganlage auslaufenden Fischkutter entdeckt.

Weitere Schüsse fallen. Mein Blick ins Fernglas bestätigt meine Vermutung, die Terroristen schiessen auf uns. Wir sind zu weit weg für die Reichweite ihrer Waffen und mit jeder Sekunde gewinnen wir mehr und mehr Distanz zu den Verbrechern.

Die Schiesserei wurde eingestellt, mindestens zehn Männer rennen am Ufer entlang zum Fischerhafen. Das Sicherheit suggerierende Geräusch des robusten, unter Volllast laufenden

Diesels tönt aus dem Motorraum. Einen Kilometer sind wir auf dem offenen Meer.

Die uns verfolgenden Männer verteilen sich auf zwei Fischkutter. Sie entscheiden sich nicht für die nächsten, dem offenen Meer zugewandten Kutter, sondern für zwei in Ufernähe.

Sind diese zwei schneller als der unsere? Zehn Minuten und weitere zwei Kilometer liegen hinter uns – die Antwort auf meine Befürchtung ist ernüchternd, sie sind schneller und holen auf. Abdrehen nach rechts in Richtung Israel wäre theoretisch machbar. Die Verfolger scheinen meine Gedanken zu lesen, einer dreht nach rechts ab und beraubt uns dieser Möglichkeit. Weitere zwei Kilometer sind überwunden, nur noch fünfhundert Meter trennen uns von den Häschern. Wo sind unsere Retter, funktioniert ihre Satelliten-Überwachung und sind sie überhaupt in der Lage dazu, ihr U-Boot kurzfristig in unsere Nähe zu dirigieren?

Nun trennen uns noch vierhundert Meter von den Terroristen. Der Horizont beginnt zu leuchten, bald wird sich die Sonne aus den Regenbogenfarben erheben – ein herrlicher Tag steht bevor. Wird dies unser letzter Tag auf Erden sein, ein Tag, an welchem drei junge Menschen kurz vor dem Ziel ihrer Hoffnung sterben müssen?

Hinter der Bordwand zusammengekauert erkennen auch Anna und Franziska die Aussichtslosigkeit unserer Flucht. Sie sprechen nicht, jede Pore ihrer Gesichter ist von Verzweiflung gezeichnet. Auch der Gebrauch unserer Waffen wird uns wenig helfen. Gegen eine solche Übermacht sind wir sowieso verloren. Jetzt, wo ich den Metallzylinder öffne, keimt ein kleiner Hoffnungsschimmer auf. Vier Pistolen, sechs Handgranaten und vier Kalaschnikow entnehme ich seinem Inneren.

Bestimmt wissen die Terroristen, dass wir im Besitz von Waffen sind, aber kaum, dass wir über Handgranaten verfügen. Ich muss an die Chance glauben, wenn wir sie nahe genug an uns heranlassen, dann …

Maschinengewehrfeuer unterbricht meine Gedankengänge. Die Schüsse gelten nicht direkt uns, sondern dem Steuerstand unseres Kutters. Glas zersplittert, Metallteile fliegen durch die Luft, das Resultat des Beschusses ist fatal. Der schwere Diesel im Maschinenraum stellt seinen Dienst ein. Bestimmt wollen die Terroristen uns lebend, um uns dann öffentlich hinrichten zu können. Ahnen die Frauen, weshalb das Feuer dem Steuerstand galt? Hoffentlich nicht.

Noch dreihundert Meter trennen uns. Das Geräusch der Bugwellen, das Hämmern der unter Volllast drehenden Diesel, die auf uns zufahrenden Fischkutter und die nun aus dem Meer aufsteigende Sonne vermitteln ein Bild voller Zynismus. Unsere Kalaschnikow werden erst im Bereich um einhundert Meter wirksam und für den Einsatz der Handgranaten sollten sich die Terroristen auf zehn Meter nähern. Schüsse peitschen knapp über die Bordwand, Al Traga will uns in Deckung zwingen, ich weiss weshalb.

Das U-Boot müsste jetzt auftauchen und sich zwischen uns und die Verfolger schieben. Kein U-Boot weit und breit – einfach nichts. Der letzte Glaube an unsere Rettung stirbt. Die Schüsse aus den schweren Waffen und das Geräusch der Dieselmotoren erreichen nur noch gedämpft mein Bewusstsein. Eine eigenartige Ruhe legt sich auf meine Seele.

Ich ergreife eine Hand, es ist die Hand meines Vaters. Das donnernde Motorengeräusch stammt von den mächtigen Sternmotoren der Super Constellation. Es ist die erste Passagiermaschine, welche den Atlantik non stop überqueren konnte. Die Connie, mit ihren drei Heckflossen, wie sie liebevoll von ihren Fans genannt wird, hebt ab an der Flugshow vom Flughafen Buochs in der Innerschweiz. Einem Adler, der sich von einem Felsvorsprung absetzt ähnlich, gewinnt der elegante Flieger langsam an Höhe. Faszinierend das Hallen ihrer Motoren zwischen Bürgenstock und Buochserhorn. Die kleinen Härchen an meinen Armen richten sich in die Höhe. Bereits Wochen vor diesem Ereignis konnte ich als Junge kaum noch schlafen vor Aufregung, und nun, wo ich die Connie beinahe berühren kann, ist die Begeisterung noch grösser. Meter um Meter steigt die Super Constellation, überfliegt den Vierwaldstättersee und dreht ab zwischen Bürgenstock und Rigi. Längere Zeit noch ist das gewaltige Dröhnen ihrer vier Sternmotoren zu hören. Nun ist es ein Airbus, der vor mir fliegt. Zwischen den Kondensstreifen seiner Triebwerke muss ich mich befinden. Nicht ein von mir erwartetes Düsengeräusch entweicht den Triebwerken – eher ein heftiges Zischen. Plötzlich bin ich wieder hier. Das Zischen und die Kondensstreifen stammen nicht aus Triebwerken der A 320 – sie stammen von zwei Raketen, die an uns vorbeifliegen.

Es gelingt mir noch, den Kopf in Richtung ihrer Flugbahn zu drehen und die kurz hintereinander erfolgenden Einschläge mitzuerleben. Zwei riesige Explosionen reissen die hinter uns fahrenden Fischkutter in tausend Stücke. Trümmerteile fliegen in alle Himmelsrichtungen, die folgende Druckwelle lässt unseren Kutter gefährlich zur Seite kippen. Dort, wo die Verfolger waren, ist nichts mehr. Schwarzer Rauch, vereinzelte Flammen, Holzteile und eine sich langsam ausbreitende Ölspur sind die letzten Zeugen ihrer vormaligen Existenz.

Noch immer dröhnen Motoren, ihr Geräusch entwickelt sich zu einem Orkan. Direkt aus Richtung der aufsteigenden Sonne kommt das ohrenbetäubende Geräusch auf uns zu. Ein zweimotoriger Armee-Helikopter fliegt nun direkt über uns. In Warteposition seilen sich zwei Männer zu uns ab. Noch taub von der Explosion bin ich kaum in der Lage dazu, die letzten Minuten richtig einzuordnen. Vor zwei Minuten ohne Chance, den Angriff der Terroristen zu überleben, finden wir uns Augenblicke später im Schutze der israelischen Armee wieder. Keinem Al- Traga-Terroristen gelang es, sich vor dem überraschenden Raketenangriff ins Wasser zu retten. Langsam begreife ich, wie sich alles abspielte. Die Israelis waren immer im Bilde, wo wir uns befanden. Aus Richtung der aufsteigenden Sonne flogen sie den Angriff, weder die Terroristen noch wir konnten den tieffliegenden Helikopter im Gegenlicht der aufsteigenden Sonne erkennen.

Anna und Franziska schweben mit den beiden Männern nach oben und entschwinden im Rumpf des Helikopters.

Jetzt bin auch ich an der Reihe. Auf einer Sitzbank zusammengekauert, mit leerem Blick und in Thermodecken gehüllt, sehe ich die beiden verängstigten Frauen wieder. Zwei Männer in Uniform, offensichtlich hohe Militärs, begrüssen uns: Ich erkenne sie, es sind die beiden in den Fall Kosta Konkordia involvierten Israelis.

Der Ältere stellt sich zuerst vor: David Oppenberg, Oberst im Generalstab der israelischen Armee. Der Jüngere heisst Ephraim Wildersteyn, er ist Major im Generalstab der israelischen Armee. Streng militärisch, mit angewinkelten Armen, die Hände auf einer geraden Linie mit den Armen, begrüssen sie uns. «Das war heldenhaft von Ihnen, wir sind zutiefst beeindruckt, herzlich willkommen im Staate Israel.»

Dem Höllenlärm im Inneren des Helikopters Tribut zollend, verzichten die Herren auf ein weitergehendes Gespräch. Das Gefühl, in Sicherheit zu sein, setzt bei Anna und Franziska ungeahnte Emotionen frei und lässt Dämme brechen. Ich sitze neben den hefig schluchzenden Frauen. Ihre Bemühung, ihre Tränen mit dem Handrücken zu stoppen, scheint ein hoffnungsloses Unterfangen.

Eine Viertelstunde später setzt der Helikopter auf einer Militärbasis nahe Tel Aviv vor einer mit Tarnfarbe übermalten Halle auf festem Boden auf. Ein Kleinbus bringt uns ins Carlton Hotel Tel Aviv.

«Ein reichhaltiges Frühstück haben wir für Sie in Ihrer Suite organisiert. Erholen Sie sich erstmal von den Strapazen. Um 15:00 Uhr werden wir Frau Steinmeyr für eine medizinische Untersuchung in der Universitätsklinik Tel Aviv abholen. Eine

Auswahl an Kleidern liegt in Ihrer Suite für Sie bereit.» Die Hand von Ephraim Wildersteyn weist dabei auf Anna. Galant und mit einem Lächeln im Gesicht helfen sie den geschwächten Frauen aus dem Kleinbus. Können die Herren auch nur ein ansatzweise erahnen, was wir durchgemacht haben?

Im Lift nach oben stehen sich drei gezeichnete Menschen wortlos gegenüber. Erstmals zeigt sich etwas wie Erleichterung auf unseren Gesichtern – ein zaghaftes Lächeln mischt sich unter unsere Sorgenfalten. «Ich möchte jetzt nicht alleine sein», sagt Anna. «Darf ich die Suite mit euch teilen?»

Herrlich ist die Wärme des Wassers aus der Duschbrause. Gemeinsam geniessen wir den warmen Schauer und den sich über unsere Körper ausbreitenden Schaum des fein duftenden Duschgels. Wir berühren uns – wir sind glücklich, überlebt zu haben.

Frühstücke im Hotel sollten den Gaumen erfreuen und den Tagesbeginn verschönern, das eine trifft voll zu, am anderen arbeiten wir noch. Ich meine die Rückkehr in den Alltag. Alles was das Herz begehrt findet sich auf dem Servicewagen in meiner Suite. Verschiedene Brote, Buttergipfel, Konfitüren, hartgesottene Eier, feine Hart- und Weichkäse, Schinken und Salami, Müesli, Kiwis, Datteln und Pflaumen, Fruchtsäfte und natürlich Kaffee.

Mit jedem Bissen löst sich der Schrecken des letzten Tages ein wenig. Todmüde sinken wir in die weichen Boxspring-Betten und ziehen das flauschige Duvet über unsere Körper. Wunderschön ist das Gefühl, eingebettet zwischen den beiden Frauen zu liegen und zu wissen, mitgeholfen zu haben, ihr Leben zu retten.

Die sechs Stunden Schlaf sind Balsam für Körper und Seele.

Anna steigt in den Lift, vom Balkon aus winken wir ihr beim Besteigen der Limousine zur Universitätsklinik zu. Ein Care-Team erwartet Franziska und mich in einem Konferenzzimmer im Hotel. Eine Stunde dauert das Gespräch, wir sind erleichtert, als es zu Ende ist.

«Es war gut gemeint von den Behörden», meint Franziska, «aber ich komme selber klar und auch Anna dürfte mit unserer Unterstützung den Weg zurück ins Leben und zum Glücklichsein finden.» Und mit einem Augenzwinkern sagt sie: «Sie hat mir eure Geschichte von der Nacht nach dem Untergang der Kosta Konkordia erzählt, ich fühle es, sie will wieder leben.» Und mit gesenktem Blick fügt sie hinzu: «Vielleicht finde auch ich ein Plätzchen in unserer zukünftigen Geschichte.» Ein klares, sinnliches Blau heftet sich in meine Augen und sanfte Lachfältchen legen sich um Franziskas Mundwinkel. Wärme durchflutet mein Inneres, in keinem meiner kühnsten Träumen habe ich je an so etwas gedacht. Ob es funktionieren kann?

Annas Untersuchung dauerte bis 17:00 Uhr. In einer reservierten Essnische im Hotel, am geschmackvoll dekorierten Tisch, finden wir uns zum gemeinsamen Abendessen. Einen wichtigen Termin hat Anna mit im Gepäck: Morgen werden wir uns mit dem israelischen Verteidigungsminister und den beiden Offizieren zu einem Gespräch mit anschliessendem Mittagessen treffen. «Meine Befreiung durch euch beide schlägt hohe Wellen», meint eine sichtbar berührte Anna. «Die Zerstörung dieser Raketen ist das beherrschende Thema der israelischen Regierung.»

Wir stossen an. Ein edler weisser Barbaresco von Gaja lässt uns genussvoll an den Gläsern nippen. «Ich durchlief mehrere medizinische Tests in der Universitätsklinik. Alle Befunde waren negativ», meint die sichtlich erleichtere Anna. Die nächste Erklärung fällt ihr schwerer: «Ich bin nicht schwanger, Abdullah wollte kein Kind von einer ungläubigen Schlampe, er selber besorgte mir Verhütungspillen.» Einen kräftigen Schluck gönnt sich die mit Schamgefühlen ringende, schöne Frau.

Als Vorspeise stellt der Kellner Jakobsmuscheln mit Belugalinsen vor erwartungsvolle Gesichter. Himmlischer Genuss erfreut unsere Gaumen, zusammen mit dem Barbaresco gewinnt diese Vorspeise zusätzlich an kulinarischem Glanz.

Rumpsteak-Roulade mit grüner Pfeffersauce, garniert mit Tomaten, Blumenkohl und Bratkartoffeln, serviert der Kellner als Nächstes.

Getragen von Zuversicht und wiedererwachter Lebensfreude sind es nun Themen betreffend unsere Zukunftsplanung, die wir anschneiden. «Ich weiss nicht, ob ich jemals wieder den Laufsteg betreten kann», sagt Anna mehr zu sich selbst. «Bestimmt gibt es überlebende Terroristen, die in Deutschland nach mir suchen.» Wie zufällig berührt mich ihr Blick. Ein leiser Wink an den ihr gegenüber sitzenden Silvan? Der Genuss des Alkohols hinterlässt Spuren in unseren Gedanken und manches tief im Inneren Verborgene erscheint plötzlich nicht mehr so geheimnisvoll. Annas Sehnsucht, einmal ihr eigenes Kind in ihren Armen zu halten, wird, auch ohne dass der Wunsch von ihr direkt ausgesprochen wird, im Laufe des genussvollen Abendessens immer fühlbarer.

«Oh, wie ich das Leben liebe.» Franziska strahlt im Augenblick tiefschürfender Gedanken. Oberflächlich wenigstens sind alle Sorgen vergangener Tage vergessen.

Wir beschliessen, den Abend mit einem Spaziergang an der Hafenanlage von Tel Aviv zu beenden. Arm in Arm schlendern wir an den Yachten der Steganlagen vorbei. Herrlich, dieses einladende Bild im Lichte der den Hafen säumenden Laternen. Frühlingshafte Temperaturen und Sonnenschein am Tage, spüren wir nun die Februarkälte.

«Lasst uns ins Hotelzimmer zurückgehen.» Sanft ziehe ich die Frauen näher zu mir, sie lassen es geschehen, ich fühle und geniesse ihre Wärme und Zuneigung. Erneut zu dritt teilen wir meine Suite und das grosse Bett. Loslassen vom Schrecken der letzten Tage auf natürliche Weise, nur durch Verständnis und Nähe, was braucht es mehr. Heute Morgen liess uns die Erschöpfung in die Kissen sinken, nun sind es schöne Gefühle und Zuversicht, die uns einschlafen lassen.

Galant hält uns der Chauffeur die Türen der schwarzen Mercedes-S-500-Limousine offen. Die dick gepanzerten Türen und Fenster lassen auf einen Wagen der israelischen Regierung schliessen. Anna und Franziska nehmen hinten Platz, ich neben dem Beifahrer.

Irgendwie spielt die Welt verrückt, gestern in selbstmörderischer Mission mit einem dreirädrigen Piaggio mit kaputtem Getriebe und hochexplosiven Benzinfässern auf der Ladebrücke unterwegs finde ich mich einen Tag später im puren Gegenteil mit Luxus auf der Fahrt zur israelischen Militärelite.

Wohlwollende Worte hin oder her, ein Gespräch mit dem Herrn am Steuer ist kaum in Gang zu bringen. Militärs sprechen nicht, sie befolgen strengste militärischen Richtlinien, gemäss dem Motto «Reden ist Silber, Schweigen ist Gold».

Im Sonnen- und Schattenkontrast der Hochhäuser, zwischenzeitlich wird das tiefblaue Meer sichtbar, sind wir nun auf der Ben-Gurion-Strasse in östlicher Richtung unterwegs. Namen wie Golda Meir, Mosche Dajan und Jom Kippur sind allgegenwertig, teils finden sie sich als Strassennamen, teils auf Plätzen oder Statuen. Wir geniessen die Fahrt durch das pulsierende Tel Aviv. Zielstrebig marschierende Menschen bevölkern die Strassen und trotz hohen Verkehrsaufkommens hört man keine nervös hupenden Autofahrer – auf Schritt und Tritt fühlt man die hier herrschende Disziplin.

Eine knappe halbe Stunde dauerte die Fahrt, gerne hätten wir uns noch eine Weile im Luxus-Mercedes durch die interessante Stadt chauffieren lassen. Zwei Wachposten sichern das Tor beim Eingang zum Verteidigungsministerium. Nach Einsichtnahme diverser vom Chauffeur ausgehändigter Dokumente dürfen wir weiterfahren. Erneut ein Kontrollposten. Es folgt eine Zickzack-Fahrt um schwere Betonpoller. Nun steht der Mercedes vor dem Eingang des Verteidigungsministeriums.

Ein herzliches Schalom und Händeschütteln der beiden israelischen Offiziere. Die Empfangsdame, welche uns in das

Konferenzzimmer begleitet, ist in ein dunkelblaues, elegantes und figurbetontes Deux-Pièce gekleidet, ihre schwarzen Haare hält sie streng nach hinten gekämmt.

Mahagonitisch, Ledersessel, dunkelgraue Bodenplatten. Wände voller Auszeichnungen der israelischen Entwicklungsgeschichte und dramatisch inszenierte Fotos militärischer Erfolge, architektonisch aufbereitet und ins beste Licht gerückt, genau so habe ich mir die Chefetage des Ministeriums vorgestellt.

Der Minister betritt den Raum, an seiner Seite ist der Protokollführer. Die beiden Offiziere schnellen von ihren Sitzen hoch, Füsse zusammenschlagen, Achtungsstellung, Hände und Arme angewinkelt am Kopf. Es folgen Worte, welche wir nicht verstehen, aber trotzdem wissen wir, was sie bedeuten. Auch wir haben uns von den Sitzen erhoben.

Auf Englisch bittet uns der Verteidigungsminister Platz zu nehmen – er setzt sich an der Stirnseite des Tisches, die beiden Offiziere lassen sich uns gegenüber nieder. So wie ich mir den Konferenzraum vorstellen konnte, trifft dies auch auf den Verteidigungsminister zu. Grossgewachsen, schlank, ungefähr fünfzig Jahre alt mit dunklen, kurzgeschnittenen Haaren und drahtigen Gesichtszügen. Dort, wo normalerweise Lachfalten ein Gesicht zieren, vermitteln Falten Stress und viele Sorgen.

Längere Zeit weilt sein Blick auf seinen Gästen. Wir sind Ihnen zu grossem Dank verpflichtet», beginnt er mit seinen Ausführungen. «Ihr Einsatz war heldenhaft. Wir wussten um die Angriffspläne von Al Traga und in diesem Falle auch um die Chancenlosigkeit unserer Abwehrraketen. Ungefähr einen Monat hätten wir gebraucht, um die gehackten Komponenten unseres Abwehrsystems zu erneuern – zu spät, das wusste auch Al Traga. Ein riesiges Blutvergiessen in Israel und im Gazastreifen wäre die Folge gewesen. Ohne das Wissen, wo Al Traga ihre Kassam-Raketen umrüstete, konnten wir auch keinen Präventivschlag durchführen. Wir mussten abwarten, bis erste Raketen in Israel einschlugen, mit verheerenden Folgen für unsere

Zivilbevölkerung.» Ein vermutlich eher seltenes Lächeln zeigt sich um seine Mundwinkel. Nachdrücklich betont er: «Sie haben mit Ihrer mutigen Handlung Hunderte wenn nicht Tausende Menschenleben gerettet. Meine allergrösste Hochachtung, auch die unserer gesamten Regierung, ist Ihnen gewiss.» Er erhebt sich und streckt uns seine Hand entgegen, auch die beiden Offiziere erheben sich. «Wir wussten immer, wo Sie sich aufhielten», fährt er fort. «An jenem Abend nach der Befreiung von Frau Steinmeyr lag unser U-Boot nur dreihundert Meter vom Ufer entfernt, bereit, Sie aus dem Feindesland herauszuholen. Es war uns nicht entgangen, dass der Scooter nicht mehr einsatzfähig war. Dann folgte die Überraschung, mit welcher wir nicht gerechnet hatten. Sie entfernten sich von den beiden Frauen. Erst als Sie von der Benzinversorgungstelle mit einem Fahrzeug wegfuhren, kam die Erleuchtung, dass Sie vermutlich mehr Kenntnis hatten als wir, offensichtlich kannten Sie den Standort der Kassam-Raketen.» Ein anerkennendes Grinsen lässt seine Gesichtsfurchen noch intensiver erscheinen. «Wir sahen den Brand in der uns nicht verdächtig scheinenden Halle und natürlich die darauffolgenden Explosionen. «Etwas ist uns ein Rätsel – wie gelang es Ihnen, die streng bewachten Schnellboote auszuschalten?» So grotesk und lebensgefährlich die Situation in jener Nacht auch war, nun gleitet auch mir ein Grinsen übers Gesicht. «Ich habe sie versenkt.» Verblüfftes Lachen der Herren gegenüber, selbst dem Sekretär entgleitet seine bisherige Contenance. Ich erzähle, wie ich mich zuerst unter den Bugspitzen der Boote versteckte, dann die Löcher im ersten Boot durch das Gelcoat bohrte … Kopfschütteln und noch verblüffteres Lachen. «Wahrscheinlich werden wir Sie als Instruktor für taktische und strategische Kriegsführung in unsere Militärakademie aufnehmen», meint der nach wie vor mit anerkennenden Worten ringende Verteidigungsminister.

Ich fühle sanfte Beinberührungen der neben mir sitzenden Frauen. Vermutlich zollen sie mir auf ihre Weise ebenfalls

Anerkennung – und der Art der Berührung nach zu schliessen, suchen sie auch die Nähe zu ihrem Helden. Wie dem auch sei, mir bereitet es auf jeden Fall Freude.

Der disziplinierten Empfangsdame ist die lockere Stimmung beim Betreten des Besprechungszimmers nicht entgangen. Mit einem Lächeln im Gesicht serviert sie uns die nächste Runde Kaffee und zu unserer Überraschung stellt sie eine Schale mit Süssgebäck auf den Mahagonitisch.

«Bei der Flucht mit dem Fischkutter wurde es sehr kritisch für Sie», fährt der Verteidigungsminister fort. «Wir erkannten den Geschwindigkeitsunterschied und die Computerauswertung berechnete den genauen Zeitpunkt, wann sie eingeholt werden würden. Unser U-Boot wäre nicht mehr rechtzeitig eingetroffen. Als dann die Maschine Ihres Kutters den Dienst versagte, mussten wir sofort handeln. Herr Oberst Oppenberg wird Ihnen nun den weiteren Verlauf unserer Operation kurz schildern.»

Oberst Oppenberg erhebt sich und tritt an die Wand mit der grossen Landkarte. «Hier» – seine Hand zeigt auf die Stelle – «waren die Fischkutter am Steg vertäut. Wir mussten damit rechnen, dass Sie eingeholt werden könnten. Obwohl dies zu Beginn noch nicht eindeutig feststellbar war, und um jedes Risiko auszuschliessen, starteten wir mit dem Hubschrauber. Unter Ausnützung des nahenden Sonnenaufgangs und mit der Sonne im Rücken näherten wir uns, nur wenige Meter über dem Wasser, vom Meer her. Wir konnten davon ausgehen, dass der Lärm der Fischkutter das Hubschrauber-Motorengeräusch übertönen würde. Wir schlichen uns unbemerkt in ihre Nähe. Den Rest kennen Sie ja.

Eine Frage beschäftigt uns weiter: Wir wissen nicht, ob es uns gelang, auch den Kopf der Terroristen auszuschalten. Wenn dem nicht so wäre, bliebe ein Restrisi …» Emotional fährt Anna dazwischen. «Abdullah ist tot.» Heftig atmend wiederholt sie ihre Worte. «Abdullah ist tot, er war auf einem der beiden uns verfolgenden Fischkutter.» Erstaunen ist aus den Gesichtern zu lesen, alle Blicke ruhen auf Anna. Wie kann sie das wissen? Es war völlig dunkel, als wir den Fischkutter entwendeten und später waren die Verfolger nie nahe genug, dass wir jemanden an Bord erkennen konnten.

«Kurz bevor die Raketen die Fischkutter zerstörten, konnte ich mit dem Fernglas die Gesichter zuordnen. Ich meine sogar, die vollzählige Terrorgruppe gesehen zu haben.»

Einen Moment herrscht Stillschweigen. «Bist du dir ganz sicher?», frage ich. «Silvan, glaube mir, ich täusche mich nicht. Abdullah war wirklich auf dem Kutter.» «Ihre Aussage», sagt Oberst Oppenberg, «erfüllt uns mit grosser Genugtuung. Der Rächer Allahs, wie man Abdullah nannte, kannte nur ein Ziel: die Vernichtung Israels. Die Bedrohungslage für unseren Staat ist immer vorhanden, durch den Tod dieses Terroristen gewinnen wir etwas Luft.»

Der Protokollführer nutzt den Moment für einige administrative Hinweise. «Anschliessend an unser Gespräch werden wir uns in der Offiziersmesse zum Mittagessen treffen. Der Nachmittag steht zu Ihrer freien Verfügung. Unser Dienstwagen ist für Sie parat.» Aus seiner Aktenmappe entnimmt er drei Couverts. «Wir haben für Sie Schecks vorbereitet. In der Ramat Aviv Mall finden Sie alles, was das Herz begehrt, moderne Boutiquen, exklusive Modelabels und weitere Shoppingmöglichkeiten. Sie dürfen nach Lust und Laune einkaufen.» «Das könnte aber teuer werden», meint die nun übermütig gestikulierende Franziska.

Die beiden Frauen strahlen um die Wette, lachend fallen sie sich in die Arme. Mit einem Blick auf Anna gönnt sich der Verteidigungsminister einen weiteren Schluck Kaffee. «Wir kommen nicht umhin, Vorsichtsmassnahmen für Sie, Frau Steinmeyr, zu treffen. Entsprechende Gespräche mit der Deutschen Botschaft sind am Laufen. Eine neue Identität für Sie scheint uns wichtig, auch den Wohnsitz in Stuttgart sollten Sie meiden.

Wir meinen sogar, Stuttgart als Wohnort wäre zu gefährlich. Wir wissen, dass wir viel von Ihnen verlangen, aber es geht um Ihre Sicherheit. Bei Ihnen, Frau Löwenthal, sehen wir wenig Gefahrenpotential. Nach dem vermeintlichen Tod von Frau Steinmeyr liessen Sie keinen Zweifel erkennen, dass Sie nicht von ihrem Tod überzeugt waren. Auch bei der Befreiungsaktion in Gaza konnte niemand Rückschlüsse auf eine Verbindung zwischen Ihnen und Frau Steinmeyr schliessen. Frau Steinmeyr wird vorläufig in einer Wohnung in Heilbronn untergebracht. Der deutsche Staatssicherheitsdienst hat uns diese Information kurz vor Sitzungsbeginn übermittelt.»

Vorbei ist die Hochstimmung von vorhin. Annas Augen sind gerötet. «Wie soll ich mich in Heilbronn zurechtfinden? Ich kenne dort niemanden, und wo sollte ich arbeiten? Ich möchte doch wieder arbeiten.» «Nun, dies ist eine vorübergehende Sofortmassnahme», versucht der Verteidigungsminister Anna zu beschwichtigen.

«Wir kriegen das schon hin.» Franziska legt ihren Arm beschwichtigend um Annas Schulter. «Ich helfe dir dabei. Bestimmt finden wir eine Lösung.» Angespannte Ruhe herrscht im Sitzungszimmer.

«Ich hätte einen Vorschlag, vielleicht auch nur zur Überbrückung. Du könntest bei mir wohnen, Anna.» Waren es vorhin feuchte Augen der Ungewissheit wegen, meine ich nun Freudentränen zu erkennen. Mit dem Handrücken wischt sie sich eine solche vom Gesicht.

Franziskas Reaktion auf meinen Vorschlag lässt einen Zwiespalt erkennen. «Super, Anna, das wäre die Lösung. Ich würde dich bestimmt jedes Wochenende besuchen.» Ein kurzer Augenaufschlag in meine Richtung folgt. Was Franziska mir wohl mitteilen möchte?

Der Verteidigungsminister und die beiden Offiziere unterhalten sich kurz auf Hebräisch. Ihre Mimik und Wörter wie

Mailand und Wien lassen darauf schliessen, dass sie unsere Rückreise besprechen.

Major Wildersteyn eröffnet: «Aus Sicherheitsgründen werden Sie einzeln und auf Umwegen nach Hause reisen. Herr Aebischer und Frau Löwenthal zeitlich versetzt zuerst nach Wien, anschliessend direkt nach Zürich und Stuttgart. Für Frau Steinmeyr werden wir einen Flug nach Mailand buchen. Dort werden Sie von einem Fahrzeug abgeholt und nach Zug überführt. Den genauen Zeitablauf können wir Ihnen nach dem Mittagslunch bekanntgeben.»

Einige weitere Formalitäten folgten.


Wir sitzen nun am Mittagstisch in der Offizierskantine. Sonnenstrahlen fallen durch die Lamellenstoren, sie beflügeln unser Wohlbefinden und die wiedergewonnene Lebensfreude. Die Anwesenheit der schönen Frauen zaubert mehrmals ein Schmunzeln in die Gesichter der strengen Militärs und des Verteidigungsministers.

Bei Nachtisch und Kaffee überrascht uns der Verteidigungsminister. Er legt drei in Leder eingefasste kleine Schatullen vor uns auf den Tisch. Darin enthalten sind drei in Gold gefasste israelische Tapferkeitsmedaillen, Medaillen für herausragende militärische Leistungen. Er wählt dieselben Worte wie zu Beginn unserer Sitzung.

«Israel ist Ihnen zu grossem Dank verpflichtet. Dank Ihres mutigen Handelns wurde viel Leid verhindert. Die israelische Regierung anerkennt und schätzt Ihren selbstlosen Einsatz. Wir sind stolz auf Sie und freuen uns, Ihnen diese Tapferkeitsmedaillen übergeben zu können.» Die drei Herren erheben sich, sie reichen uns die Hand. Wieder am Tisch sitzend fährt er fort: «Menschliches Leid ist das eine, materieller Schaden das andere. Wir können nur vermuten, wie verheerend sich die Schäden durch die Kassam-Raketen ausgewirkt hätten. Sie haben dies verhindert und als Anerkennung ist unsere Regierung dazu bereit, jedem von Ihnen einen namhaften Geldbetrag zu überweisen.»

Erstaunen bemächtigt sich unser, dann schmunzeln wir um die Wette und nun fallen wir uns herzhaft lachend in die Arme. Die drei hochrangigen Israelis können sich unserer Fröhlichkeit nicht entziehen. Unser Lachen treibt auch ihnen ein breites Grinsen ins Gesicht. Das Lachen ist verstummt, sprachlos halten wir das uns ausgehändigte Papier in den Händen – eine Million Euro für jeden von uns, die Summe werden sie auf ein Bankkonto überweisen. Uns fehlen die Worte. Ungläubige Blicke – allmählich löst sich unsere Lethargie und als sei ein Damm gebrochen, liegen wir uns erneut übermütig lachend in den Armen.

Unser Nachmittag gehört Anna und Franziska. Der Chauffeur hält die Türen des Mercedes S-Klasse bei der Ramat Aviv Mall offen und hilft den beiden Frauen galant aus der Luxuslimousine.

Ich bin erschlagen ob der Grösse dieses Shopping-Paradieses. Nicht nur ich, sondern auch Anna und Franziska geraten beim Studium der Labels völlig aus dem Häuschen. Louis Vuitton, Michael Kors, Armani, Zara, Versace, Yves Saint Laurent, Christian Dior, Marc Cain, Ralph Lauren und weitere edle Embleme zieren das Eingangsportal. Wir vereinbaren, uns in eineinhalb Stunden wieder zu treffen. In der Zwischenzeit geniesse ich einen Drink in der Empfangs-Lobby und tue mich schwer mit israelischen Illustrierten in hebräischer Sprache.

Bereits von Weitem erkenne ich die beiden Frauen. Zur Linken und Rechten, schwer beladen mit Tragetaschen, eilen sie mir entgegen. «Jetzt haben wir uns einen Drink verdient.»

Wir umarmen uns intensiv, ich sehe in fröhliche Gesichter. «Wir möchten dir doch gefallen, lieber Silvan. Schelmisch lächelnd halten sie die Tragtaschen vor mein Gesicht. Meine

Gedanken färben sich rosa. Was sie mir wohl mit ihrem übermütigen Getue mitteilen wollen? Ich meine es zu wissen .

Es ist 19:00 Uhr. «Einat & Orr of Jarashi» heisst das uns empfohlene Spitzenrestaurant in Tel Aviv. Der Pförtner des Nobelrestaurants öffnet die Türen des Mercedes S-Klasse. Verwirrt ob der sich aus dem Wagenfond schälenden Schönheiten begrüsst er vor allem die Damen mit einem bewundernden «Tzara Im Tovim». Wie damals auf der Kosta Konkordia trägt Anna ein kräftiges Lippenrot. Passend zu ihrem dunklen Teint und ihrer Augenfarbe verlängert dunkle Mascara ihre Wimpern. Ein hellbrauner, beinahe sandfarbiger Lidschatten betont Annas sinnliche Sanftheit und verhilft ihren Augen zu einem betörenden, erotischen Glanz. Vervollkommnet wird ihre Erscheinung durch einen eleganten, beigen Kaschmir-Mantel mit Strickärmeln.

Franziska wählte einen kühleren, einen Hauch von Dominanz ausstrahlenden Schminkstil. Das Blau ihrer Augen unterstützt sie mit grauer Wimperntusche. Ein dezentes Pfirsich mit leichtem Goldschimmer unterstreicht ihren verführerischen Augenaufschlag. Weich fallende, lange Haare und rosa geschminkte Lippen perfektionieren die Erscheinung der blonden Schönheit. Eine wattierte und tailliert geschnittene Steppjacke in einem sanften Blau-Hellgrau ergänzt harmonisch ihre Sinnlichkeit.

Wir stehen in der Garderobe des Restaurants. Mein Lachen, besser Schmunzeln, zaubert auch den beiden Frauen Lachfalten um ihre Mundwinkel. Was sich hier aus den Mänteln entfaltet, bringt den stärksten Mann zum Schmelzen. Beide tragen eng anliegende Pullover. Anna zelebriert ein Hellbeige, erweitert durch einen dunkelbraunen, kurzen Lederrock und dunkelbraune Strümpfe, als Krönung stecken ihre eleganten Beine in dunkelbraunen High Heels.

Franziska liebt den Kontrast, ihrem in kräftigem Rot gewählten Pullover folgt ein dunkelblauer Lederrock. Dasselbe

Dunkelblau findet Fortsetzung in ihren Strümpfen und den High Heels. Ich bin mir nicht im Klaren, welche von ihnen nun den kürzeren Rock trägt. Spielt auch keine Rolle, beide wissen, ihr Silvan kann sich ihrer erotischen Anziehung nicht erwehren.

Schmunzelnd setzen wir uns an dem vom Kellner reservierten Tisch. Eine Zeitlang herrscht Schweigen. Nun folgt ein erlösendes Lachen, ich ahne, wie dieser Abend noch zu Ende gehen könnte.

Ein medium gegartes Rindsfilet, diverses Gemüse und Bratkartoffeln erfreuen unsere Gaumen. Purpur schimmert der Saint-Emilion in den Gläsern, er mundet hervorragend und verleiht dem Dinner zusätzlichen Glanz.

Es sind Geschichten aus dem Alltag, welche uns durch den Abend begleiten und das Dinner auch zum amüsanten Erlebnis machen. «Ein Russe wollte uns mit zwei unserer Models für einen Monat in Moskau mieten. Alles inklusive, versteht sich.» Lachend führt Franziska den Schwenker zum Mund. «Was das alles beinhaltet, kannst du dir bestimmt vorstellen, Silvan. Oder die beiden Kerle, welche es zehn Minuten vor ihrem Auftritt in der Garderobe miteinander trieben.» «Ich sehe noch ihre verdutzten Gesichter», sagt die herzhaft lachende Anna, «als ich sie in der Garderobe überraschte.»

Dass ich nicht nur tauche, sondern auch Rad fahre, lässt ein spontanes «wir auch» folgen. «Es gibt doch nichts Schöneres als an Sonntagen bei Sonnenschein den Neckar und Weinberge entlangzuradeln. Seit Anna alleine lebt …»

Annas Blick senkt sich, einen kleinen Moment überzieht Trauer ihre anmutigen Gesichtszüge – vermutlich würde Franziska sich am liebsten in die Zunge beissen. Anna lächelt erneut, sie fühlt, dass es Franziska so nicht sagen wollte. «… fahren wir jeweils einige Kilometer den Fluss hinauf und zurück», fährt Franziska fort, «und geniessen anschliessend einen kleinen Mittagslunch in einem der vielen Bistros.» «Oftmals gehen wir auch zusammen ins Kino.» Als die Namen George Clooney und

Mel Gibson fallen, entschwinden Annas Sorgenfalten endgültig in der schillernden Filmwelt. Georges Clooneys Film «Michael Clayton» habe auch ich gesehen. Spannende Szenen lassen uns den Film nochmals rekapitulieren, und ohne es richtig wahrzunehmen, ist das feine Apfelsorbet in unseren Gaumen entschwunden.

«Whitney Houstons Film ‚The Bodyguard' hat mich sehr berührt.» Franziskas glänzende Augen lassen ihre Leidenschaft für Whitney Houston fühlen. «Ist dies wegen dem Film oder meinem Telefonanruf?» «Wie meinst du das, Silvan?» Mein Grinsen verwirrt sie. «Vor einiger Zeit lief ‹The Bodyguard› auf einem deutschen Fernsehkanal. Es könnte ja sein, dass wir ihn zur selben Zeit gesehen haben.» «Du machst mich sprachlos, bestimmt ist es so. Ich hatte dich an jenem Tag mehrmals vergeblich zu erreichen versucht und hoffte sehnlichst auf deinen Anruf. Ich weiss noch genau, bei welcher Szene mein Handy klingelte.» Ein sinnliches Blau haftet in meinen Augen. «Oh, wie ich dich mag, Silvan!» Und Anna zugewandt sagt sie: «Wir lieben ihn doch beide, diesen Kerl.» Lachend halten sie sich ihre Hände. Gäste im Restaurant drehen ihre Köpfe, es wird getuschelt und geraunt. Was sie sich wohl zu sagen haben?

Auf der Rückfahrt möchten die Damen nicht alleine im Fond sitzen. «Es ist doch viel schöner, wenn du zwischen uns beiden Platz nimmst, Silvan.» Der mittlere Sitz ist nicht unbedingt derjenige, auf welchem man längere Zeit ausharren möchte. Jetzt, umgeben von diesen attraktiven Frauen, scheinen alle physischen Nachteile ausser Kraft gesetzt.

Ein dezentes Parfum hüllt mich in ihre weibliche Sinnlichkeit, jede noch so sanfte Berührung löst einen erregenden Schauer, anscheinend nicht nur bei mir, aus. Wir sprechen nicht mehr, wir geniessen die Stille. Das Bedürfnis nach noch mehr Nähe lässt uns wonnevoll aneinander schmiegen. Testosteron und Östrogen steuern unser Empfinden, Lächeln, Lust, erregende Fantasien prägen den Weg zurück ins Hotel. Lächelnde

Gesichter auch im Lift nach oben. Fältchen mutieren zur sinnlichen Einladung, die Welt versinkt in Rosa und der Sehnsucht nach noch mehr Nähe.

Anna und Franziska möchten zuerst ins Bad. Wenig später öffnet sich die Türe einen Spaltbreit – das kleine Lichtband wandert über das einladende, breite Bett mit rosa Duvet und weiter durch den Raum. «Silvan, dreh dich bitte einen Moment zum Fenster.» Das reflektierende Fensterglas lässt mich nicht im Unklaren darüber, wie die vorbeihuschenden Damen die Gestaltung der wonnevollen nächsten Stunde einleiten möchten. Ihre Dessous sind eine Offenbarung und eine Einladung, ihre erregenden Körper beglücken zu dürfen, der nicht widerstanden werden kann. Kichernd entschwinden sie unter dem flauschigen Duvet.

Minuten später verlasse auch ich das Badezimmer. Nur mit Slip bekleidet stehe ich vor dem einladenden Bett. Obwohl ich ihr Lächeln nicht sehe, erkenne ich es trotz der noch intensiver nachgeschminkten Augen und des bis unter die Nasenspitze hochgezogenen rosa Duvets.

»Bitte lege dich hierher, Silvan. Wir haben ein Plätzchen für dich vorgesehen.» Das Duvet gleitet zur Seite. Gefangen ist mein Blick durch die erregenden Schönheiten. Franziska trägt ein knapp geschnittenes Seidenhöschen und einen raffinierten, ihren Brüsten schmeichelnden BH in einem Blau, das dem ihrer Augen gleicht. Anna liebt das dezente Rosa. Sanft sind ihr Höschen und ihr kleines Nichts, welches vergeblich versucht, ihre erregenden Brüste zu kaschieren. Im Angesicht der wollüstigen Frauen scheitern alle Bemühungen, meine Erregung zu verbergen. Zarte Frauenhände nehmen mich in Empfang.

Links und rechts, nun zur Seite gedreht, hüllen mich Anna und Franziska in ihre Weiblichkeit. Weiche Brüste, lustvolle

Lippen, sich anschmiegende Hüften und fordernde Hände erwarten mich. «Du bist so unheimlich stark, Silvan. Dein Slip beengt dich so sehr, wir helfen dir.» Die zwei Gazellen führen Regie, ihr Männchen ergibt sich und lässt sie ihre Weiblichkeit ausleben. Sanft löst sich Franziska aus der Umarmung, sie setzt sich behutsam auf meinen Schoss. Tief in ihr fühle ich ihre wachsende Glut. Heftiges Atmen und lusterfüllte Geräusche entweichen den zunehmend in Wallung geratenden Frauen. Herrlich sind Franziskas Beckenbewegungen. Sie hält ihre Augen geschlossen, sie will ihre Lust kontrollieren, sie steigern und in die Ewigkeit hinauszögern. «Lasst mich auch daran teilhaben, bitte.» Anna gleitet auf meine Brust, die beiden Frauen liebkosen sich im wachsenden Luststurm. Mein Gesicht begraben unter ihrem Wonneschoss, labe ich ihren Nektar. Heftig ist Franziskas Hüftbewegung, mein Mund ruht in Annas Lustparadies, tiefe Seufzer lassen alles Irdische vergessen, die Frauen versinken im Lustrausch und ich ringe nach Atem. Mein Alkoholkonsum beim Abendessen wirkt dämmend auf mein Lustempfinden und lässt mich noch nicht die Kontrolle verlieren. Franziska rast, einige unkontrollierte Hüftbewegungen, sie schreit ihren nicht enden wollenden Höhepunkt aus sich heraus. Es ist keine kontrollierte Bewegung mehr, sondern eher ein fliessendes Gleiten.

Nun lässt sich Anna auf meinen Schoss sinken und Franziskas Wonnebecken bedeckt mein Gesicht. Sie vergisst, dass ihr Silvan gelegentlich auch atmen sollte. Kräftige Arme heben sie empor. Mein Mund, mein ganzes Gesicht in ihrem Lustschloss begraben – Franziska versinkt im erneuten Orgasmusrausch.

Anna, dem Höhepunkt nahe, hält inne, sie will alles hinauszögern. Es folgen einige wilde Beckenbewegungen, jetzt verliert sie die Kontrolle. Sie spürt meinen nicht mehr zu bremsenden Erregungszustand und zu dritt ertrinken wir im brodelnden Lustvulkan.

Nach und nach sinken zwei erfüllte, glückliche Frauen zurück aufs Bett. Sie liegen in meinen Armen. «Oh Silvan, das war Wahnsinn!» Küsse bedecken mein Gesicht. «Du machst uns süchtig, das werden wir jetzt jede Nacht wiederholen!»

Wir schmunzeln, wir grinsen, wir gleiten entspannt in eine wundervolle Nacht.

# Epilog

Vergnügt krabbelt Stefanie hinter dem lustigen Spielzeug-auto durch das Wohnzimmer her. Sie erhascht es und mit der Unbekümmertheit eines glücklichen Babys drückt sie es voller Stolz in Annas entgegengestreckte Hände. Sanft sind Annas Küsse, Stefanie kuschelt sich in die mütterliche Geborgenheit, sie ist Annas Liebling.

Seit einem Monat wohnt Anna mit mir in der neuen Wohnung in Walchwil. Einen Teil des Dachgeschosses mit grossem Balkon ist unser Eigentum. Fünfeinhalb Zimmer mit höchstem Ausbaustandard und unverbaubarer Südlage, mit herrlichem Blick auf den Zugersee, die Rigi und das imposante Alpenmassiv in der Ferne. Die Zugabe der Israelis erleichterte unseren Entschluss zum Kauf dieser Luxuswohnung.

Annas Glück ist vollkommen, das sehnlichst gewünschte Kind darf sie in ihren Armen halten. Ein Zwanzig-Prozent-Job als Designerin in einer Modekette bringt Abwechslung in den Alltag und bereits einige Male durfte sie als Model bei örtlichen Modeschauen auftreten. Seit Stefanies Geburt wirkt Anna strahlender und schöner denn je – kaum zu glauben, auch meinem verkorksten Chef gelingt es nicht, Annas Charme zu widerstehen.

Das vergangene Jahr war voller Höhepunkte. Ich habe mit Anna und Franziska Städtereisen nach London und Barcelona unternommen sowie einen zweiwöchigen Ferienaufenthalt auf dem südlichen Korsika genossen. Gemeinsame Interessen verbinden uns und lassen die Zeit verfliegen, als ob sie nicht existieren würde. Alles mit zwei schönen Frauen teilen zu dürfen macht nicht nur mich glücklich. Neidische Bemerkungen gehören fast schon zum Alltag und nach dem Korsika-Urlaub meinten meine Geschäftskollegen hämisch grinsend, ob ich nun Ferien von den Ferien benötige, um mich zu erholen.

Abwechslungsweise verbringen wir die Wochenenden einmal hier, dann wieder bei Franziska in Stuttgart. Dieses Mal ist Franziska bei uns zu Gast. Franziskas und Annas neue Leidenschaft heisst kochen. Fantasievolle Kreationen zaubern die Frauen jeweils in die mit Kerzenlicht geschmückten Esszimmer. Feine Duftschwaden aus der Küche beflügeln unseren Appetit. Ein besonders bekömmliches Menü hat sich Anna ausgedacht. Geflügelfleisch, Bohnen, Tomaten und Salzkartoffeln, alles zart gedünstet in einer fettarmen und doch fein mundenden Sauce. Ein leichter Rotwein aus der Bündner Herrschaft ergänzt Annas kulinarisches Vergnügen. Es folgt ein feines Sorbet mit anschliessendem Espresso.

Stockholm heisst unser Reiseziel im Juni. Wir sitzen am mit Unterlagen und Reiseempfehlungen für den Stockholm-Trip vollbeladenen Clubtisch. Als Erstes gilt unser Interesse dem ausgebreiteten Stadtplan. Unser Hotel sollte im Stadtzentrum, wenn möglich in der Nähe der vielgelobten touristischen Highlights Stockholms liegen. Annas Hand gleitet über den Stadtplan. «Hier befindet sich das Vasa-Museum.» «Sollten wir nicht zuerst festlegen, wo und wann wir welche Orte besuchen wollen, ein kleines Programm erstellen sozusagen?», wende ich ein. Die beiden Frauen lassen meinem Vorschlag keine Chance. Nun ist es Franziskas Hand, die über den Stadtplan streift. Unmerklich und natürlich völlig unbewusst rücken die Frauen näher zu ihrem Silvan. Ein dezentes Parfum hüllt mich in einen Kokon aus Weiblichkeit und kaum zu widerstehender Anziehung. Ein lustvolles Lächeln begleitet die beiden Frauen beim lasziven Öffnen ihrer Blusen. «Es ist so warm hier drinnen, Silvan», meinen sie mit unschuldiger Miene. Wahllos gleiten sanfte Frauenhände über den Stadtplan. «Hier ist das ABBA-Museum, wir werden einen Karaoke-Song auf das Parkett fegen», meint die übermütige Franziska. «Dein Finger zeigt aber auf die Kehrichtverbrennungsanlage.»

Wir können uns kaum mehr halten vor Lachen, intensiver spüre ich ihre Nähe und bei jedem Schmunzeln und Nach-vorne-Beugen erlauben ihre einladenden Bewegungen viel von dem zu sehen, was einem Mann gefällt.

Ein kleines Handgemenge auf dem Stadtplan folgt – meine Hand gegen zwei zarte Frauenhände. Ein lustvolles Kämpfen um Stadtrundfahrt, Königspalast oder Karaoke entspinnt sich. Weich fühlen sich ihre Brüste an meinem Körper an, die Hände im Zweikampf zwischen dem starken Mann und den lusterfüllten Frauen. «So, jetzt ist es aber genug, schaut mal, was ihr angerichtet habt mit euren Krallen, den Königspalast auf-geschlitzt, da wird sich der König bestimmt nicht freuen!» Noch intensiver ihr lustvolles Lachen und Heranschmiegen an ihren starken Silvan. «Wenn ihr jetzt nicht aufhört den Stadtplan zu malträtieren, werde ich strenge Massnahmen treffen müssen.»

Waren die beiden Frauen vorher stark und selbstbewusst, er-lebe ich sie nun hingebungsvoll und demütig. Gerötete Augen, Verunsicherung, ein leichtes Zittern und ein lustvolles Hauchen aus sinnlichen Mündern sind die Folge. Sie bitten mehr, als dass sie fragen: «Wirst du nun sehr streng zu uns sein, Silvan?» Sie wissen, was mein forderndes Lächeln bedeutet. Unfähig, sich gegen ihre Gefühle zu wehren – sie wollen sich ja nicht einmal wehren –, inhalieren sie die erregende Vorstellung, ihrem Silvan lustvoll ausgeliefert zu sein. Demütig und schaudernd schmie-gen sie sich an mich, ihren Beschützer und Meister, feurige Lippen kleben an meinem Hals. Gemeinsam machen wir uns auf den Weg – nicht nach Stockholm, noch nicht, im Moment in das Zimmer hinter der geschlossenen Türe.

# Der Autor

Der 1946 geborene Schweizer Autor Patrick Salm ist ein stets positiver, nach vorne orientierter Mensch, der in seinem Umfeld schon immer für seine spannenden und fantasievollen Geschichten geschätzt wurde. Nach der Handelsschule und dem erfolgreichen Aufbau eines Unternehmens gab er vor kurzem die Führungsaufgaben ab, um noch genügend Zeit für seine Passion, das Schreiben, zu finden. «Der Privatdetektiv» ist nach «Das Geheimnis der Kosta Konkordia», «Unheimliche Begegnung», «Verdorbener Wein» und «Die Bedrohung fährt hinterher» seine fünfte Veröffentlichung. Seine Krimis sind menschlich, und leidenschaftliche Liebesbeziehungen gehören zum Genre seiner Romane. Wenn er nicht gerade an seinen Romanen schreibt, ist der Vater zweier erwachsener Söhne gerne in Geselligkeit, beim Ausdauersport und dem Skilanglauf.

Patrick Salm

## Die Bedrohung fährt hinterher

Der Stahlbauunternehmer Stephan erfüllt sich seinen Traum, nur mit Bike und Zelt ausgerüstet von Zürich an den südlichsten Punkt Spaniens und wieder zurück zu reisen. Bei Kälte und strömendem Regen springt eine verwirrte junge Frau vor sein Bike, die ihm eine entsetzliche Geschichte erzählt. Ihr Ehemann sei auf offener Strasse erschossen worden, die Täter seien nun auch hinter ihr her, auch die Polizei sei darin verstrickt. Stephan lässt sich auf die Geschichte und die Frau ein und bietet ihr an, die Nacht in seinem Zelt zu verbringen. Die Ereignisse überstürzen sich und lassen Stephan in Abgründe schlittern, die sein eigenes Leben gefährden.

Fesselnder Erotik-Thriller voll Spannung und überraschenden Wendungen.

ISBN 978-3-75971-460-2
Ex Libris | Orellfüssli | Amazon | Bücher.de | Hugendubel

Patrick Salm

# Verdorbener Wein

42-jährig beschliesst Marco, sein erfolgreiches Unternehmen zu verkaufen und ein neues Leben zu beginnen. Mit dem Kauf einer Wohnung an der herrlichen Côte d'Azur erfüllt er sich einen lang gehegten Traum. Nicht mehr Profitdenken, sondern etwas Sinnvolles erschaffen, im Einklang mit der Natur, so lautet sein neues Lebensziel.

Er bewirbt sich als Geschäftsführer eines Weingutes in Tourrettes-sur-Loup. Besitzerin ist die 34-jährige kränkelnde Geneviève.

Seit dem Tod ihres Mannes vor fünf Jahren schreibt das Unternehmen rote Zahlen und steht kurz vor dem Konkurs.

Marco wird eingestellt und entdeckt bald Ungereimtheiten in der Buchhaltung. Als Marco auf neue, dubiose und nicht erklärbare Phänomene stösst, dringt er immer tiefer in einen undurchsichtigen Sumpf ein, und unwissentlich geraten er und Geneviève in eine lebensbedrohliche Situation.

Spannung bis zur letzten Seite mit vielen unerwarteten Ereignissen und prickelnder Erotik!

ISBN 978-3-99048-271-1
Ex Libris | Orellfüssli | Amazon | Bücher.de | Hugendubel | Novum Verlag

Patrick Salm

# Unheimliche Begegnung

Pascal erwacht aus der Bewusstlosigkeit. Er befindet sich auf dem schmutzigen Betonboden einer verrotteten Halle. Sind das hinter ihm die Männer, die ihn in der Parkgarage seines Hotels niedergeschlagen haben? Pascal stellt sich bewusstlos. Was er hört, lässt ihn erstarren. «Auch wenn er nichts wissen sollte, legt ihn gleichwohl um.» Mit einer List gelingt es Pascal, die Verbrecher zu überwältigen. Welches Wissen sollte ihm zum Verhängnis werden?

Er beginnt mit eigenen Nachforschungen. Eine unbekannte Schönheit erscheint plötzlich auf der Bildfläche. Wurde sie auf ihn angesetzt? Gejagt von der Mafia und der Polizei, beginnt für Pascal ein Wettlauf gegen die Zeit.

ISBN 978-3-75263-026-8

Ex Libris | Orellfüssli | Amazon | Bücher.de | Hugendubel

Patrick Salm

# Der Privatdetektiv

Im kleinen Bergnest Gourdon, dem der Küste vorgelagerten Hochland an der Côte d'Azur, geniesst Florian Räber über die Neujahrsfeiertage stressfreie Stunden. Die alte Bergwerkhütte, weit abgelegen vom Geschehen, erlaubt ihm Entspannung vom nervenaufreibenden Alltag. Trotz heftigem Schneetreiben versammeln sich in der Silvesternacht die Anwohner Gourdons in der Taverne Provencale. Sie alle wollen an Florian Räbers spannenden detektivischen Recherchen Anteil nehmen. Florian ahnt nicht, dass seine Ausführungen die Aufmerksamkeit eines Gastes wecken.

Weit nach Mitternacht und inzwischen tobendem Schneesturm poltert jemand an die Türe der Bergwerkhütte. Sein letzter Kriminalfall holt ihn ein – eine Verbrecherbande wurde durch seine Ermittlungen gefasst, nicht aber die Hintermänner. Vorsichtig, mit einem schweren Eisenhaken bewaffnet öffnet er die Türe. Es verschlägt ihm die Sprache. Plötzlich wird Florian Bestandteil eines viel gefährlicheren, sich dramatisch zuspitzenden Kriminalfalls. Welches Spiel treibt die unbekannte Schönheit, darf er ihr vertrauen?

ISBN 978-3-7562-1882-0

Ex Libris | Orellfüssli | Amazon | Bücher.de | Hugendubel

249

Patrick Salm

# Gefangen zwischen Liebe und Leidenschaft

Sandro verbringt seine Sommerferien in Deauville. Seit Tagen beschäftigt den Privatdetektiv die attraktive junge Frau im Strandkorb hinter ihm. Wenn nicht am Strand, verbringt sie ihre Zeit mit Schreiben. Er möchte sie kennenlernen und folgt ihr. Dabei beobachtet er in ihrer Nähe einen schwarzen Van. Bereits gestern hatte Sandro diesen bemerkt. Sind es dieselben Absichten, die der Fahrer wie Sandro hegt? Oder plant der etwa eine Entführung? Sandro ist vorbereitet und hatte zum französischen Nationalfeiertag Feuerwerksraketen gekauft. Bei einer Strassenkreuzung wird die Türe des Vans aufgerissen und vier vermummte Männer stürmen heraus. Sandro schiesst die Raketen in ihre Richtung. Ein Mann wird getroffen, die zweite Rakete explodiert im Innenraum. Irritiert und benommen flüchten die Männer in ein anderes Fahrzeug. Die Frau rennt um ihr Leben. Sandro weiss inzwischen, wo sie wohnt, und nimmt Kontakt mit ihr auf. Er wird Bestandteil einer dramatischen Geschichte und gerät ebenfalls in den Fokus der Verbrecher. Schaffen es die beiden, sich lebend aus der verhängnisvollen, sich zuziehenden Schlinge zu befreien?

ISBN 978-3-7583-1435-3
Ex Libris | Orellfüssli | Amazon | Bücher.de | Hugendubel